△米軍が上陸した東港付近の海岸。現在でも桟橋跡の鉄材が残されていた。▽西港付近の燐鉱石積み出し桟橋のコンクリート片と朽ち果てた鉄材。

△米軍が陽動作戦を行なった島の南西部海岸。北部に比べ平坦な地形である。▽島の北東部に現在も残るB24爆撃機と思われる残骸。米軍占領後に墜落した機体である。

撮影／湯原浩司（1993年11月）

昭和19年９月17日、米軍は西カロリン群島パラオ諸島アンガウル島に上陸を開始した。周囲わずか数キロほどの小島を守備する約1400名の日本軍は20倍もの敵を迎え、勇戦敢闘の末、後退を余儀なくされた。写真は、20日以降、攻防戦の表舞台となった西北高地の鍾乳洞複廓陣地の戦闘。守備隊の頑強な抵抗で、米軍の占領予定は大幅に遅れた。

日本の委任統治領で南洋庁の管轄下におかれたアンガウル島の全景。
赤道に近いため日中は猛烈な暑さとなり、露天温度は40度を越えた。

西北高地方面から西港、巴岬、磯浜を望む。燐鉱石積み込み桟橋や工場、学校、病院など島の主要な建物があった。

米軍の一部（１個連隊）が上陸した東港付近の海岸。米軍は上陸実施に先立ち輸送船団を磯浜沖に陽動させて、守備隊の判断を混乱させた。

日本軍が錯綜した地形を利して抵抗した二荒山の頂付近。後藤守備隊長は敵上陸１ヵ月後も、持久戦続行を命じた。

△歩兵第五十九連隊第一大隊長後藤丑雄少佐。
▽米軍に猛反撃をかけた第三中隊長島武中尉。

９月17日黎明、米軍は二手に分かれて上陸を開始した。写真中央は、水陸両用装甲車。

上陸後まもない最前線。戦闘前の島は沼と湿地帯が多く密林が生い茂っていたが、米軍の砲撃と工作機械によって様相は大きく変貌した。

青池に通じる隘路上の戦闘。米上陸部隊への攻撃で損害が大きな日本軍は、持久戦闘に方針を改め、西北方面に集結して反撃を行なった。

青池に通じる隘路上の戦闘。二荒山の鍾乳洞複廓陣地は天然の要害で敵の進出を防いだが、水と食料に乏しい日本軍は苦戦を強いられた。

国境警備に赴いた関東軍時代の著者（前列中央）と戦友たち。著者以外は島に斃れた。南方への動員令がくだったのは19年３月１日だった。

昭和18年、22歳、伍長時代の著者。特別銃剣術徽章と特別射撃徽章（向かって左）の２つを授与されている。

複廓陣地の入口。数多くの洞窟には現在も遺骨が埋もれたままである。

西北洞窟陣地付近に建てられた慰霊碑。昭和42年の除幕式の際に組織された「船坂慰霊団」を一次として、十次にわたる収骨が続けられた。

昭和41年４月17日、21年ぶりの再会を果たした元米軍伍長（当時）クレンショーと著者。彼我の恩讐を越えた人間愛で結ばれた２人だった。

著者（後列左端）は入隊前から剣道に励んでいて、戦後、いよいよ研鑽を積んだ。そして三島由紀夫氏（前列左端）を知る奇しき縁となった。

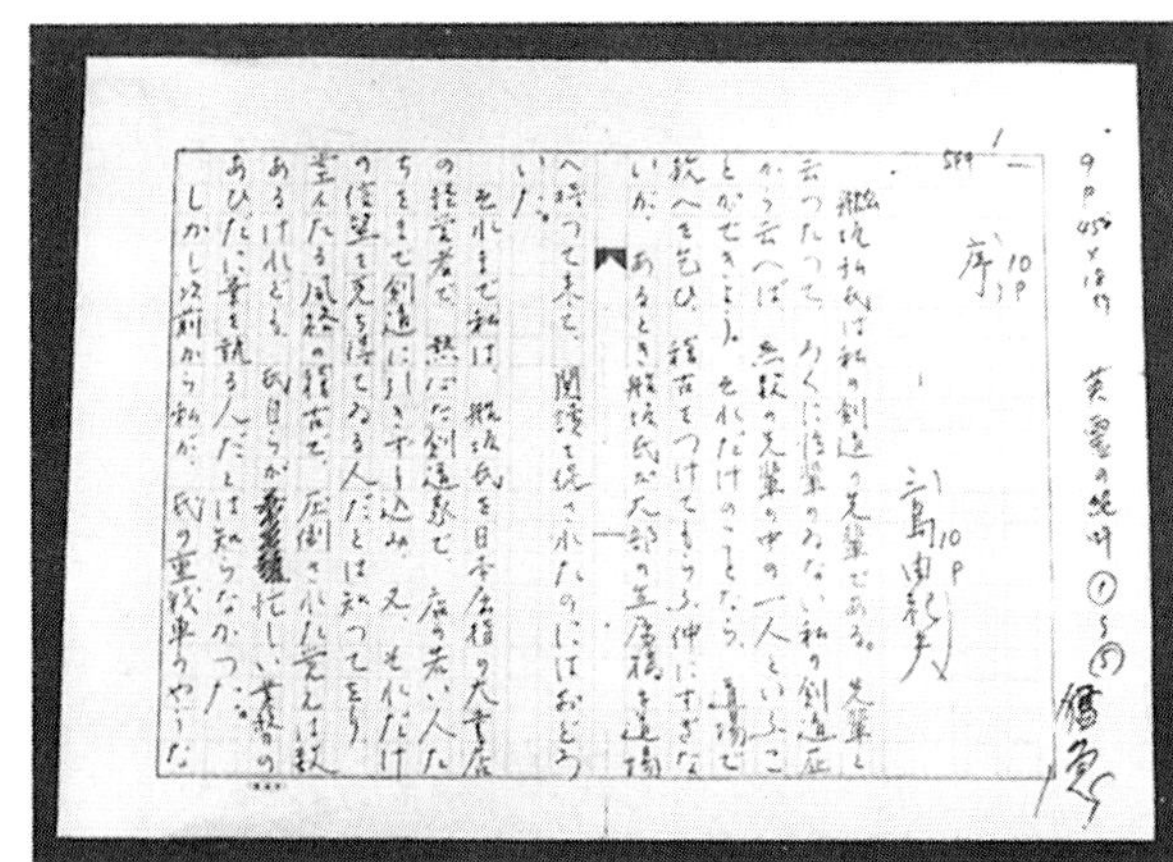

英霊の絶叫 ①～⑤ 舩坂

序

三島由紀夫

舩坂弘氏は私の剣道の先輩である。先輩と云つたつて、ろくに修業のたらない私の剣道歴から云へば、無数の先輩の中の一人といふことができよう。それだけのことなら、道場で教へを乞ひ、稽古をつけてもらふ仲にすぎないが、あるとき舩坂氏が大部の生原稿を道場へ持つて来て、閲読を乞はれたのにはおどろいた。

それまで私は、舩坂氏を日本屈指の大書店の経営者で、熱心な剣道家で、店の若い人たちをまで剣道にひきずり込み、又、それだけの信望を克ち得てゐる人だとは知つてをり、堂々たる風格の稽古で、圧倒された覚えは数あるけれども、氏自らが[illegible]忙しい業務のあひだに筆を執る人だとは知らなかつた。

しかし以前から私が、氏の重戦車のやうな

本書の執筆にあたって三島由紀夫氏が著者に贈った「序文」の原稿。三島氏はアンガウル訪問の希望を著者に語っていた。

写真提供／著者・雑誌「丸」編集部

NF文庫
ノンフィクション

新装解説版

英霊の絶叫

玉砕島アンガウル戦記

船坂 弘

潮書房光人新社

本書では太平洋戦争末期、南海の島アンガウル島で戦った兵士の体験を綴っています。アンガウル島は日本から約二七〇〇キロ南下した洋上にあるパラオ諸島の周囲わずか四キロの島です。

昭和十九年九月、米軍が上陸、二〇倍もの敵と四〇日もの間、壮絶な死闘を繰り広げながらも日本軍は玉砕しました。

奇しくも生き残った著者が、斃れた戦友たちのため戦いの記録を伝えます。

序

三島由紀夫
（原文のまま）

　舩坂弘氏は私の剣道の先輩である。先輩と云つたつて、ろくに後輩のゐない私の剣道歴から云へば、無数の先輩の中の一人といふことができよう。それだけのことなら、道場で教へを乞ひ、稽古をつけてもらふ仲にすぎないが、あるとき舩坂氏が大部の生原稿を道場へ持つて来て、閲讀を促されたのにはおどろいた。

　それまで私は、舩坂氏を日本屈指の大書店の経営者で、熱心な剣道家で、店の若い人たちをまで剣道に引きずり込み、又、それだけの信望を克ち得てゐる人だとは知つてをり、堂々たる風格の稽古で、圧倒された覚えは数あるけれども、氏自らが忙しい業務のあひだに筆を執る人だとは知らなかつた。

　しかし以前から私が、氏の重戦車のやうな体軀にひそむ欝屈、そのきはめて慇懃（いんぎん）謙譲な態度の裏にひらめく負けじ魂、その生眞面目さと表裏した粘着力、その闘志とバランスのとれたプラクティカルな精神、その平静さに隠れた一種の悲しみ、その爆発力を制してゐる抑圧、……これらさまざまの対蹠的なものを藏した肖像画の裏側に、遠い哨煙の匂ひをかぎつけてゐたことは確かだつた。そこには必ず、戦争の影がひそんでゐなければならなかつた。

若い人たちだけを相手にするスポーツの世界では、今日もはや、彼らの顔の裏側に戦争の影を讀むことはない。もちろん戦争に対する怯えや不安を讀むことはあるけれども。

又、文壇の人たちは、その戦争体験のすべてをすでに作品に肉化してゐて、戦争の影を暗く背後に揺曳させてゐる人に会ふことはない。それに第一、文壇のいはゆる戦争文学は、兵士不適格者によつて書かれたものが多いのである。

剣道のやうな年長者の多い運動で、しかも一種の精神主義的な郷愁を湛へた世界では、今は成功した社会人としての面貌のかげに、かつての「兵士適格者」の抑圧された姿が、切なく、又、無用に、閃めくのを見ることが往々ある。私はさういふ人たちの心の中の戦争体験に、より深く秘められ、より強く抑圧された、遠い叫び声をきくことがある。その叫び声は表現の機會にめぐり会はずに、あるひは一生、その人の暗い体内を駈けずり廻つてゐるかもしれないのである。彼がじつと身を屈して、休日の朝、庭いぢりをしてゐるそのさなかにも。

果然、舩坂氏の原稿は、二十年のあひだ、氏のなかを駈けずり廻つてゐたこの叫びの肉化であつた。それは小説でもなければ、文學でもなく、いはゆる記録ですらなかつた。それはただ叫びの肉化であり、生命の轟きであり、永らく閑却されてゐた或る眞実、いはば「勇猛果敢の眞実」ともいふべきものの自己証明の文字であつた。

この本のおどろくべき内容については、讀者が直に感得されるのが一番であるから、私はここでは触れまい。

*

しかし、はつきり言へることは、近代戦のもつとも凄壮な様相が如実に描かれてゐる点で、又、ただ僥倖としか思へない事情で生き永らへた証人によつて、人間の「滅盡争」Vernichteter Kampf がはつきり描かれてゐる点で、これは世界に比類のない本だといふことである。この本は実にありえないやうな偶然（すなはち証人の生存）によつて書かれたものであるから、これ以上の文學的贅沢などを求めるのは全く無意味である。

私の貧しい感想が、この本に何一つ加へるものがないことを知りながら、次の三点について讀者の注意を促しておくことは無駄ではあるまいと思ふ。

第一は、もつとも苛烈な状況に置かれたときの人間精神の、高さと美しさの、この本が最上の証言をなしてゐることである。玉砕寸前の戦場において、自分の腕を切つてその血で戦友の渇を医やさうとし、自分の死肉を以て戦友の飢を救はうとする心、その戦友愛以上の崇高な心情が、この世にあらうとは思はれない。日本は戦争に敗れたけれども、人間精神の極限的な志向に、一つの高い階梯を加へることができたのである。

第二は、著者自身についてのことであるが、人間の生命力といふもののふしぎである。

船坂氏の生命力は、もちろん強靱な精神力に支へられてのことであるが、すべての科学的常識を超越してゐる。

あらゆる條件が氏に死を課してゐると同時に、あらゆる條件が氏に生を課してゐた。まるで氏は、神によつてこのふしぎな実験の材料に選ばれたかのやうだ。氏は、水も食もない戦場で、左大腿部裂傷、左上膊部貫通銃創二ケ所、頭部打撲傷、右肩捻挫、左腹部盲貫銃創、さらに左頚部盲貫銃創といふ致命傷を受け、一旦あきらかに戦死したのち、三日目に米軍野戦病院で蘇り、さらにペリリュー収容所で、敵機を破壊しようと闘魂を燃やす。

しかも氏が生を無視しようとすればするほど、死もあとずさりをするのである。もちろん、氏に課せられた死の條件が十であるとすれば、その條件がたとひ一であり二であつた人も、一方では現実に命を失つてゆく。それは意志とも、あるひは勇気とも関はりがない。氏の勇猛果敢が、氏の命を救つたすべての理由であつたといふわけではない。体力、精神力、知力に恵まれてゐたことが、氏を生命の岸へ呼び戻した何十パーセントの要素であつたことは疑ひがないが、のこりの何十パーセントは、氏が持つてゐたあらゆる有利な属性とも何ら関はりがないのである。それでは、ひたすら生きようといふ意志が氏を生かしてゐたか、といふと、それも当らない。氏は一旦、はつきりと自決の決意を固めてゐたからである。

氏が拾つた命は、神の戯れとしか云ひやうのないものであつた。その神秘に目ざめ、且つ戦後の二十年間に、その神秘に徐々に飽きてきたときに、氏の中には、自分の行為と、行為を推進した情熱とが、単なる僥倖としての生以上の何かを意味してゐたにちがひない、といふ痛切な喚起が生じた。その意味を信じなければ、現在の生命の意味も失はれるといふぎりぎりの心境にあつて、この本が書き出されたとき、「本を書く」といふことも亦、一つの行為であり、生命力の一つのあらはれであるといふことに気づくとは、何といふ逆説だろう。氏はかう書いてゐる。

「彼ら（英霊）は、その報告者として私を生かしてくれたのだと感じた」

第三には、これは私自身にとつても大切な問題だが、「見る」といふことの異様な価値である。

行為のさなかでも見ることをやめない人間が、お互ひに「見、見られること」を根絶しようとして戦ふのが、戦争といふものであるらしい。敵をもはや「見ること」のない存在、すなはち屍体に還元せしめようとするのが、戦ひの本質である。氏がつひに生きのびたといふことは、氏が戦ひに勝つたといふことであり、自分の目と、自分の見たものとを保持したといふことである。そして氏の見たものは、他に一人も証言のゐない地獄であると同時に、絶巓における人間の美であつた。

そして目が見たものは、言葉でしか傳へやうがない。そこに言葉の世界がはじまり、文學の根元的な問題がはじまる。言葉が、徐々に、しのびやかに、執拗に、とどまるところを知らぬ動きをはじめるのである。……

『英霊の絶叫』目次

英霊の絶叫

玉砕島アンガウル戦記

二十倍の敵上陸す

昭和四十年八月上旬、私はパラオ島方面慰霊派遣団の一員として、また数少ない生き残り兵の一人として、パラオ諸島の玉砕島をまわった。そのとき、私の長年の悲願であったアンガウル島上陸をも果たすことができたが、歩むにつれて泣けて泣けて仕方がなかった。

戦後二十年余の星霜をへて、島はもう戦前のように椰子の緑につつまれていたけれども、なお米軍上陸用舟艇や日本兵の鉄帽、銃剣、迫撃砲などがそのまま錆びついて放置されており、砂浜やジャングルには生々しい戦場の跡を残していた。

だが、私を哭かせたのはそういう思い出の残骸ではない。かつての激戦地点にそのまま残る、骨、骨、骨である。あるものは鉄帽や帯剣を骨の上に絡ませ、斃れたときのままの姿勢であった。またある骸骨は座して日章旗を抱き、東方に向かって斃れたままであった。

奥地の鍾乳洞陣地に入るにつれ、洞内には頭蓋骨、大腿骨と打ち重なっており、その惨状は私に二十一年前の悲惨な光景を思い起こさせた。当時、洞窟の内には水と食糧に苦しむ重傷者たちが蠢いていたのである。彼らはみな「われ太平洋の防波堤たらん」と、故国の平和と安全を祈りながら死んでいった者たちばかりだった。

擲弾筒分隊前へ

――昭和十九年九月十七日。

その夜、アンガウル島の空は、一点の星もない闇であった。斥候の伝えてきた米兵進行地点をのぞくと、双眼鏡のレンズにはただ墨をとかしたような夜が、決戦と死の危機感を暗示しているだけであった。

「全員決死隊となり、玉砕の覚悟をもって本島を死守せよ」

「携行食糧は一食分。余分なものは捨てて、弾薬だけを最大限に携行せよ」

「つねに斬り込める体制にあれ。まず第一防禦線において米軍を撃破せよ」

矢継ぎ早に石原中隊長の伝令がとんでくる。緒戦が夜だとは思わなかった。誰しも、かつての練兵場における演習のごとく、早暁、華々しく戦端が開かれるものとばかり想像していたのだ。隊員たちは緊張のあまり、コトリとも音を立てない。そのとき、突然、しゅるる、しゅるる……という不気味な響きとともに、天空に照明弾、頭上に曳光弾が嵐のように襲いかかってきた。闇は、一転して、真昼のような明るさとなった。その朝上陸した米軍は、水際陣地を突破して、わが中隊の前面に攻撃をかけてきたのだった。

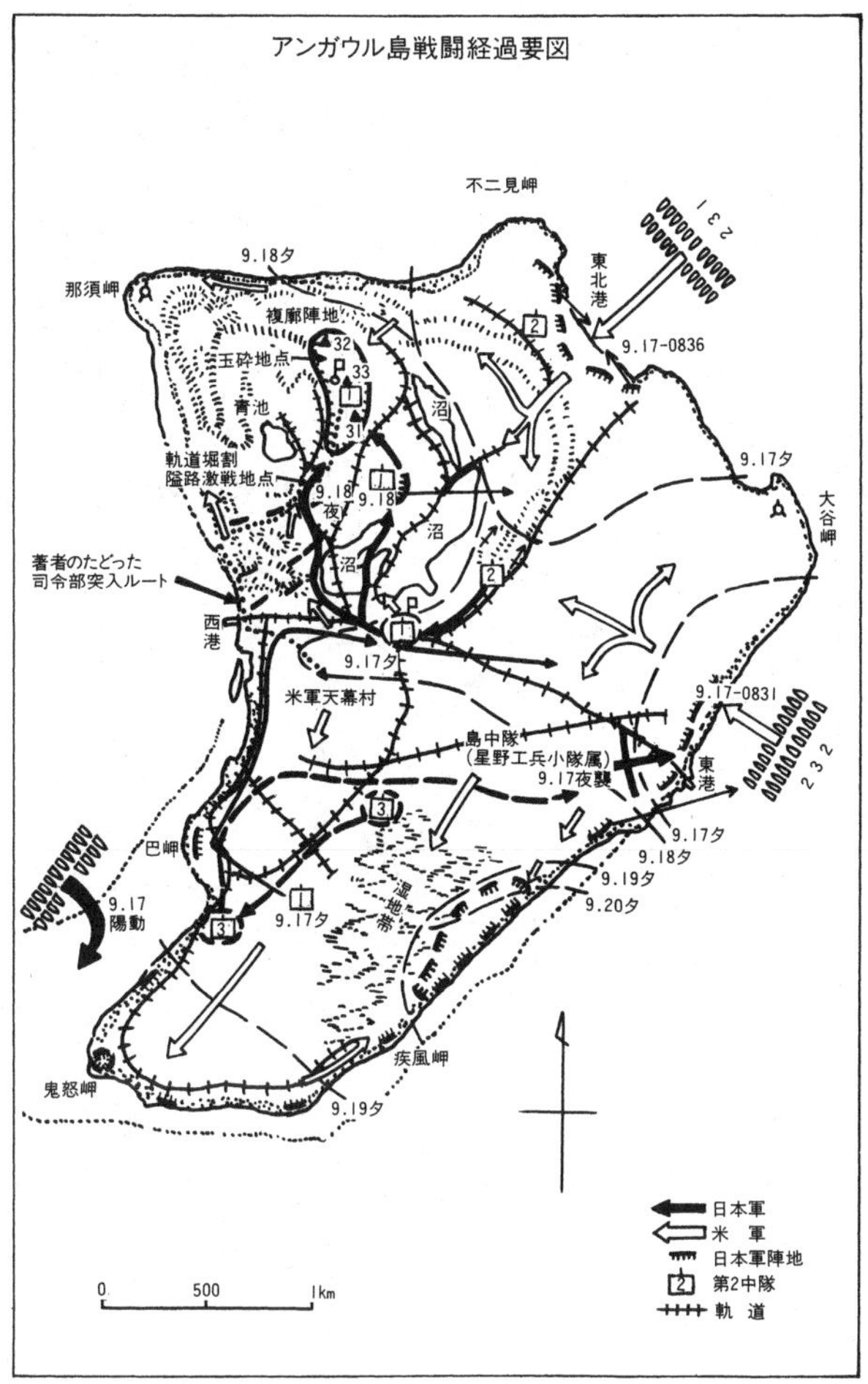
アンガウル島戦闘経過要図
不二見岬
那須岬
9.18夕
複廓陣地
玉砕地点
青池
沼
東北港
9.17-0836
9.17夕
大谷岬
軌道堀割
隘路激戦地点
9.18夜
9.18
沼
沼
著者のたどった
司令部突入ルート
西港
9.17夕
米軍天幕村
9.17-0831
島中隊
(星野工兵小隊属)
9.17夜襲
東港
巴岬
9.17
陽動
9.17夕
湿地帯
9.17夕
9.18夕
9.19夕
9.20夕
疾風岬
鬼怒岬
9.19夕
231
232
0
500
1km
日本軍
米軍
日本軍陣地
第2中隊
軌道

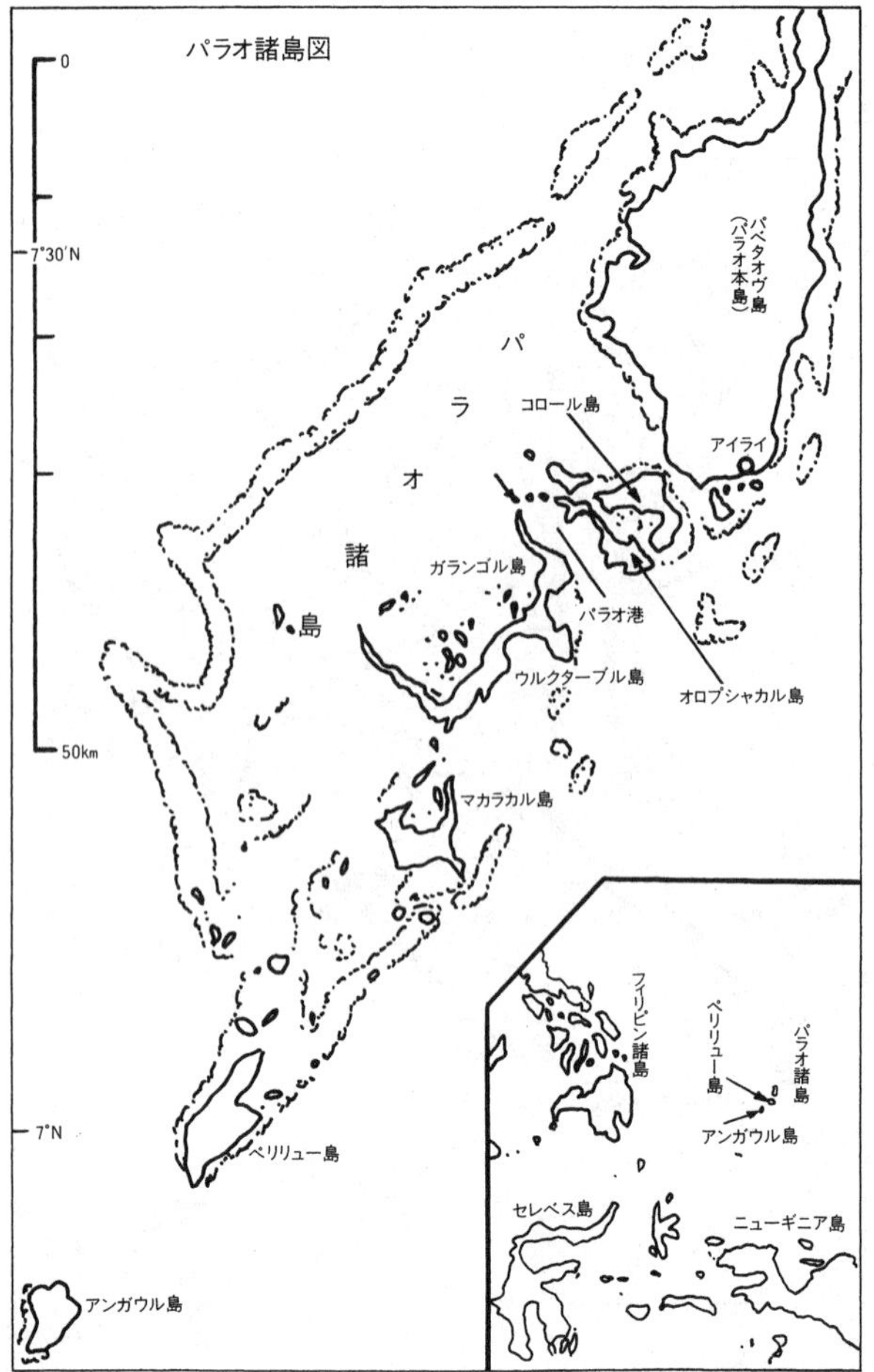
パラオ諸島図
0
7°30′N
50km
7°N
パラオ諸島
パベタオヴ島（パラオ本島）
コロール島
アイライ
ガランゴル島
パラオ港
ウルクタープル島
オロプシャカル島
マカラカル島
ペリリュー島
アンガウル島
フィリピン諸島
ペリリュー島
パラオ諸島
アンガウル島
セレベス島
ニューギニア島

「船坂軍曹。擲弾筒(てきだんとう)分隊前へ！」

中隊長の命令が伝わる。蒼い照明弾の光が、周囲の光景をまばゆく照らし出す。削り取られた岩壁、白い亀裂をみせて倒れている大木、山腹にぽっかりと開いた穴。屍体。……米軍は、上陸に先立って三日間、寸時も休まず、この小島に豪雨のごとき艦砲射撃を浴びせかけていた。一分間に四十発、一日五万七千六百発、計十七万二千発、約三千トンの弾丸によって、この緑の島はまたたく間に、あたかも鳥の羽をむしられたように裸の島に化していた。地形あらたまり山形変じ、島内の多くのジャングルは集中射撃で瞬(また)くうちに平坦地に変貌していたのである。

われわれ擲弾筒分隊十三人は、その惨澹たる光景の中を、隊の先頭部へと進んだ。ところが十メートルも歩んだとき、われわれはいきなり凄まじい爆発音に包まれた。照明弾、曳光弾にまじって、米軍は艦砲、ナパーム弾、機関銃弾など、ありとあらゆる砲弾を撃ち込んできたのである。バタバタと倒れる音、それをいたわる戦友の声が炸裂音のきれぎれに聞こえてくる。進もうとして思わず腰を落とす者もあれば、わなわなと顫(ふる)える初年兵もある。

「しっかりしろ、歌うんだ、軍歌を。いいか、心の中で歌うんだッ！」

夢中で私は叱咤(しった)したが、その声は飛来する砲弾の音にかき消された。……万朶(ばんだ)の桜か襟の色、花は吉野に嵐吹く、大和男子と生まれなば、散兵戦の花と散れ……私は大声で歌いながら、腰をかがめて前進した。歌っていたのは私ひとりだったのかもしれない。私自身、亢(たか)ぶる気持を押さえつけたかったのである。

道路の両側に見上げるほどに聳え立っていた椰子の樹々は、どこへ飛ばされたか影も形もない。あたりに欝蒼と茂っていた密林とともに姿を消してしまっている。足もとには、ずたずたに切断された電線と、飴のように曲がったトロッコのレールが飛散しており、砕け散った椰子の木の断片が脚にからんだ。蒼白い照明弾の光のもとで、進路に点々と落ちた血の量が増してゆく。

「だれか、……だれか……残念だ！」

「てん、のう、へいか……。おとうさん……おかあさん……」

呻く声。助けを求める声。いっさいをかき消す爆発音。

それらが一メートル進むごとに激しい様相を帯びてくる。

「いいか、右手がなくなったら左手で、左手がなくなったら右手で闘うんだ。敵の火器が百倍でも千倍でも恐れるんじゃない。敵が数十倍なら一人で数十人を倒せばよい。肉弾となって最期(さいご)までたたかえ！」

私は元気であった。『葉隠』の神髄を思い出し、部下を叱咤し、士気旺盛。この日のために生まれきて、この日のために男子の本懐を、といった気持であった。死の恐怖は、逆に私の興奮をかき立てていたのである。だが、私の絶叫が終わった瞬間、不意に照明弾、砲弾の飛来がぴたりと止んだ。一面青白いスポットを注がれていた戦場は、一瞬にして暗黒の底に転じた。急変して不気味な静寂にかえったことが、われわれを言い知れぬ恐怖の底に追いやる。誰もが、つぎに異変の襲いかかるのを予感せざるをえなかった。

〈もう敵兵と接触したのだろうか。米兵は近くに姿を現わしたのか？〉
と、全員息をのんだ。それにしては早すぎる……。いま米兵に遭遇することは、絶対堅固と信じられているア島東北港が壊滅したことを意味していた。島の海岸線をみるとき、東北港は随一の自然の要害であった。その断崖絶壁に打ちよせる怒濤は高く大きく、嵐が渦巻いているかのようだった。人間も船も近づける場所ではない。島に住むカナカ族の土人でさえ、そこには船をつけなかった。いかに物量を誇る米軍であっても、この東北港だけは敬遠するだろうと、守備隊員全員が信じていたのである。したがって、この東北港を守る第二中隊の安否は、戦局の重要なポイントであった。

ところが、最前線の斥候が暗闇のなかを帰ってきて、「米軍の集団、前方にあり」と報告した。なぜこのように早く接触する羽目に陥ったのか。その報告をかすかに耳にしたとき、中隊員は化石のように押し黙った。頼みとする第二中隊を押し切って、米軍は東北港の上陸に成功したことを察知したからである。実は、このとき米軍は、東北港の岩壁をすさまじい砲撃によって削り取り、断崖絶壁を平地に変えてしまったのであった。

「擲弾筒分隊、前へ――」

ふたたび低い押し殺したような声が伝わる。私は分隊を中隊の最前線に誘導した。分隊に一番先に命令がくだったのは、重機関銃では射撃音をさぐられすぐに位置を発見されるからであろう。

「射撃は予行演習のとおりだ。絶対に硬くなるな！」

と私は部下たちに叫んだが、私自身、心中静かに秒読みを始めつつも、刻々と心臓の鼓動で乱れを生じ、息苦しい有様であった。

そのとき、前方ジャングルの黒い茂みのなかで何かが動いたような感じを受けた。

「目標四百メートル前方のジャングル中央！　撃てッ！」

四梃の擲弾筒が一斉に火を噴き、音を立てた。周囲の静寂は引き裂かれた。発射した榴弾の弾道は緩やかに弧を描きながらとんでゆく。だが、闇夜にその軌跡は見るべくもない。南方は湿気が多く、そのために不発弾が多い。発射したあと弾着まで、われわれは、どうか敵陣で炸裂してくれと神に祈った。――つぎの瞬間、目標地点からつぎつぎに火の玉が揚がった。命中である。耳をつんざくような轟音に、私たちは踊りあがって喜んだ。目をやれば、爆発するたびに、宙高くふっとび、あるいは横ざまに倒れる米兵たちの姿が見える。敵は、連射する榴弾のために、意外に甚大な被害を蒙ったらしい。第一線が慌てふためいている様子が、赤い炸裂火のなかに浮かびあがる。二十分もすると、米軍の前線は大きく後退するにいたった。

「やったぞ。やった、やった――」

守備隊員たちは、思わず同じ言葉をくりかえして、ほっと安堵した。擲弾筒とは片手で携行できる花火の筒のような兵器で、満州事変以来使用されているきわめて原始的な小迫撃砲である。筒の口径八センチ、筒の長さ二十センチ、最大射程距離六百五十メートル、榴弾は一個一キロ弱である。筒の下部二十センチの部分に照準器がついていて、その下に半円の台座がある。射撃の際は、かならず左手で筒を支え、四十五度傾けて、右手で照準を定める。ふつう、射手のかたわらにもう一人の筒手がいて、筒に弾丸を入れる役目を果たしていた。一発の弾丸の殺傷力は十五平方メートルにおよび、小型ではあるが歩兵部隊には欠かせぬ重宝な火器であった。……だが、米軍はわれわれの攻撃に黙って退いたわけではなかった。やがて、そのジャングルの奥から数万発の一斉射撃が始まった。猛射は焔の束となり、火の河となって怒濤のようにわれわれの頭上に注ぎ、炸裂する。愕(おどろ)く暇(いとま)もなく、私の周囲には鮮血がとび散り、つぎつぎに戦友たちが薙(な)ぎ倒される。必死で大地に額をつけたまま、頭をあげることができない。誰がどこにいるのか、どうなっているのかもはやわからない。守備隊員全員が平蜘蛛(ひらぐも)のように這いつくばったままである。その間、ごろりと寝がえりをうつのは、敵弾の直撃を受けた即死者である。低く呻いているのは、まだ死にきれない重傷者である。軽傷者は、痛い、苦しいと引き裂くような声をあげている。阿鼻叫喚(あびきょうかん)とはこのことであろうか。阿修羅とはこのことか。

敵弾は休みなく一連の火の滝となり、中隊の頭上すれすれの空間に赤い層をつくり出している。地上のすべてをなめ尽くさずにはおかない勢いである。鉄帽から、耳から、わずかに十センチ離れた世界は地獄である。その弾雨の中で、私は何人、いや何十人の悲鳴と断末魔の叫びを聞いたことだろう。そのとき、二メートルばかり離れた場所で、また誰かを求める叫び声を聞いたように思った。無意識のうちに頭を上げた。とたん、ぴゅんぴゅんと乱れとぶ小銃弾が風を切り、すぐ耳もとで剃刀(かみそり)を振り回されているような恐怖にかられる。

〈となりで呻いている兵は誰なのか？〉

私は土を嚙んだまま、棒のように硬直させた体を横転させてやっとその兵隊に接近した。

「おい、お前は誰だ。どこをやられた」

答える声はもう出ない。よくみると他の分隊の松本上等兵だ。右手に握っていた小銃を離して負傷個所を指さす素振りを見せたが、腕を動かす気力もなさそうだ。闇の中で私はすかさず彼の右手を握った。すると、彼はその手を自分の腹部に持ってゆこうとする。そのまま胸のボタンを一つ二つ撫でおろして四ツ目のボタンのあたりで手はとまる。腹部の真ん中であった。そこには帯剣と弾箱のついた帯革はなく、私の指先にはべっとりと生温かい血糊がくっついた。

〈腹部貫通だ……〉

さらに私は腹部をさぐろうとして愕然とした。指先にいきなり熱い太いゴム管様のものが触れたからである。腹部の臓器は半ばはみ出し、夜気にふれてどくどくと動いていた。二、三発は貫通しているらしい。手当てはすでに間に合わない。私は咄嗟に、彼の最期の言葉だけでも聞いておいてやりたいと思った。

私の手を握った彼の表情は、闇にとざされて、その眼差しも口もともわからない。しかし、現役兵の多い中隊では彼は数少ない召集兵であり、若いわれわれと違って故国には妻もあれば子もあるはずである。家族にのこす言葉はわれわれよりもずっと多いはずであった。私は自分の鉄帽を彼の鉄帽に打ちつけるようにして、彼の口もとに耳をつけた。

彼は苦しい呼吸のなかから言葉を吐き出した。

「はんちょう、どの。……にほんは、どちらの、ほうがくでしょう……」

日本の方角を知りたがっているのである。瞬間、私は島の北港を思い浮かべ、横たわったまま、

「日本はこっちだ！」

と、北の方向を指さした。だが、松本上等兵には見えるはずもない。彼の倒れたからだは進撃方向の東に向かっており、その半ば硬直したからだを北の方角に向け直していれば、たちまち敵弾に当たるであろう。私はすかさず、彼の小銃の銃口を北に向け、その銃の中心部をしっかりと握らせた。

「松本、お前の銃の先が日本の方角だ！」

何度も彼の耳もとで念を押すように叫ぶ。闇の中で彼の手をさぐると、彼はゆっくりと小銃のなかほどを握った。そのまま彼の息は絶えた。……以上は、ほんの二、三十秒の出来事である。これが、弾雨のとび交うなかで私が彼にしてやれた最大のことであった。あちこちで断末魔の絶叫がきれぎれに聞こえる。これは、集団殺戮(さつりく)である。私は従来の支那事変や満州事変での戦闘常識がまったく間違っていたことを痛感していた。物量を盲滅法に投入する近代戦では、生半可な歩兵作戦など何の役にも立たないではないか。日本はあまりに米軍を軽視しすぎはしなかったか。その威力をまざまざと知らされて、私は〝玉砕〟を言葉としてではなく、はじめて実感として皮膚に感じ恐怖していたのであった。

戦車と泥沼

　二十分は二時間にも三時間にも思えた。やがて敵の一斉射撃がはたと止む。私たちはこの時とばかり、起き上がって擲弾筒を連射し始めた。目標は擲弾筒最大限の六百五十メートル照準である。筒身は真っ赤に焦げて、破裂音は前方ジャングル地帯を地震のように揺るがした。

　ところが、そのとき、ジャングルの奥からガタゴトと異様な音が響いてきた。敵は射撃をやめて新しい攻撃をとってきた。あの地響きをともなった音はいったい何であろうか。誰もが一斉に耳をそばだてた。つぎにそれがまさしく米軍の大型戦車群の接近であることに気づいて、応戦していた守備隊員たちは、新しい恐怖に身をおののかせた。闇の中に忍びよる轟音は、察するにほぼ二、三十輛の大型戦車らしい。M４型戦車の威力は図り知れないものがあり、われわれがこのまま現在地にいれば、虫や蟻のごとく、簡単に潰されてしまうことであろう。その不気味なキャタピラの音は、われわれに「逃げろ」「逃げろ」と威嚇するようであった。

「やむをえん。……転進！」

　石原中隊長は即座に転進命令を出した。転進とは退却の意にほかならない。この場合は、いったん現地点を避けるのが最も賢明な方法であった。爆雷をかかえて戦車の下敷きとなる肉弾戦法や、戦車のキャタピラへ身を捨ててとびこむ妨害戦法などは、すでに、師団が満州斉々哈爾(チチハル)に駐屯していたころから学んできている。しかし、いまは、肉迫攻撃に使用する爆雷はおろか、火薬も携行していない。もう無我夢中に巨大な戦車群に追いつかれないように逃げることだけで一所懸命である。

中隊は、猛虎に追われる羊のごとく、背後の沼の中に散を乱してとびこんでいた。だが、とびこんだのはいいが、大変な場所であった。その沼には鰐もいれば毒虫も棲息していた。だが、沼を渡っていればどこから襲いかかられぬともかぎらなかった。それでも、巨大な〝陸の戦艦〟に踏みにじられるよりはまだましだったのである。

脚を踏み入れると、沼の水は日中の炎暑によって生温く沸(わ)いていて、二、三歩歩くと蛭(ひる)がぴったりとくっついた。足を動かすたびに柔らかい沼底の泥濘(でいねい)にはまり、泥は掻きまわされて体の周囲に渦をつくる。進むたびに泥沼特有の異様な臭気が鼻をついて、嘔吐やめまいを起こさせる。だが、そんなことに構ってはいられない。ジャブジャブと乱れた水音を立てて、われわれは前へ進んだ。中隊長は先頭に立って中隊を引率しているのであろうか。だが、闇はいっさいのものを包んで何も見せない。方角がわからないまま、ただせきたてられて進むだけである。十メートルも進むと、私の皮膚の上には、もう一枚の皮膚を重ねたように、軍服の隙間から入りこんだ蛭がびっちりと吸いついた。

泥濘に足をとられて前につんのめる水音。沼床の障害物に足をすくわれてよろめく者。重傷でありながら戦車群の恐怖から逃れたい一心で沼にとびこみ、

「あ、あッ。もう駄目であります……」

と泥水を口中に含みながら呻いている者。これが、その名も関東軍の精鋭といわれ、自負もしていたアンガウル島守備隊の姿か、と思われるほどの悲惨さであった。一面に葦のごとく繁茂した沼の植物が体にからんできて、漂っている藻や浮草の類が、顔や胸や背に寄ってくる。そのたびに、私は沼に棲む魔性の生物にとりつかれたのではないかと錯覚し、おびえた。朽ち果てた巨木が浮いていて、不意に固い衝撃を私に与える。私は、そのたびに、巨大な鰐が襲ってきて、がぶりとひと呑みにされたような気分におちいる。神経は張りつめ、全身は泥水に濡れて、冷汗と身ぶるいの連続であった。

約三十分は歩いたろうか。しかし、われわれはまだ向こう岸に着かなかった。確か、沼を横切った進行方向には小高い丘があり、稜線につづいているはずである。もしかしたら、私たちは暗黒のなかで進む方角を誤ったのかもしれなかった。いや、一ヵ所をぐるぐる回っているのかもしれなかった。どこからも隊長の命令はなく、水を掻いて進む音も数少なくなり、脚はぬかるみにはまり続けて、動かす力も衰えていた。時折、沼床が急に深く落ち込んでいる場所に足を踏み入れ、ざんぶりと顔や頭まで泥水に沈んで、駭いて浅い底を求めてとびあがる。そのたびに、毒液を飲みこんだように、鼻腔から咽喉にかけて生ぬるい汚水が通りすぎ、臭気のために呼吸も困難となった。

めざす丘陵地はどこか、岸に到着するのはいつになるのか、その切実な疑問を前方の者に訊きただす気力も失い、私たちは夢遊病者のように、ただ脚を前後に動かしていた。こうして、たっぷり三時間は沼の泥水の中で放浪し続けたと思う。陸上の一ヵ月間連続行軍に匹敵するくらいの疲労をおぼえていた。負傷者は無論のこと、体力の弱い兵隊が、バシャンという音を立て、幾人倒れていったことか。だが、その倒れた友を引きずってゆこうとする気力と体力は、もはやわれわれには残されていなかったのである。

　戦死者とは、戦闘において華々しく戦い、銃弾に遭って散華するものと考えていたのは誤りであった。この「死の沼」は、このとき数十人の犠牲者をのみ込んでしまった。こうした中で、幸い私の分隊は、時折私が気力をふり絞って点呼を続けたためか、沼に沈んだ者はいなかった。ようやく先頭の一隊が岸に辿りつき、バタバタと横たわる音を耳にしたとき、水滴をポタポタとたらす音を聞いたとき、私たちはそれが「助かった」「助かった」と呟いているように思えた。

「全員、無事だな……」

　岸から分隊員の手を引っ張りながら、まず残存分隊員が全部健在であることを知って、ほっと安心した。後で昼間に見たこの沼は、驚くほど小さかった。ここで私たちが約三時間も苦闘し、死者まで出したとは思えなかったものである。おそらく当時のわれわれは、戦車の轟音におびえた戦場心理で一ヵ所を回り続けていたのではあるまいか。いずれにせよ、この沼が存在したことで中隊は救われ、〝玉砕〟の時期はのばされたことは確かである。

　岸に着いた私は、疲労が一時に襲ってきて、たちまち空腹と睡魔にとりつかれた。いつの間にか戦車の進撃音は遠ざかり、周囲は戦友の吐息が充満している。ごろりと転がって闇夜のはるかな天空をじいっと凝視すると、黒雲の彼方に南十字星が光っていた。地上の凄惨な争闘とは縁のない穏やかな輝きである。父母兄弟のことが脳裡に浮かぶ。いまごろ彼らは何をしているだろうか？　私が戦闘の真最中であるとは想像もしていないだろう。

私は大声を出して泣きたかった。淋しい、というよりは情けなかったのである。たった一日の戦いで、思いがけぬ後退を強いられてしまった。いったい、今後のわれわれはどうなるのであろう。

私にしてはめずらしく感傷にひたっていたとき、声を低く殺した前方の伝令が聞こえた。

「戦車群は沼を迂回して、小径よりこちちらに向かっている。全員、稜線に陣を張れ！」

疲労困憊の極にあるこのとき、出発の号令が出ても、誰一人動ける者はいなかったろう。しかし、戦車群来たるの報は、命令にまさる通告であった。私たちは、くたくたの体に鞭打って、あえぎつつ約三百メートル前方の西北高地によじのぼり、稜線に辿り着いた。そこは、戦車群が登ることのできない、岩壁から成った標高三十メートルの尾根であった。

米軍が上陸する以前の八月、大隊長は、「もし敵を水際で撃破できず最悪の事態におちいったときは、西北高地に散在する無数の鍾乳洞を利用して複廓陣地とする」と伝えていた。いま、その最後に死守すべき地点に、われわれは集結したのである。

すでに夜は白みかけていた。稜線から、アンガウル島の北側地帯が一望のもとに見える。わずかに艦砲射撃と爆弾の被害から逃れた小さな密林の緑が、朝露に光り始めた。洋上の波頭もきらきらと輝き、またいつもと変わらない南国のどぎつい炎暑の一日がやってこようとしていた。平和なときなら美しい眺めである。だが、このときは、その輝きまでもが、憎しみに燃えているように見えた。

満州から南海へ

――アンガウル島は、周囲わずかに四キロの可憐な島である。硫黄島の約二分の一にしか過ぎない。その位置は北緯七度、東経一三四度、大阪から二千七百キロ南下した海上にあり、パラオ諸島の最南端にあたる離れ島であった。

第一次大戦直後までドイツ領であった赤道以北の太平洋諸島は、日本の委任統治地として当時南洋庁の管轄下にあって、正式には西カロリン群島パラオ諸島と呼ばれ、アンガウル島はペリリュー島の南西十一キロをへだてて並んでいた。

この島は、椰子の葉茂る南国の、夢のごとき島で、濃紺の絵具をとかしこんだような明るい海の色が太平洋の雄大な波濤につづき、波動に照り映える陽光は七色に輝き、えもいわれぬ美しい眺望をつくっていた。珊瑚隆起礁から成るこの島の海岸には、裾礁が発達していて、海辺の白い砂浜に打ち寄せる色とりどりの貝殻も目をたのしませた。四季を通じて、パパイヤ、バナナ、パンの実、マングローブ、椰子などの南洋特有の珍しい果実が実っていた。

島の南側は平坦地、北側は高地である。北高地には一面に黒い密林が生い茂り、沼と湿地帯が多く、椰子とゴムの樹が密生して、昼なお暗いジャングル地帯を形成していた。島には真っ黒いカナカ族の島民が四百人～五百人住みついており、産業としては太平洋四大燐鉱石の産地の雄として知られていた。その燐鉱石は海鳥の糞が分解溶解した燐酸塩を含み、溶液が珊瑚礁の炭酸石灰と化合して形成されたものという。一九二二年以降は日本の南洋庁が大規模に採掘を始め、南拓興発会社を置き、露天掘りで有名となった。

だが、アンガウル島はほかに注目すべきものも軍事施設もなく、戦略的にはそれほど価値のある島とは思われていなかったのである。ところが、ときは昭和十九年、太平洋戦争の状況は日本軍に利あらず、支那大陸における反撃をのぞいて、その他の主要戦線はじりじりと後退し始めた。参謀本部はついに「絶対国防圏」を全軍、全国民に唱えさせ、千島列島、内南洋、比島、豪北、蘭印を列ねた線をひき、最後の防禦ラインとするにいたった。こうして、パラオ諸島も、果然、日本必死の防波堤として極めて重要な地域となったのである。

一方米国は、昭和十八年十一月トラック島を奇襲して、実質的に中部太平洋方面に攻撃作戦の重点を置いた。その意図は、マリアナ地区その他内南洋を奪取すれば、十二グループ、七百八十四機を発着できる飛行場を建設することが可能となり、これにより東京爆撃を含む対日作戦攻撃の距離をせばめて、一挙に日本本土にせまろうというものである。かくて、ニューギニア沿岸作戦の正面地点と、中・緬・印方面の作戦地点を非重点に切りかえ、陸・海・空こぞって中部太平洋地域に全力を注ぐことを、統合幕僚長会議で了承したのであった。

その結果、太平洋艦隊司令長官ニミッツ提督は、

「サイパン――昭和十九年六月十五日攻略開始。パラオ――昭和十九年九月十五日攻略開

始」

という指令を、統合本部から受け取っている。

これに対して、東條英機首相はかねてから「敵がサイパンに来たらこちらの思う壺だ」と豪語し、陸海軍の首脳部も同様にサイパン戦必勝を奏上していたという。だが豈図(あにはか)らん、サイパンは米軍の予定どおり六月十五日に上陸されて、七月七日に玉砕した。サイパンから西進する米軍の機動部隊は「蛙飛び作戦」という奇襲戦法をみせて激しい動きをとり、テニヤン島は七月二十四日に上陸されて七月三十日に玉砕し、つづいてグアム島も七月二十一日に上陸されて八月十日に玉砕した。

こうして、ついにペリリュー島が九月十五日上陸されて、十一月二十四日玉砕し、同時にアンガウル島も九月十七日に上陸され、のちの硫黄島同等の凄絶な戦闘をくりひろげることになるのである。ペリリュー島、アンガウル島を攻撃した米軍の最大の目的は、前述のとおり、ここから比島、沖縄攻撃の飛行機を発着させるためであった。故国の家族を想うとき、われわれは敵を一歩たりともこの島に上げてはならなかったのである。

思えば、われわれ宇都宮歩兵第十四師団に南方作戦動員令がくだったのは昭和十九年三月一日であった。関東軍の精鋭として強兵の名を誇った満州斉々哈爾(チチハル)第二一九部隊の原隊は、この宇都宮第五十九連隊（連隊長・江口八郎大佐）の現役兵が主体であった。それまでは、仮想敵であるソ連の侵入にそなえ、部隊は永久駐屯軍として北満・斉々哈爾に司令部を置き、ノモンハン付近、アルシャン、ノンジャン、ハイラル一帯の国境警備隊として活躍していたのであった。

動員令がくだると同時に、われわれは死を覚悟した。故郷に遺書、遺品を送り、動員編成を三月五日に完了、三月十二日に連隊は旅順に集結し、十五日から二十五日まで十日間、猛烈な特殊訓練を受けた。

その内容は、ニューギニア戦線における逆上陸と、水際作戦に関する、実戦さながらの激しい予行演習であったのだ。二十五日、旅順を出発して大連着。この日から、正式にわれわれは第三十一軍中部太平洋派遣軍司令官・小畑中将の統率下に入った。二十八日大連を発し、三十日鎮海に寄港。三十一日、門司港着。四月一日、門司港出港。三日は横浜に入港。ひさしぶりに日本の港や町、自然を目のあたりにして、兵たちはそれぞれ感無量であった。東京のすぐ向こうの栃木県には両親や兄弟が暮らしている。一目会いたい、会えば心残りなく死ねるという思いに駆られる。だが、その望みはかなえられるべくもなかった。四月六日、横浜港出港、館山入港。館山の山や街を見ていると、ふたたび見ることもなかろう日本への断ち難い情がこみあげてくる。日本で生まれ育った二十数年の種々の思い出が走馬灯のように浮かびあがっては消えた。

北満の凍てついた風景から一転して、故郷のあざやかな緑にふれると、望郷の念はもだし難い。制空権も制海権もすでに米軍に奪われつつあったときである、南方目的地に到着するまでに海底に葬り去られるかもしれなかった。

四月七日、館山出港。師団は東山丸、能登丸、阿蘇山丸に分乗し、海軍護衛艦も数隻加わって、いよいよ南方洋上に向かった。途中、父島に十一日間寄港。当時の内南洋は日本軍にとっては無防備状態と同じであった。「米軍の各島上陸作戦は秋ごろであろう」という日本首脳部の予想を裏切って、米軍はサイパン島、テニヤン島、グアム島などに対して重爆撃をくりかえしていた。同時に、米潜水艦は内地と内南洋とを結ぶ航路上に出没し、陸軍の派遣船団を狙い撃ちしていた。それによって、それまで送り出された数十隻の船団が撃沈され、すでに数万の陸軍が海底の藻屑と消えていた。たとえば、グアム島に急行した第二十九師団第十八連隊のごときは、潜水艦攻撃のために全員海中に投げ出され、多数が死亡し、わずかばかりの丸裸の戦闘不能部隊となってサイパン島に上陸する有様であった。

四月十八日、父島出港。道中どうにか無事に、四月二十三日、パラオ本島への関門ともいうべきコロール島に着いた。この島は、南下する日本軍の船団がかならず立ちより、商店街のにぎわいも深夜まで続く、と聞いていた。ところが、そこでわれわれが最初に目にしたのは何であったろうか。美しいカナカ族の南洋美人でもなければ、椰子(やし)の緑色でもなかった。そこには米軍の三月末の大空襲の跡があり、悪魔の爪で掻きまわしたような残骸のコロール島が目にうつるだけであった。

「こりゃ、大変なもんだんべ……」

私たちは、その惨たる光景を見て、初めて戦争を身近に感じ、背すじに冷たいものを感じた。

北満や内地で想像していた以上に、戦況は深刻化していた。こうして、コロール島から南方へさらに五十一キロ進み、アンガウル島に第五十九連隊の先発隊が着いたのは昭和十九年四月二十七日午後二時である。つづいて翌二十八日、本隊と軍旗が上陸し、島民の大歓迎を受けた。この日から四ヵ月後に同じように行動したペリリュー島の第二連隊とともに敵の奇襲上陸を受け、玉砕、という運命が待ちかまえていることを、そのときだれが予想したであろうか。

強兵・野州健児

上陸早々・私たちは敵のグラマン機編隊の来襲を受け、機銃掃射の洗礼にあった。友軍の機影は一度も見られない。上陸した翌日から、敵の上陸地点と目される東・南・西海岸の水際に広範囲に障害物を築き、沿岸に鉄条網を張る作業が開始された。鉄条網の内側には石垣を組み、そのまた内側に深い戦車壕を掘りめぐらした。さらに、その戦車壕の内側に、各小隊、各分隊ごとに陣地を二重三重に構築した。

「水際撃滅作戦」とは、日本陸軍が年来研究しつづけた結果の苦心の守備体制である。守備隊員のだれもが、その効果を信じて疑わず、炎暑のもとで苦しみながら作業を続けた。

「これぐれえ頑丈にしときゃ、敵さんも一人も上陸できめえ。皆殺しだ」

「死に場所にしちゃ、めっぽう可愛くて奇麗な島じゃねえか」

というお国なまりの会話もとび出す。守備隊員の意気は軒昂たるものがあった。平時なら工兵築城班、設営隊が当然担当すべき仕事だが、すでに彼らを派遣するほどの余裕は日本軍にはない。守備隊員は、土方作業に身を粉にしながらも、愚痴をこぼす者は一人もいなかった。

……宇都宮第十四師団は、栃木、茨城、群馬、長野県出身者の集団である。つまり空っ風と雷の本場の中に育った頑健な若者が多く、「野州健児」と称して非常に強い軍隊であった。元第十四師団長・畑俊六元帥の言を借りれば「栃木人は無口で粘り強く、群馬人は国定忠治の負けん気があり、茨城人は水戸ッぽ根性で鼻息が荒い、長野人は山育ちながら理屈っぽい」ということにでもなろうか。総合すれば、粘り強い兵の集まった師団であった。

師団創設以来四十年、シベリヤ出兵、第一次上海事変、満州事変、支那事変においても、この師団の活躍は目ざましいものがあった。太平洋戦争においても、「弓兵団」と名づけられてインパール作戦にたたかい、「基兵団」となってニューギニア作戦に参加し、あるいはわれわれの「照部隊」と名乗る中部太平洋方面での奮戦となってあらわれたのである。……ここで、私はわが師団の自慢話をする気は毛頭ない。しかし、われわれとともに戦い、散っていった戦友たちを思うとき、私はこの師団に所属したことを誇りに思わないわけにはゆかない。戦後、軍隊に対する一方的な批判や、あたかも太平洋戦争の犠牲者を犬死にとなすような論がしきりになされた。だが、それらはいずれも軍隊において落伍者であった者のするインテリ兵の時流にのった発言であって、当時の私たち青年は純真素朴に「故国のために死す」ことを本望として敵軍に突入していったのである。とくに地方出身者の多い宇都宮第十四師団は、その素朴な信仰の持ち主がほとんどであった。

アンガウル島を守備したのは、この栄えある師団のうちでもとりわけ精鋭をもって鳴る第一大隊であり、私はその第一中隊の隊員であった。私たちがこの島に上陸し、水際作戦準備に連日汗を流していたとき、守備隊員の陣容はつぎのごとくであった。

地区隊長　歩兵第五十九連隊第一大隊長後藤丑雄少佐
大隊本部　鈴木恒中尉以下八十名
南地区隊（第一中隊）　中隊長・石原正良中尉以下百六十五名
北地区隊（第二中隊）　中隊長・佐藤光吉中尉以下百六十五名
反撃中隊（第三中隊）　中隊長・島武中尉以下百六十五名
第一歩兵砲中隊　中隊長・日野清一中尉以下百五名
砲兵第二中隊　中隊長・芝崎省三中尉以下百八十名
高射機関砲隊　柏原源吾少尉以下三十名
工兵第一小隊　星野善次郎少尉以下四十六名
通信小隊　山根宗一少尉以下十八名
補給小隊　立原安雄少尉以下四十四名
衛生小隊　野沢二一少尉以下四十五名
第十四師団野戦病院（六分の一）　斎藤健太郎中尉以下三十名

経理勤務部　岡田博吉主計中尉以下七名
第三船舶輸送司令部パラオ支部の一部　七名
海軍　第四十五警備隊アンガウル電探所所長・石倉芳太郎兵曹長以下十三名
陸海軍部隊合計　千百名
他に軍夫（島民）百八十六名
総計　千三百八十二名
以上は自衛隊戦史資料による。各中隊名簿は末尾に付した。なお、引揚援護局資料では一一九四名、米軍公刊戦史では一四〇〇名とある。

私たち守備隊全員は、まず昼夜の別なく重い石を運び、岩礁を刻み、砂と汗にまみれて炎熱下の作業に堪えた。兵隊というよりは、強制重労働に従事する土方・人夫にひとしかった。作業を急ぐため、各分隊への割り当ては過重となり、苛酷な作業に病人が続出して、毎日が拷問を受けているように感じられた。水は天水の利用に限られており、食糧は約三年間食えるほど貯えてあったが、万一の場合を慮（おもんぱか）って節水節食が励行された。とうとう、さすがの野州健児たちも、

「早く敵が上陸しねえもんかねえ。もう俺は一刻でも早く敵の弾に当たって死にたいよ」

とぜいたくな愚痴を洩らすほどであった。だが、私は絶対に泣き言を言わなかった。苦痛はすべて自己を最大に鍛錬してくれるものと考えていた。壕掘りに掌が血に染まり、指や手

は固着して動かなくなり、熱病にうなされる。暑さと過労で体から汗が一滴も出なくなる。それらの苦痛を、私はすべて自己への試練と考え、祖国日本に殉ずるための道だと信じていたのである。

〈日本には肉親がいる。家族の暮らしている本土に米軍を絶対に近づけてはいけない。この島を敵に渡してはならない……〉

という一念だった。私たち守備隊は上陸早々、

「われ太平洋の防波堤たらん」

という言葉を朝に夕に叩きこまれた。戦局の急を身体で感じているわれわれにとって、その言葉は至言であった。だが、この文句自体がすでに機先を制する積極的なものではなく、受動の意味にほかならない。壕を掘る心は自分たちの墓を掘る心でもあったのだ。作業中のわれわれを嘲弄するように、呪うように、毎日、一度は米軍のグラマン機編隊やB29機編隊が飛来して、銃爆撃をおこなう。私たちは為すがままに暴れる彼らを見やりながら、

「米鬼のやつ。貴様たちの首を引き抜く時機が来たら、骨までしみた憎しみをぶっつけてやる」

と切歯扼腕して口惜しがっていた。敵の上陸を前にして、われわれ第一大隊全員の士気はすこぶる盛んだったのである。

――当時、私は二十四歳。軍曹。擲弾筒分隊長。

初年兵のとき、特別射撃徽章と特別銃剣術徽章の二個を同時に授与された。部隊では随一

の模範兵であった。動員令がくだったときも、欣喜雀躍としていさぎよく故国のために死ねることを本望としていた。

私が育ったのは栃木県上都賀郡西方村である。百姓の三男として生まれたが、幼いころからきかん坊で近所の餓鬼大将であった。小学校、尋常高等小学校を終え、公民学校を卒業したが、それだけでは満足できず、早稲田中学講義録で独力で勉学した。その甲斐あって専検にパスし、昭和十四年には満蒙学校に入学して学習をつづけた。そして、昭和十六年三月卒業と同時に、宇都宮第三十六部隊に現役として入隊し、直後、満州に渡って斉々哈爾第二一九部隊（歩兵第五十九連隊）に配属されたのであった。剣道と銃剣術は有段級で、腕にも体にも自身があった。南方動員令が下ったのは除隊を目前にしたときだが、私は他の若い戦友とともに「撃ちてし止まん」の気概に燃えて、その機会到来に死に場所を見つけた思いであった。

空襲と艦砲の嵐

……その日、南国の空は明るく晴れていた。マーク・A・ミッチャー中将の率いる米軍第三十八機動部隊、通称快速空母群が、ペリリュー島、アンガウル島の沖合に姿を現わしたのは昭和十九年九月六日である。その船団たるや、航空母艦約十一隻、戦艦二隻、巡洋艦十数隻、駆逐艦三十五隻という威容であった。

洋上にならんだ船団は一斉に両島に艦砲射撃を始め、空からはB24や艦載機を使って銃爆撃を浴びせた。私たちは、設営し終わったばかりの蛸壺陣地にじっと潜んでいるより仕方がなかった。翌七日にはアンガウル島西北の洋上に潜水艦が出没し、いよいよ事態は切迫してくる。八日頃からは、艦載機による空襲は激しくなるばかりで、連日、延べ百数十機が飛んでくる有様である。柏原少尉の機関砲隊が必死に艦載機を狙って発射するが、なかなか撃墜できない。十二日以降は艦砲射撃の量は一日に千数百発という数に達し、せっかく苦心して病人まで出して造った水際陣地はひとたまりもなく破壊されてしまった。

「食うや食わずで造った陣地も二日で水の泡かい」

私たちの落胆はひとかたでなかった。

十四日午前十一時頃には、米軍は舟艇約十隻に分乗して東海岸を偵察、島の形を変えるまで爆撃と艦砲射撃をくりかえし、快速空母群はフィリピンに向かって去っていった。だが、入れかわって現われたウィリアム・H・P・ブランディ少将の率いる「アンガウル攻撃群」は、ペリリュー島も含め、戦艦二隻、巡洋艦四隻、駆逐艦四隻をもって、それまでに輪をかけた艦砲射撃をはじめた。

一方、パラオ方面井上集団司令官は、十二日、ペリリュー、アンガウル両島守備隊にたいし、つぎのような訓示を打電した。

「敵は必死の上陸を企図しあるものの如く、大東亜戦局打開の成否は正にかかってこの一戦にあり。知れ、三軍の期待、天下の与望こぞって我等の快勝に集まるを。皇国に生を享け君恩に報い奉るの機、断じてこの数日をおいて他になし。全員まなじりを決して将兵必ず一丸となり、決死善戦、もって敵撃滅の宿願を達成すべし」

この最終にして最大の緊迫した命令を受けた私たちは、いよいよ勇気百倍、大任を果たすべく緊張のうちに死を覚悟したのだった。

十五日。敵のペリリュー島上陸を望見した後藤丑雄アンガウル守備隊長は、

「敵はペリリューにつづいて、かならず十六日以降にこの島に上陸するだろう」

と判断して、南北地帯の海岸拠点を整備し、反撃中隊を島の中央部に待機させた。しかし、米軍はいったいどの海岸を主上陸地点にしているのか、まったく予測もつかなかったのである。

――いよいよ九月十七日。午前五時三十分、黎明をついて、熾烈な艦砲射撃とともに米軍の上陸がはじまった。彼らは、俗に「山猫部隊（ワイルド・キャッツ）」と異名を持つ米陸軍第八十一歩兵師団で、ニューギニア、ハワイで特別上陸訓練を受けて豹のような機敏さと執念をもった強固な兵たちであった。その数は約二万二千名。これに対して迎え撃つ日本軍守備隊は約千二百名。比率にして、なんと一対二十の戦いの火ぶたが切って落とされたのである。

〈主力はどの海岸に上陸して来るか?〉

どの船がどこを目標にしてくるか見当もつかない。連日の艦砲と空爆のために、われわれ守備隊には正確に状況を判断する監視哨もなくなっており、情報を迅速に伝えることも困難であった。島で唯一の通信機関だった有線はいたる所でずたずたに切断されており、その機

能は発揮できない。ところが、午前五時半、米軍の輸送船団が島の西方、西港海上に現われて舟艇を下ろし始めたのを巴岬沼尾守備隊が発見した。すぐさま、大隊本部へは伝書鳩をもって、

「敵の上陸地点は西港なり」

と急を報じた。この鳩連絡を見た後藤大隊長は中央部に待機していた島隊（第三中隊）をただちに西港付近に急行させた。ところが、じつは米輸送船団の西港での行動は、守備隊の判断を混乱させる陽動作戦であったのだ。現地へ到着してみると、敵の舟艇は洋上におろされたまま動こうともしないではないか。この陽動作戦に気がついたのは、すでに正午頃であった。

この間、予想を裏切って午前八時十分頃、敵は最も強固な自然の要害と考えられていた東北港および東港に向かって上陸を開始していたのである。艦載機の爆撃に加えて、艦砲により断崖絶壁を平坦地に変えつつ輸送船約四十隻が接近し、水陸両用戦車を先頭に数十隻の上陸用舟艇が刻々と海岸線に近づき、千メートルの彼方から水際陣地に猛烈な砲撃を集中してきた。

「三軍の怒、一億の声援、この決戦に集まる。全員決死、皇軍の真面目（しんめんぼく）を発揮せよ」

パラオの井上集団司令官から激励の電報が入った。東北港の正面を守備していた佐藤光吉中尉の指揮する第二中隊の二個小隊は、海岸の水中機雷、水際地雷の爆発とともに、水際に着く敵の舟艇を撃ち続けた。南星寮北側付近にいた砲兵第二中隊（野砲、中迫各四門）も、

敵の上陸海岸に終日砲撃を集中しつづけた。だが、衆寡敵せず、陸続として上陸してくる米軍に、夕刻までについに海岸堡を奪取されてしまった。

その夜、私たち石原中隊が接触したのも、東北港から上陸した米軍であり、われわれを沼に追いやったのも、上陸軍の右翼に位置した戦車群だったのである。上陸当初、敵の煙幕戦術や砲煙によって東北港の主力軍の数ははっきりわからず、後藤隊長は約二千名と判断していた。だが驚くなかれ、このとき東北港および東港に陣を張った米軍は、砲兵六個大隊、中戦車一個大隊をふくむ約二万二千名の兵であった。いかに豪気の後藤隊長も、こうなっては緒戦の敗北を認めないわけにはゆかなかった。私たちは想像もできない物量に負けたのである。かくなるうえは、西北山地に無数に散在する鍾乳洞を利用して、複廓陣地とし、これを死守して敵の飛行場建設を封殺するしかなかった。

「複廓陣地に集結し、島を死守せよ」

という後藤隊長の命令は、かねてから考えられていた最後の腹案であった。西北高地は、剃刀(かみそり)のように刻まれた岩石で成り立った場所で、高地とはいえ、そのなかに重畳(ちょうじょう)として山あり谷あり、歩いて進むだけでも容易なことではなかった。その岩石の山や谷は高く低く、ほとんどが絶壁をなし、ジャングルのように植物が繁茂している。そして、その岩壁のあちこちに無数の鍾乳洞があり、洞窟の種類も一人しか入れない小さなものから数十人を収容する大きいものまであった。その奥行も広狭さまざまで、多くの鍾乳洞は、入口から少し奥へ入ると、あちこちの洞口とつながっていた。入口は狭くとも、辿ってゆけば十平方メートルにおよぶ広場を持った洞窟もあるのであった。

したがって、洞窟内の日本軍を攻める場合に、米軍はまず高地の岩壁に悩み、つぎに蔓を伝わって降りるような断崖にぶっつかり、洞を発見したとしてもその奥からの攻撃に手をやくはずであった。島内にこういう鍾乳洞の口は無数にあった。とくに西北高地は、標高三十〜四十メートル、青池東北方の珊瑚山を中心に、洞が南方に三百メートル、東西に二百メートルも走って、まさにジャングルの自然陣地であった。われわれは、わずか一日の戦いで、この最後の砦に立て籠もることになり、それから約一ヵ月間、洞窟を中心として、血で血を洗う闘争がくりひろげられたのである。

ラバウルの主将今村均大将は、「ペリリュー・アンガウル精神を見習え」と全軍に諭し、当時、天皇陛下も毎朝、「ペリリューとアンガウルはどうなったか?」と御下問になったときく。玉砕島は数多いが、この両島のように寡兵で一ヵ月間以上を持ちこたえた島はほかにはない。その鬼神も哭(な)くすさまじい戦いは、「肉弾斬り込み隊」と「洞窟戦」に特徴があった。後に日本全軍を特色づけた「特攻」の合言葉も、ペ島、ア島の玉砕兵士の血肉を裂き骨を砕いて残した遺産であり貴重な戦訓なのである。

集団屠殺の修羅場

敵の戦車群に追われ「魔の沼」を逃れて、水に濡れ、空腹と睡魔に冒され、四肢を引きずるようにして、私たちは中央高地の稜線上に分隊ごとに陣容をかためた。東北港方面からじりじりと散開して敵の前線部隊が進んでくるのが見える。

「前方三百メートル、敵部隊発見！」

と誰かが叫んだ。このとき、生まれて初めて肉眼で見た敵兵の第一線は、ほとんどが黒人であり、白人がそのなかに点々と混じっていた。黒人の顔が、南国の陽光にぎらぎらと黒く輝いて、意外に近くに感じられた。緒戦の闇の中で死んでいった戦友たちの仇を討とう。こんどこそは思い知らせてやりたい。

「畜生！　あいつらよく肥ってやがる。いまに豚みてえにトンコロリだ」

「きのうの晩はよくも闇討ちにしやがったな。一人残らず皆殺しにしてやる……」

……残った守備隊員の団結は固く、奮起一念、すでに死を覚悟した闘志が、思わず言葉になって出る。あのノッポの異様な男たちが〝米鬼〟であるのか――私は初めて目にする米兵を近くにするにつけて、むらむらと憎悪がこみあげてきた。擲弾筒の発射準備はすでに完了していた。もう彼我の距離は二百メートルに迫っている。

「擲弾筒発射用意！　撃て！……」

私は最初の一発を、自分で号令をかけながら自分で撃った。昨夜、私の腕の中で死んでいった松本上等兵の弔い合戦の気持でもあった。かたまってゆっくり迫り来たる米軍の中央辺に狙いを定めて、撃って撃って撃ちまくった。当たる、当たる。面白いように米兵は炸裂音とともにふっ飛び、不意の攻撃に驚いた敵は、たちまちわれわれに後を見せて、煙のように背後のジャングルのなかに這いこんでしまった。あまりにもあっけない。

〈つぎはどんな作戦をとってくるのだろう?〉

敵が簡単に引きさがったあとに、新しい不安がやってきた。昨日の果敢な攻撃戦法を体験したわれわれには解せない米兵の態度である。いささか訝(いぶか)っているとき、急に東北港の方向から轟音が舞いこんできた。

「艦砲だッ。敵(かな)わんと思ってアンガウル沖合を包囲する数百隻の米軍艦に知らせやがった」

僚友が、首をすくめながら残念がる。無線連絡したものに違いない。激しい弾音を響かせて、ナパーム弾、砲弾がわれわれ第一中隊の散開した頭上から落下し始めた。第一中隊目標にところかまわず炸裂する。私のふせている前後左右に、岩石を砕き、黒い煙と白い土埃を吹き上げて、破片がとびかう。私は動けなかった。運を天にまかせるより方法がない。敵を撃とうと気持は焦っても、目を開くことも許されず、敵の巨弾はスコールのように重なって降りそそぐのである。このとき、砲弾を避けるために、姿勢を変えたり、立ち上がろうとした者は、すべて血に染まって倒れた。

「動くな、動いてはいかん!」

と私は部下に叫んだが、自分の声が自分の耳にさえとどかない有様である。もはや戦友が斃れる気配を感ずることもできない。この艦砲射撃が終わりしだい、例によって前方の敵は、われわれに向かって押しよせて来るに違いない。

〈そのとき、どういう作戦をとって戦えばよいだろうか? 果たして分隊員の何名が残って

いるだろうか?〉

私は、大地にうつぶせになったまま、考え続けていた。そのとき、私のすぐそばで鼓膜を破るほどの爆発音がして、粉砕された岩石が私の頭上に叩きつけるように飛来し降りそそいできた。グワン、グワン、グワン、島を分断する炸裂音。かぶっていた鉄帽が割れて頭蓋骨が砕けたように感じ、静止して伏せていた私は大地もろとも体を百八十度回転させられたように感じた。つぎの瞬間、私は意識を失っていた。

……何十分、いや何時間過ぎたであろうか。私は長い間無意識の世界をさ迷っていたように思う。ようやく、限りのない幽明の境から徐々に私の意識が甦(よみがえ)ったとき、中央高地の周囲は、真昼の陽光を受けて不気味なほど静かであった。頭をもたげようとして、はじめて頭部に激痛を覚え、現実にかえった。

〈生きている。生命(いのち)びろいしたのだ……〉

痛みのあるのは生きている証拠ではないか。あの艦砲の巨弾を至近に受けながら、私は九死に一生を得たのだ。私は気力をふりしぼって起きあがろうとした。だが、上半身をあげんとした私は、思わず背中にかかった重みにうめいていた。砂と土と岩の断片が、私の体の上に厚い層をつくり、重くのしかかっているのであった。

必死の思いでずるずると身を起こし、朦朧(もうろう)とした意識と目であたりを見回したとき、私はアッと叫んだまま、驚愕のあまり、ふたたび気を失いそうになった。

これは、地上の様相ではなかった。数メートル間隔で深く穿(うが)たれた弾着の跡がぽっかりと大きい穴をつくり、稜線はすっかり変形して見る影もない。無数の凹凸の上には、引き裂かれた樹木と、分隊員の腕や半身が血にまみれて転がっている。もはや屍体とはいえず、人体の四分の一、あるいは二分の一の肉片に近い遺骸が累々と横たわっていた。

〈これは、これはいったい……どうしたことだ〉

先ほどまで、元気な冗談をとばしていた戦友たちが、蒼白い泥まみれの顔に、白い歯をむき出しにして宙をにらんで死んでいた。もぞもぞと動いている生存者は、数えるほどしかいない。

「高久！　吉沢！　稲葉！……」

私はつぎつぎに分隊員の氏名を呼んで周囲を目で捜した。だが、返ってきたのは、たった三名——松島上等兵と吉沢兵長、大谷兵長の声だけであった。私の分隊員だけでも十三名のうち十名が、このとき肉片となって南国に散ったのである。私は一所懸命になって部下たちの姿を捜したが、認識票さえもどこかに吹っ飛んでいた。三メートルごとに三人折り重なって斃れた者、頭部を半分削がれた者、片腕をうばわれた者、内臓が半分はみ出している者など、思わず目をそむけたくなるような情景があちこちに展開されていた。流れる血は河をつくり、血を存分に吸った凹みはどす黒く変色している。その上を走る硝煙を孕んだ炎風がむかつくような血の臭いをふり撒いていた。

〈今後、われわれは誰の指揮によって行動すればいいのか？——〉

中隊は、四分五裂、隊長の所在もわからず、今後の中隊の作戦遂行は容易にできそうにない。他の地区で奮闘する中隊はどうなったのか、全然わからない。アンガウル島にはわれわれだけが生き残ってしまったようにも思われる。

私は上級指揮官を見失って絶望のあまり松島上等兵たちに告げた。

「こうなっては、戦う方法もなさそうだ。とうとう自決するときがやって来たよ。三人で擲弾筒を抱えて自爆しようか」

だが、そのとき私は、稜線の四囲を取り囲んでじりじりとせまってくる米兵の動きを敏感に感じた。

「ふせろ！」

と叫んであたりを望むと、先刻の黒人主力部隊が艦砲射撃跡のわが陣地を襲うべく、しだいに接近して来るではないか。兵力を増強したらしく、今度は何百という数でわれわれを飲み込むように間隔を狭めてくる。ぴゅうん、ぴゅうん、と銃弾が耳もとをかすめ始めた。われわれが全滅したと予想したのか、攻めてくる足も早かった。どうしようもない口惜しさと怨みがこみあげてきた。

「自決はいつでもできる。だが、一人でも多く米鬼をやっつけて死のうじゃないか。犬死にはやめよう！」

私は部下三人にそう言って、退却を命じた。戦死した部下や戦友の死体にこだわっている余裕はない。悶え苦しんでいる戦友を助ける暇もない。二分も躊躇していれば、三人の分隊員は即座にあの世行きだろう。

途方に暮れ、極度の緊張に疲れた他分隊の兵隊たちは泣き出していたが、私は彼らを激励して、稜線から絶壁の谷を上り、下りして、西北高地にある鍾乳洞の一つに入った。前述したように、鍾乳洞はそそり立った岩壁の側面に無数の穴となっており、入口は生い茂った蔓や歯朶の類で覆われていて、その個々の穴には人間が一人から三人は潜りこめた。いざその穴の中に入ってみると、奥は隣接した穴に筒抜けになって何十メートルも奥に通じている。入口から岩壁を伝って沢や尾根にたどり着くには元気な者でも大変な努力を強いられたが、それだけに米兵を迎え撃つには絶好の要塞で、事実、米兵は入口にも来ることができないだろうと思われた。

〈大隊長は、どうして最初からこの鍾乳洞を利用し、全員をここに立て籠もらせなかったのだろうか。大隊長の作戦がまちがっていたのでは……。何故この天然の要塞を使用しないのか……。ここを利用すれば、先刻死んで行った戦友たちも助かっていたのに……〉

私は、訝りつつも、あらためて天然の要害に感嘆した。私たちは天の恵みに感謝しながら、三人で協力して洞の入口に擲弾筒二筒を置き、米軍の方向に照準を合わせた。

「班長殿、弾薬はもうこれだけしかありません」

と松島上等兵が残念そうに言う。見れば残りはたった二十発である。全部を撃ち終わったら、他の分隊か中隊から補給しなければならない。私は一発一発を慎重に心をこめて敵陣に撃ちつづけた。私たちのかたわらでは、私たちが到着する以前から戦っていた深沢伍長が、なおも機銃にしがみついて撃っている。その銃撃は正確そのもので、彼が撃ち始めると米軍はじっと停止したまま動けない。彼が撃たなくなるとふたたび攻めてくる。深沢伍長とともに、私たちはそういうくり返しを数時間つづけた。いくら攻めても陥ちないと知って、敵は例によってわが地点めざして艦砲射撃を集中し始めた。しかし、恐怖の艦砲も今度ばかりは何ともない。轟音をあげて飛来するとき、私たちは洞窟のなかに潜りこんで、じっと体を休めておけばよいのである。首さえ出さなければ、艦砲はいたずらに岩壁に砕けるだけで、絶対に安全であった。

このころから、私たちにも米軍の攻撃ルールがようやくのみこめて、戦いに慣れてきた。敵は歩兵団が進攻に悩むと、即座に無線連絡によって艦砲の砲撃を開始し、艦砲の射撃中はグラマン機も偵察機も歩兵集団も近よってはこない。ひとしきり艦砲攻撃が終わると、こんどは歩兵と飛行機の来襲なのであった。洞窟は、そういった米軍の作戦からわれわれを十分に守ってくれた。

このとき、私たちの四囲にいた米軍は戦車一個大隊（約五十数輌）、歩兵約二個連隊強という大きな兵力で、東北港・東港から俗称サイパン村に通ずるトロッコのレール沿いに攻撃前進していたのだ。猛烈な艦砲射撃の支援を受けて、彼らは夕刻までには南拓興発工場の周辺、台地にまで進出、アンガウル島の二分の一を占領してしまっていた。しかし、そのとき私自身は彼我の状況などは知るはずもなく、ただ盲滅法に敵撃退に一役買っていたのであった。

重傷の処方箋

　夕刻、私は松島上等兵に、洞窟内の中隊本部を見つけて擲弾筒用の弾薬を受領することを命じた。まもなく松島上等兵は何も持たずに帰ってきた。顔面蒼白で、歩く足どりも蹌踉（そうろう）としている。

「どうしたんだ？――」

　とたずねると、

「いや、あちこちの鍾乳洞の内部は凄まじいものであります。重傷者がどこからともなく集まってきて、広い洞内には各中隊員入り乱れて唸っています。逆に、元気な兵隊はどんどん奥地の鍾乳洞を発見して陣地にしています。あまり奥なので、岩壁はけわしく道もなく、声がするような気配はしますが、連絡はとれません」

　という。鍾乳洞陣地には、健康な者でも、入口に達するまで岩壁を伝い、危険にさらされてやっと身体を入れることができるのだ。ところが不思議なことに、どこから難所をくぐり抜けてきたのか、広い洞内には重傷者が蠢（うごめ）いているという。ともあれ、松島上等兵は、とうとう中隊本部を捜し出すことができなかった。

　もはや大隊長がどの洞窟にいるのか、中隊長が何処にいるのか、判然としない。指揮系統の乱れた軍隊は烏合の衆と同じである。私はあらためて異様な事態を知って、その後の成り行きに大きい不安をおぼえた。しかし、いずれにしても、守備隊の動きから孤立してはならない。

その夜、私はひっきりなしに打ち上げられる敵の照明弾の光を利用して、無数の鍾乳洞陣地を渡り歩いて中隊本部を捜した。歩いてみると、なるほど、松島上等兵が報告したとおりだ。驚いたことに、どこを回っても半裸の重傷者たちがのたうちまわっている。

「痛いよォ。痛いよォ」

「……苦しい。水をくれ。頼むから水筒を捜してきてくれ」

「薬は持ってないか？　……包帯が欲しいよ。布切れでもいい……」

「早く、早く殺してくれえ。手榴弾はないか。自決の、弾をくれ！」

……と、片脚に白い骨だけを残した者、腹部を破片でざっくりと開けられた者、背中に破片が刺さったままの者などの、最期の訴えが矢のように飛んでくる。洞窟は石灰岩が地下水で溶けてできたものだが、内地の鍾乳洞と違って、方解石が洞内で氷柱のように垂れて風化し、蝕まれて円くなったり、岩礁(リーフ)状になったりしている。石灰岩が主ではなく安山岩が多いためであろう。洞内のざらざらした岩礁は鋭く、足を切り、手を傷つけ、針山地獄を思わせる。その暗い洞内に、わんわんと呻き声が響くのである。

洞窟の屋根を形づくる岩礁は、前述したように、艦砲の巨弾であっても削り取れず、また焼けつくような直射日光を防いでくれる。しかし、それだけに、暗くて湿気もひどく、洞内には赤虫と呼ぶ目に見えない毒虫や、蛇、トカゲ、陸蟹類のほかに蝙蝠(こうもり)が大量に繁殖して、時折、ぎゃうおッといった異様な鳴声を反響させた。そういう暗い洞内に、血の臭い、腐肉の臭いが充満するのだから、気の弱い者は卒倒しかねない。

重傷者たちが求めているのは、そのころ島内では米軍しか携行していない品ばかりである。無いと知っていながら、なお要求せずにはいられない負傷者たちの悲惨さ哀れさが胸をうった。目を覆うか、そらすかしなければ、自分自身がたまらなくなってくる。私はそのとき、やっと手に入れた弾薬箱のほかは水も食糧も薬も持ってはいなかった。投げかけうるものは言葉しかない。

「しっかりせい。傷はたいしたことはない。軍医が来てくれるからな」

「援軍はきっと来るぞ。連合艦隊がすぐ近くに来ているそうだぞ」

「友軍の病院船がかならず迎えに来てくれるよ。それまでの辛抱だから、頑張るんだ！」

確信はないが言わずにはいられない。私の幻の言葉を聞いて、せめて一時間でも苦痛に堪えてくれれば、安楽な気分になってくれれば、という思いであった。苦しい息に喘ぎつつ、意識の無い者がそこかしこに横たわっている。そのような兵士がこのけわしい鍾乳洞までどうしてたどりついたのか、まったく不思議であった。

洞窟を北に行くと、薄暗がりの中で、不意に深い井戸のごとく落ち込んだ場所がある。その黒い底に、足をすべらして転落した負傷者たちが蠢(うごめ)いており、助けを呼ぶ声や低く苦痛に呻く声がうわんとこだましていた。どこもかしこも、私が幼いころみた地獄絵と相違はなかった。何ということか。私は身ぶるいを止めることができなかった。自分も、やがて地獄絵の一人に成り果てる運命である。それが今日か、明日か。いずれにしても、そう遅くではない……。

屍体をまたぎ、腐臭にむせながら、私は中隊長の姿を求めて洞窟の中を右往左往した。とにかく生きて動ける以上、明日の戦闘の指示を受けなければならない。だが、その夜はついに中隊長のありかを捜し出せず、目的は果たせなかった。

ふたたび私は鍾乳洞のある複廓陣地にもどった。敵の照明弾はひっきりなしに打ち上げられていたが、夜間攻撃の気配はまったくない。照明弾の打ち上げは、われわれに対する心理作戦であろう。ふと岩壁の隙間から敵陣の方角を見おろすと、敵ははるかアンガウル島の南部と西部にテントを無数に張りめぐらし、発電によってあかあかと電灯までつけているではないか。悲惨な複廓陣地からその光景を見た私は、複雑な感情に捉われた。米軍はおそらくあのテントの下でぐっすり眠っているのであろう。読書に疲れを癒(いや)しているのかもしれない。明朝はゆっくり起床して、髯をそり、たっぷりと朝食をとって、またいつものようにわれわれを攻めてくるのであろう。皓々(こうこう)と照る数多くの電灯の輝きは、〝充ち足りたたたかい〟であることを如実にあらわしていた。わずかに隔てること数百メートル。同じ島を二分して、天国と地獄が横たわっている印象であった。

翌十九日。米軍は日課に従って艦砲の猛射でその日の攻撃を開始した。わが守備隊の生き残りは、まず北進する約一個連隊弱の敵に対し、宮下義雄少尉指揮の一個小隊をもって灯台高地付近を確保し、この敵を邀撃(ようげき)した。だが、敵に多大な損害を与えた奮戦もむなしく、午後には神社台を奪取されるにいたった。

なお、約一個中隊の敵が複廓陣地の南側隘路(あいろ)に進出してきたので、砲、迫、機関銃などの火力を集中して撃退した。このとき、私は稜線に出て、生き残りの三名を指揮して敵兵に擲弾筒の榴弾を撃ち続けたが、かえって敵の格好の目標となるだけであった。最後までこの地点を死守して、奥には米軍を一歩も入れてはならない、と思ってはやりにはやったが、敵の相変わらずの砲撃、銃撃には堪えることができない。戦闘中に、

「はんちょう、どの……」

と言ったっきり隊員吉沢兵長、大谷兵長の二人が弾を受けて即死した。残るは松島上等兵と私だけである。戦死した部下の遺体が台座付近からからだを乗り出していると、その死体はたちまち猛射銃撃の目標となって、上半身がぼろぼろと崩れ散る状態である。私たちは、ひとしきり攻撃しては、敵の砲撃が激しくなると、すぐ近くの洞窟に避難し、おさまってくるとまた飛び出して頑強に反抗した。……だが、夢中で撃っているうちに、昨夜手に入れてきたばかりの弾薬も数少なくなってくる。もうわれわれの最期(さいご)もすぐそこにやってきたのか――幾度となく感じた不安は消えて、すでに〝死〟と親しくなった心境である。

〈まだ手榴弾がある、銃剣がある。最後は米軍との白兵戦で何人も団子刺しにしてやる〉

と、こんな無謀な考えも無謀とは思われない。私はとくに銃剣術には自信と自惚があった。斉々哈爾(チチハル)の営庭で訓練中に、戸山学校出身の准尉からも、

「お前の銃剣術は腰だけでも三段に匹敵する」

と保証された腕前であった。いつかは、米兵と相対して、剣でたたかうときがくると信じていた。ところが、午後四時頃であったろうか――運命は向こうからやってきた。私が敵軍めがけて射撃していたとき、不意に至近弾が私の足もとで炸裂した。私の左脚は宙にとんだかと思われるような衝撃を感じ、からだは丸太ン棒を曳き倒すようにどうと倒れた。

〈ウム……ついに俺の運命もこれまでか……〉

激痛のために気を失いそうである。硬直した体を捻じ曲げて下半身を見ると、私の左の大腿部から真っ赤な血がどくどく流れ出ている。破片が腿の肉をそぎとってしまったらしい。出刃包丁で切り割(さ)いたように二十五センチくらい裂けて、左脚は他人の脚のようにつっ張っていた。脚の激痛が心臓まできりりと刺しこんでくる。私はその場に横たわって、ひとりで苦痛に堪えた。私が怪我をしたと気づいたときから、松島上等兵はどこに行ったのか姿が見えない。流れる血を自分の掌で覆ってみても、少しも止血の効果はない。やがて夕闇がせまってくると、米軍はぴたりと砲撃を中止したが、たったひとりで動くこともできず、私は闇の中に放置されていた。

〈俺もとうとう戦死者の仲間入りか……これでようやく靖国神社に行ける……〉

絶望が苦しいあいだにもわいてくる。ちょうどこの時間は、砲撃も終わり、生き残りの兵が、ほっと安堵の胸をなでおろし、あらためて疲労を感じる時刻である。今日も死なずにすんだ、また一日生きのびた――そう思うときなのだが、私は稜線にひとり、むうッと顔をゆがめながら苦痛に悶えていた。下半身は血達磨(ちだるま)であった。血はしだいにくろずんで、糊状になってどろりと流れる。夕闇のなかで目につくのは、味方の陣地に累々と横たわっている死体ばかりである。そのとき、私自身が、かつて見た助けを求める地獄絵のなかの一人と変わりはなかった。

　実はこの間、ただ一人の部下松島上等兵は、私の負傷を見るや直ちに軍医を捜して方々を歩き回っていたのであった。そのことを軍医が来るまで私は知らなかった。負傷してから一時間もすると、横臥した血だらけの私の目の前に、彼に連れて来られた軍医が立った。

……ところが、軍医は夕闇のなかで私の姿を一瞥(いちべつ)したまま、診察の手を触れようともしない。多量の出血で、付近の乾いた大地は、驚くほど真っ赤に染まっていた。その色で出血の量を判断し、絶望と見做(な)したのかもしれなかった。だが、大地の血には私だけのものではなく、戦友たちの流血も混じっている。私は、

〈少なくとも初めての負傷だ。充分の治療はしておいてくれるだろう〉

と思っていたのである。せめて、脚に触れて、親切に診てもらいたかった。だが軍医は手当ても施さず、黙って私を凝視したままであった。「可哀想だが、貴様はもう余命幾許(いくばく)もない。あきらめろ」と、軍医の眼差(まなざし)が語りかけていた。島の野戦病院は緒戦の爆撃で吹っ飛ばされ、医療箱も器具も包帯もない現在、手のくだしようがない、という意味にも受けとれる。それまでに私は、負傷個所が瓦斯壊疽(ガスえそ)になり時間がたつにつれて真っ黒に腐敗してゆく恐ろしさを、幾例となく目にしていた。島の気温が高いために、壊疽病の進行は非常に早く、朝の十センチの傷が夕刻には腐敗二十センチにもおよび、本人だけではなく、それを見る者に

も大きい恐怖を与えていた。

〈せめて、壊疽の予防くらいしてもらえないだろうか――〉

私は苦痛に顔をゆがめ、身をよじりながら軍医に訴えようとした。口を利かなかった軍医は、そのとき、おもむろに何かを取り出すと、落とさないように私の肩の場所にそっと置いた。それは薬でも包帯でもなかった。暮れかかった暗いなかで、かすかに黒光りして、ずしりと重い手触りのする手榴弾一個であった。それは、軍医殿は口にこそ出さなかったが、

「軍命令。貴様は即刻自決することが最善の道である」

という意味であったろう。重傷の処方箋が一個の手榴弾であろうとは、予想だにしなかった。〝死刑〟の宣告を受けたのと同じ決定的瞬間だったのである。

死ぬも生きるも気力だけ

軍医が去ると、たった一人の生存分隊員だった松島上等兵は、分隊長が自決することに決したと知って、私を凝視しながら、

「班長殿。お世話になりました。自分はこれから本隊を捜します……」

と最後の言葉を投げかけて、足早に複廓陣地の方へ姿を消した。彼の行動は戦時においては当然のことであり、私がつねづね言い聞かせておいた行動である。前夜にも、もし私が斃れたときは、まっすぐ鍾乳洞陣地に入って誰でもよいから中隊の指揮官を捜すように、と言

いきかせたばかりであった。「生者必滅、会者定離」——苦痛のさなかにあって、私は孤独の悲哀と無常とを感じていた。私ももはや余名幾許もあらず、鍾乳洞窟の中で蠢いている重傷者たちと同じになったと思うと、悲憤の涙にくれた。いま手榴弾の安全栓を抜いて地面に発火装置をコツンと叩けば、あとは火を噴いて爆発するだけである。その弾を、しっかり胸に抱けば、私の上半身は千々にふっ飛び、そこには両脚が残るだけである。私は昨夜、洞窟内で聞いた、

「自決用の手榴弾をくれ！」

という言葉を思い起こした。手榴弾があるということだけでも、非常な救いであったのだ。軍医の処方箋は、情にあふれ好意にみちたものだったのである。

〈しかし、もう軍隊からも見捨てられたのか。白兵戦に参加して敵と刺しちがえることもできないのか……〉

と、私は情けなかった。軍医や松島上等兵のとった態度は残忍でも残酷でもなかった。周囲の状況から推して、私の負傷も、目まぐるしくつぎつぎに起こる玉砕戦場の些細な一つの死につながる事件でしかなかった。これが戦争なのである。ひとり残されたとき、私は「戦友」という軍歌を思い出していた。負傷した戦友を抱きおこし、悲しみ励ます戦友愛の歌である。しかし、アンガウル島の戦闘にそういう素朴で悠長な感傷は通用しなかった。

——夜が白い星を天空にあらわし始めた。私が転がった四囲には、無残にも息絶えた戦友たちの屍体があって、「早く来い」と手招きをしているようだ。苦しい、痛い。私の心のな

かで死に対する恐怖がかえって自決を促し、手榴弾を持つ手に力を入れさせた。だが、私は自決の誘惑に、ようやくにして堪えた。自決を思いとどまらせ、私に生きる力を吹きこんだのは少年のころから学んだ剣道の教えであった。

「平常心を失うなかれ！」

　という囁きが、私の心を呼びさました。汗水たらして剣道に精進したころ、たたきこまれたことは、いかに異常な環境に放りこまれても、冷静にして正しい判断をくだすことのできる「平常心」を養えということであった。

〈ちょうどいまがその時ではないか。お前は何のために剣道を学んだのか！〉

　という声がどこからか聞こえてきたのである。置き去られた淋しさと死の恐怖から、私は徐々に自分を取りもどした。生きなければならぬ。

「脚の一本やられたくらいで死んでたまるか。これしきのこと、きっと俺は生き返ってみせてやるぞ！」

　私は苦痛に呻きながら叫んだ。まだ私には右脚と両手が残っている。左脚一本で自決するとは癪であった。生きようとして、あらためて傷を観察すると、パックリと開いた裂傷は左大腿部の後部全体にわたり、魚の腹を奇麗に割ったようだ。私がその傷口を両手でしっかりと押さえると、手は血のりでぬるぬると滑った。何くそッ！　という気力がむくむくと湧き起こってきた。

〈ガーゼと包帯が欲しい……〉

前日までは三角巾を大切に携行していたが、洞窟内で股のつけ根から脚をもぎ取られた戦友に懇願され、それを与えてしまっていた。ともすれば気の遠くなるような痛さを我慢して、私は負傷した脚のゲートルを解き、雑嚢の中から日章旗をとりだした。めざす敵の戦車を分捕ったとき、敵陣地を占領したときにまず最初に掲げようと、満州入隊以来、大切にしていたものだった。だが……こんな非常事態にも、私はその日章旗を包帯のかわりに使うことをためらった。旗には入隊前の専門学校長であった陸軍中将堀内文次郎という署名がもらってあったからである。しかし、背に腹はかえられない。

私は日章旗を幾重かに折りたたんで裂けた傷口にあて、その上をゲートルで堅く締めつけた。みるみるうちに、ゲートルを巻くはしから新しい鮮血が吹きあがる。まだ破片は大腿部に入ったままだが、問題は出血を早く止めるということである。縫い合わせずとも傷口が癒着してくれることを念じつつ、激痛に堪えて、私はゲートルを巻く手に力をこめた。たちまち、日章旗にあかく血をにじませ、それだけでは足りず地面へぽとぽとと新しい血を落とすが、私はかまわずにじっとしていた。

また米軍は恒例により、照明弾を打ち上げ始めた。あたりに散らばっている首や腕、虚空（こくう）を摑んで目を見開いている屍体などが蒼白い光を受けて、生きているかのように見える。

私は動き始めた、いや動かざるを得なかったのだ。

両腕に渾身の力を籠め、重傷の左脚を引きずりながら、尺取り虫の動作を真似て、五センチ、十センチずつ動いた。遅々として進まないが、戦死者のあいだを縫い、数時間かかってようやく鍾乳洞の見える場所まで到着し、そこからは両腕に全身の重みをかけて蔓にぶらさがり、さんざん苦心のすえに鍾乳洞の入口に転げこんだ。

――翌朝。目ざめたとき、激痛は残っていたが、出血はみごとに止まっていた。貧血のために意識は漠としているが、とにかく私は、精神力、気力によって生き返ったのである。喜んでいるときに、松島上等兵が私の姿を発見してとんできた。

「班長殿。生きておられてよかった！」

あとは言葉もない。

「松島。人間、生きるも死ぬも気力だよ。まだまだ死んでたまるかい。今日からは四つん這いのままでもシロブタたちをみな、殺してやるからな」

私は戦う気力だけは十分に取りもどしていた。少なくとも、もう一度殺されるまで生きよう、と決心したのである。同時に、いっそ死ぬなら敵を一人でも道づれにしたかった。今日も米軍は、かならず稜線を突破しにかかるであろう。それまでの生命だ。敵の体に食らいついてでも米軍を斃してから死ぬぞ……。

複廓陣地の死闘

通信連絡、杜絶す

米軍がアンガウル島で早急に欲しい地域は、飛行場設定の目的をもった南地区と想定された。ここでは、野州ケ浜付近に後退していた島中隊の生存者（重軽傷者を含む十数名）が、新設陣地を固守して敵の包囲攻撃を撃退し、勇戦敢闘していた。だが十九日夜にいたって、衆寡敵せず、鍾乳洞地帯へ移ろうとしたものの、沼の周辺で大部分は戦死し、新設陣地に残っていた一部の重傷者もついに二十日の午前十一時ごろまでには全員玉砕した。

かくて、米軍の目的はほぼ達せられた。あとは残る約六百人（当時推定）が引き籠もった西北高地の複廓陣地を主眼点とする殲滅（せんめつ）戦である。

二十日朝、敵は激しい艦砲・空爆支援のもとに、戦車十数輛を持つ約一個連隊をもって、わが複廓陣地の南方、灯台高地から青池に向かいわれわれを攻めてきた。陣地の高所から見おろすと、砂塵を巻き上げて黒山のような大群がじりじりと押しよせてくる感じである。私は、恐怖心……などというものはとっくに超越していた。擲弾筒をしっかり握りしめて、

〈どうせ来るなら、かたまって来い。目にもの見せてやる〉

とただ一途に考えていた。左脚の傷は、相変わらず激しい痛みをともなった。しかし、敵前の死を考えたとき、問題ではなかった。われわれ守備隊のその際の装備は、芝崎隊の野砲一門、第一中隊の小平軍曹と深沢伍長の重機、増淵上等兵の軽機、さらに速射砲、日野隊の大隊砲一門、速射砲一門ほかに軽機四梃で、樹の上には米軍から奪った重機を稲葉上等兵がかまえていた。これが二十日現在のわれわれの重火器全部であった。人数は歩兵約三百名、その他配属の小隊を併せて計約六百名である。

これに対して、敵軍のそれは四個大隊の砲兵、すなわち百五ミリ砲三十六門、百五十五ミリ砲十二門、計四十八門、および中戦車五十輛、歩兵六個大隊、航空機延べ千六百機、艦砲（戦艦一、重巡二、軽巡二、駆逐艦十）であり、兵力は計二万一千名、火力は二千倍という厖大なものであった。

雲霞のごとく押しよせる敵に対して、われわれは撃った。ただ必死に連続発射するだけである。私は擲弾筒を松島上等兵とともに撃ちつづけた。轟音ひびき硝煙たちこめるなかで、高地から撃ちおろす弾着の光景が手にとるようにわかる。

「オオ、ノー！」

と叫ぶ彼らの声さえわかるような気がする。敵は倒れ、逃げ、隠れようとし、走りつつ応戦している。私の擲弾筒も撃ち続けるうちに筒身が焦げてしまったので、椰子の木の葉を幾重にも巻きつけて、熱のために膨張した筒身を押さえつけて撃つ有様である。左脚の重傷、そんなことはもう忘れていた。一時は洪水のごとく押しよせた敵も、われわれの一斉射撃を浴びて釘づけとなり、逃げ場を失った。だが、敵の全滅を考えて喜んでいたとき、島も割れんばかりの艦砲、野砲の攻撃が始まり、その間、約二十分は私たちも頭をひっこめているしかなかった。攻撃の音がしずまって前方を見ると、敵はあちこちに死体を遺して姿を消していた。退却していったのである。

私は思った。こんな激烈な交戦が毎日続いたとしたら、まず最初に守備隊の弾薬が尽きてしまうのではないか。また、敵の砲撃によって、岩石は一日に七十センチ〜一メートルは削り取られている。十日続けば七メートル〜十メートルは低くなる計算である。十メートル低くなれば、この鍾乳洞陣地もくずれ落ちるという危険にさらされるのではないか……戦闘の勝利のあとで、すぐこういう不安に襲われる。

退却した敵はまもなく、こんどは軌道（燐鉱発掘工場の使用したレール）に沿って、掘割付近から増援部隊とともに姿を現わした。先頭の中戦車十数輌が折からの強い陽を浴びて褐色に輝いている。われわれには戦車が一輌もないだけに、その姿を目にすると口惜しくて仕方がない。ところが、さらにその後方から、奇妙な新兵器が登場してきたではないか。戦車の砲塔を取って、上に野砲をとりつけたような〝自走する大砲〟（対戦車砲）であった。私たちの初めて目にするもので、異様きわまりない。

「畜生！　あいつを真っ先にやっつけてやりてえなあ」

ならんでいた深沢伍長も口を鳴らす。恐怖をおぼえるより敵愾心(てきがいしん)をかき立てられたのだった。敵は特科隊に活動を命じたのだろう。無反動砲二門を有する一隊が東北港から陸揚げされ、そのままわれわれに向かって直進したものと思われた。だが、われわれはかえって、この無反動砲の隊員の姿が見えたときを一斉射撃の発射のチャンスとして、充分にひきつけていた。私の手には、暑さのためばかりでない汗がじっとりとにじんでいた。

戦車を追い越して近づいた、砲身長四メートル～五メートルはあろうかと思われる七十五ミリ対戦車砲である。ところが、さあ、と待ちかまえた瞬間、その化け物砲は、突然とどろくばかりの地響きと爆発音とともに火を噴きあげ、黒白煙をたちのぼらせて黒い鉄塊となって四散したではないか。

「やったぞ。やっつけた！」

思わず喜びの声が陣地からあがる。実は、昨夜から守備隊の工兵隊がこのことあるを予期して敷設した地雷に触れたのであった。その光景を目のあたりにして、私も守備隊員もひさしぶりに胸の溜飲を下げる思いだった。

吹きあげられた砂塵がようやくおさまったとき、後続の一輛が前進してくるのが見えた。われわれはふたたび地雷に触れてくれと祈ったが、そうたびたびは問屋が卸さない。しかし、射程距離といい、目標地点といい、申し分のないことを見てとった守備隊が、これを逃すはずがない。野砲速射砲から重・軽機も小銃隊も、この機会を逃すなとばかり一丸となって発射し、弾は怨敵必滅の唸りを生じてとんだ。瞬間、

「グヮーン、グヮーン！」

という凄まじい音とともに、対戦車砲はあっけなく転覆してしまった。まるで大蛇が白い腹を見せて恥ずかし気もなくひっくり返ったような光景である。この対戦車砲を守護神として従っていた約一個小隊は、もはや右往左往して遁げまどうばかりである。その群れのなかに、われわれはあらゆる銃弾を叩きこんだ。

「ざまあみろ！」

と誰かが叫ぶ。この反撃に戦意を失ったのか、戦車群も反転し、敵は無残に破壊された二輌の対戦車砲をそのままに、生命からがらの態で退却していった。

二十一日の戦闘は熾烈をきわめた。敵は朝六時から約一時間、西北高地に砲撃を続け、それが終わると、空は真っ黒となり太陽も曇るばかりのグラマン機を動員して、われわれの潜む場所に低空爆撃をおこなってきた。だが、敵は鍾乳洞陣地の要害たることが、最初はよくわかっていなかったようだ。爆撃が始まると、われわれは身をひるがえして洞窟の奥深くに退避した。敵はそれを追うようにして洞窟の真上に爆弾を投下してくる。それが炸裂すると、洞のなかでは外できく十倍の爆発音となって鼓膜は変になり、震動のために内部の岩も崩れるほどだったが、戦死する兵はまれであった。

七時半、空爆が終わると、こんどは敵砲兵隊の砲撃開始。午前八時からいよいよ敵歩兵集団の攻勢が始まった。この日課は毎日くり返された。敵はほとんど会社員の勤務と同じように正確であった。

ただ、われわれは水と食糧に悩んでいた。緒戦のとき、私たちは水筒一個、携行食糧一食分と命令されていたが、それらは一日の戦闘で費やしていた。戦前、島の中央地域に積まれていた「大隊三ヵ年分の食糧」は当初の艦砲射撃で、完全に影も形もなくなっていた。

咽喉が焼けつくように痛い。飯や野菜が目の前にちらつく。私は朝露をうっすらと宿した木の葉を一枚一枚なめてまわったが、舌の先がほんの気持だけ湿っただけであった。この日、前日と同じように攻めてきた敵に対して、私も片脚を引きずりながら、懸命に擲弾筒を発射した。

「落ちたぞ！　頑張れッ！」

叫び声がとび交う。敵の戦車が崖から火を吹きながら落ちてゆく。必中百殺を狙って射撃するにもかかわらず、不発弾が続出して私を口惜しがらせた。その後、私は十数発は発射したが、洞から頭が出せず弾着を確認できないほどの激しい戦いであった。夕刻、守備隊は一時占拠されていた隘路まで敵を逐い出し、戦車の中から渇望の戦利品を持って、大威張りで帰ってきた。

「おい、大漁だ、大漁だ。大御馳走だぞ。これを見ろ」

その品々を目にした残存守備隊員は、重傷者もふくめて一様に喜んだ。――その戦利品とは、戦車の中から分捕った水筒と煙草と罐詰であったのである。複廓陣地内は、たちまち盆と正月がいっしょに来たような騒ぎとなった。

パラオ地区集団司令部とアンガウル地区隊本部との通信連絡は、敵が上陸以来しばしば断絶していたが、二十一日の夜以降は通信はまったく杜絶し、孤立することになった。これより後は、パラオ司令部も各島監視哨からアンガウル、ペリリュー両島の上空を望み、照明弾や黒煙ののぼるのを見て「両島ともに戦争継続中」と判断するしか方法がなくなったという。

しかし、孤立したとはいえ、島の残存守備隊員は、なお士気旺盛であった。負傷者をのぞいて、動ける者は、水や食糧を我慢することを当然として、黙々としてただ戦闘にかけていたのである。

壮絶！ 斬り込み隊

——夜は毎日のように斬り込み隊の活躍がさかんであった。斬り込み隊の戦果はつねに大きく、彼らは従容（しょうよう）として突っこんでいった。逆に、米兵たちにはそれは理解できない行為であり、非常に斬り込み隊の活躍におびえていた。

守備隊の士気を鼓舞していたのは、中央港を守備していた緒戦の島中隊の壮烈な斬り込みぶりである。陸士第五十五期生にして豪気の人、島武中尉は島の反撃隊長であった。敵軍上陸直後、

「今夜のうちなら敵の整備も完全ではなく、夜陰に乗じて水際から撃退できるやも知れぬ」

という後藤大隊長の秘命を受けて、西港から反転、島の南東、東港に向かった。折から、照明弾がひっきりなしに打ちあげられ、真昼のような明るさが午前四時ごろまでは続くのである。

「よし、黎明攻撃で全員玉砕を覚悟せよ」

と島中尉は部下に伝えた。各員は暗夜息をひそめて匍匐前進を続けた。艱難辛苦、敵の歩哨の目を潜って午前二時にようやく敵前百メートルの地点にたどり着いたのであった。それから予定の二時間半、じっと身動きもせず隊員たちは夜の白むのを待った。敵の戦車や飛行機が現われたら彼らの生命はひとたまりもなかったろう。目前の東港には敵の水陸両用装甲車の大群が陸揚げされて、機械化部隊が昼間の戦闘に疲れて眠っていた。

やがて四時三十分が到来した。前もっての打ち合わせどおり、芝崎隊、日野隊の援護射撃が始まり、約十五分続いた。敵は驚いて右往左往するばかりである。つづいて、島隊全員は携行した弾薬を一発残らず、約十五分間にわたって撃ち込んだ。ときに午前五時十分、島隊長は、

「行くぞ。男子の本懐、面目を果たすときだ。靖国神社で会おう！」

と一言、

「突撃！　進め！」

との号令のもとに、全員が群がる敵兵に白刃をかざして一団となってとび込んだ。駭いたのは米軍である。腰を抜かして動けない者、逃げまどう者、水際に浮かんでいる舟艇にとび乗る者、舟艇の重機を発射しようとする者……。隊員は阿修羅のごとく敵兵を刺し、叩き斬り、獅子奮迅の働きであった。

後日、私が遺骨収集団に参加して島を再訪したとき、当時の模様を実見した島の土人酋長

にあった。彼の話によると、米軍上陸用舟艇は血の海となっており、そのなかに日本刀を握りしめて倒れていた島隊長以下三中隊の隊員は、いずれも上半身は敵弾数十発を受け、誰であるか判別はつかなかったという。日本刀の刃は鋸のようにぼろぼろになってへし曲がり、銃剣は途中から折れて凄惨身の毛もよだつほどであったそうだ。酋長は、こびりついた恐怖のために、そのとき以来、東港に行けなくなってしまったという。

　当時の斬り込みや肉弾攻撃は、血気にはやっての単純な行動ではなかった。戦況から判断して最善の道を選んだ行動であった。漫然と死ぬより思い切って敵のただ中に突入して、白兵戦の末に死ぬ。――それは追いつめられた守備隊の最期の死に花であった。

　その後も、東北港と東港の中間を海岸沿いに行動していた第二中隊、第三中隊の残存隊員約十名は、折から進行してきた軽戦車隊に遭遇するや、敢然と肉薄攻撃を行なった。爆雷も手榴弾も皆無であった約十名が持っているものといえば三八式歩兵銃だけであった。だが、彼らは敵戦車の砲塔によじのぼり、天蓋を開けて銃剣で敵を芋刺しにして戦車を捕獲した。これは、水なく食なく放浪していた戦闘五日目のことである。こういう肉攻は、あげれば限りがない。

「今日は俺が斬り込む」

と毎夜のように単身玉砕して、一人で四、五人の敵を倒す例さえ多かったのである。後に喧伝された「特攻」のはじまりは、この島隊斬り込みに端を発しているといわれるくらいである。

また、米軍にとってこれほどの恐怖はなかった。島中隊の戦闘について、米軍公刊戦史には、

「東港海岸堡南翼を守備した米第三二一歩兵連隊第一大隊のB中隊は、島隊の反撃のため死傷者続出し、同大隊長とその幕僚は重傷を受けて後送され、代わったG中隊も反撃を受けて海岸線まで後退した。これがため、十八日の海岸堡からの攻撃前進は九時予定のところ、二時間も遅れて十一時になった」

と記されている。ために、ポール・J・ミューラー少将は斬り込み隊にそなえて、

「夜間は特別な警戒陣を敷かれたし」

と訓令を発し、以後はジャングルの中にピアノ線や隠しマイクを備えつけて、安全を図った。しかし、それでも斬り込み隊はあちこちに現われたのであった。とくに、米軍に与えた精神的な衝撃は大きく、夜間には少しの物音でもすると米兵の自動小銃はたちまち火を噴いた。

米軍にとって夜は苦手であった。斬り込み隊と同時に、紛らわしく彼らを悩ませたのはア島に棲息する陸蟹である。暗闇の中でガサガサと大きい音を立てて夜の散歩としゃれこむ彼らは、斬り込み隊とまちがえられて、毎夜発砲された。さらに洞窟に棲む無数の蝙蝠（こうもり）も守備隊の味方であった。日暮れになると夕空が真っ黒になるほど飛びかい、夜はジャングルのあらゆる樹木にぶらさがる。米兵が樹の下を通ると慌ただしく羽ばたきをして、キーキーと異様に大きい鳴き声をあげるのである。ただでさえおよび腰で密林や洞窟近くに入って来る米

兵は、

「ヘイ！　ジャップ！」

と慌てふためいて発砲した。そういう無意味な連射を私たちは毎夜のように耳にしていた。

米軍公刊戦史にも、

「蝙蝠及び大型陸蟹がいたく精神的衝撃を与えて日本軍を助け、米隊員は存在しない敵の侵入者に対し発砲し、全前線にわたって騒々しく精神的苦痛が絶えなかった」

と書かれているくらいである。

ところで、南部からわれわれの籠もった西北高地に入ってくるには、軌道掘割を通って攻めてくる以外にない。十九日来、米軍が死力を尽くしているのも、この掘割の戦闘であった。軌道掘割とは、燐鉱発掘のためにレールを敷いた道路であるが、両側に高さ十メートル～二十メートルの岸壁がそそり立ち、幅は三メートルばかりにすぎない。

対戦車砲をやっつけた激戦も、この掘割でくり広げられたものだった。だが、二十一日の昼の戦闘で、掘割は敵の手に陥ちた。

その夜半、夜間戦闘に弱い敵の特徴をとらえて掘割を奪回しようとする夜襲計画が実行に移され、石原第一中隊長はその命令を伊沢少尉に授けた。ときに伊沢小隊は私の直属上官であり、隊員約三十名が健在であった。

「私も連れて行ってください」

と私は伊沢少尉に頼んだが、歩行困難では一緒に行くわけにはゆかない、という返事である。非常に残念だが、洞窟に残留するより仕方がなかった。

「お前の左脚の仇をとってやる」

という伊沢少尉の言葉を慰めとして、私は伊沢小隊の成功を祈った。

小隊が陣地を出発したのは夜半の三時、つまり米兵のもっとも睡いときである。敵に少しの物音もさとられてはならない。隠密裡の行動では一時間をかけても目的地の半分までしか着かない有様であった。幸い、小隊には工兵隊員が四名合流していて、彼らは掘割に埋められた地雷のほかに野砲の弾丸を五、六発まとめて道路の中央部に深く埋没して導火線を引き、兵も配備を終えた。

朝七時半。敵の戦車群は何事も知らずに、だが掘割を警戒しながら進み始めた。高地からはるかに見るわが方も、銃や擲弾筒をかまえたまま、

〈まだ、まだ……も少しの辛抱だ〉

とはやる気持を押さえた。当時の守備隊は弾薬もなく、できるだけ敵を引きつけて撃つことに徹していたからである。やがて、敵戦車は道路中央部に進んできた。つぎの瞬間、轟然たる響きとともに戦車は転倒して道をさえぎり、戦車の背後にかくれて歩いていた歩兵は裸同様の姿となった。

「今だぞッ。撃て！」

掘割両側の崖上に潜んでいたわが方は、力のあらん限り撃って撃ちまくった。この戦闘は正午になっても終わらず、前線の伊沢小隊は半数の重傷者を出しつつも、全身に十数発の弾

を受けた者もなお銃の引金を引く奮戦ぶりであった。午後二時半、伊沢小隊が力尽き、全弾尽きて、群がる敵の只中に最後の白兵戦で斬り込もうとしたときである。一瞬、米軍の退却のほうが早かった。敵は指揮官ヴェナベル大佐以下三名の将校の重傷により、また死傷者約五十名以上を出して敗退したのだった。そのとき、かねて打ち合わせどおり軌道掘割高地にひらひらと揚がった日の丸の旗を、私は忘れることができない。

双眼鏡でのぞくと、真っ赤な日の丸を浮き出した白地には、点々と黒い血がにじんでいた。私は激痛の去らない左脚を撫でながら、喜びの涙にひたっていた。

――こうした斬り込み隊や肉攻の活躍によって、ともすれば崩れがちな士気は鼓舞され、われらも続いて斬り込もうと奮い立ったのである。ところが、日を経るにしたがって米軍の警戒が厳しさを加えたため、斬り込みは少数人員であればあるほど成功率が高くなり、後に私が斬り込んだころにはほとんどがもはや単身肉攻であった。

いっぽう、掘割を中心にした戦闘は、われわれの奮闘によって一進一退の膠着状況に保たれ、われわれは敵兵を一歩も複廓陣地に近づけなかった。

「十九日から二十二日までの四日間、南地区隘路突破のため、無駄な努力を費やした」

とは米軍公刊戦史のなかの言葉である。米軍の計画によると、この小さなアンガウル島は一～二日の戦闘で全島を占領する予定であったという。ところが、二日たっても日本軍守備隊を撃滅することが不可能となり、計画を「四日間」に変更した。だが、それも改めざるを得なくなったのであった。

火焔攻撃に耐えて

二十三日ごろは、奥地の鍾乳洞に集結していた守備隊員のうち、戦闘力のある者は約百余名、他の百余名は自決もできず闘うことも不可能な重傷患者ばかりとなり、私もそのなかの一人であった。私は手製の副え木をつくり、左脚を結びつけて、立つことを練習した。

〈早く戦列に復帰したい〉

という一念が気力を呼んだのである。たしかに空腹は苦しく、擲弾筒の弾がほとんどないことも残念だった。だが、這わなければ進めない自分のからだに何よりも腹が立った。重傷を受けてから三日目で、包帯がわりに巻いたゲートルは真っ黒に黝んだ。目のくらむような痛さを我慢して立ち上がると、よろよろとよろめく。私は幾度も倒れては立ち、立っては倒れて歩行訓練に夢中になっていた。

この日から敵は作戦を変えて、焼夷弾、手榴弾、火焔放射器を動員して洞窟攻撃をおこない始めた。昨日にひきつづき隘路から進入し、わが守備隊の抵抗で約百名の戦傷者を出しながらも、とうとう隘路を占領してしまった。

それまでの米軍はわが複廓陣地の要害を軽視しすぎていた。従来どおりにいかに砲撃を加えても、弾は鍾乳洞の屋根になった岩石をわずかに削り取るだけであって、効果はなかったのだ。しかし、日をへるにしたがって、われわれにもっとも大きい脅威となったのは、弾丸そのものではなくて、艦砲・重迫・中迫のもたらす炸裂音の音響そのものであった。いんいんたる爆発の音が洞窟内に反響しつづけ、隊員の神経をいやが上にも亢ぶらせたのである。

敵はそのうちに、稜線を越えて複廓陣地の入口に近づき、上方からあるいは下方から、洞内に焼夷弾、手榴弾や地雷・煙弾・ダイナマイトなどあらゆる火焔弾を投げこみ始めた。火焔放射器やガソリンを使って洞窟内の人間をあたかも「狸いぶし」のごとく蒸し焼きにし、焼き殺そうとかかったのである。この焔と煙の攻撃に、鍾乳洞内部に閉じ籠もっていた私たちは恐怖と怒りでいきり立った。洞内にはいよいよ血腥(ちなまぐさ)い空気が漂っていた。重傷者の傷は化膿して鼻をつくような臭気が充満し、薄暗がりの中で戦塵にまみれた形相は、ことさらに異様に変貌していた。そして、飢餓と絶望に、全員がそれぞれの本能をさらけ出しつつあった。外部の敵米兵もさることながら、内部にも水と食糧の欠乏という大敵が襲いかかっていたのである。

「僕はもう死にたいんだよォ。死んだほうが良いんだ。早く、誰か殺してくれよォ……」

と涙を流してすすりなく兵があるかと思えば、

「その蟹を俺によこせ！　おいッ！　手前(てめえ)、俺に楯つく気かい。変なことをいうと刺し殺すぞ」

と野盗のように狂暴化した兵もある。かと思えば、重傷に仰臥したまま、誰に語りかけるともなく、

「人間の運命なんて、わからないものだ。どこに生きていたって死はやってくる。一瞬の生

命をこの島に果てる。それでいいじゃないか」

と生の哲理をつぶやいている者もある。そのかたわらでは、しきりに、

「こんなことになったのは参謀本部がなっとらんのだ。あの××班長のやつはどの洞窟をうろついてやがるんだろう。俺を追い出しやがって、俺をこんな目に遇わせやがった」

とぼやいている者、あるいは故郷に思いをはせる者、恐怖におののく者、変節をとなえる者。いずれも身体のどこかに敵の焼夷弾、火焔放射器の洗礼を受けて、火傷の跡が水ぶくれになっているのであった。これが、かつては関東軍随一と強さを誇った野州健児の集団なのであろうか？　彼らのなかにも、

「戦って死ぬだけさ。戦友の敵討ちに、クロブタどもを一人でも多く殺して死んでやる」

と言える者のまだいることが、唯一の救いであった。

二十四日から二十五日にかけて、複廓陣地は米軍に完全に包囲された。われわれは緊張したが、包囲したまま米軍は進攻して来ない。守備隊員も、もはやその大軍を追い払う力はなく、一心に残り少ない銃砲弾を撃ちつづけるだけである。二十五日の午後、私たちは敵陣東北方に異様なものを発見して仰天してしまった。――それは、私たちがかつて目にしたことのない工作機械群であった。ブルドーザーを駆使して荒れ果てた戦場を、また前進複廓陣地をみるみるうちに埋めつくし整備し、道路を作っている。果たして作戦準備のためなのか、それとも……残存守備隊は度胆を抜かれていた。

「ひょっとすると、あのブルドーザー群は複廓陣地の入口を一つ一つ埋めてしまうのかもし

れんぞ」

と誰かが言う。もしそれが真実とすれば、われわれは水も食糧もない洞窟のなかに生き埋めである。私たちはあらためて、米軍の近代装備に底知れない恐怖を感じていた。

九月二十六日（戦闘十日目）。太陽は皮膚を灼いて暑い。午前七時か八時ごろ、嵐のような砲弾が複廓陣地に集中した。この日ばかりは、運命の終わりを知らせるごとくに異様に激しく、私は不吉な予感をおぼえながら、「今日、われわれはア島に死す」との覚悟をかためた。敵は東北方面だけではなく、西南の方面へも帯のように連なって攻めてくる。驚いたことに、戦車群約二十輌が、前日ブルドーザーで作った急造の道路を堂々と進んで来るではないか。

それは、米軍の砲兵隊四個大隊に支援された歩兵約一個連隊および戦車一個大隊弱の敵であり、われわれの複廓陣地を大きく包囲して殲滅作戦に出たのである。正午ごろには、その一部の約一個中隊がとうとう複廓陣地内に突入してきて、約一個大隊弱の敵は青池北方の燐鉱採掘地一帯に進出した。

二十八日（戦闘開始十二日目）には、その約二個中隊は、青池の北方から、島の西北角、最高峰の二荒山を占領しようと、猛烈な勢いで守備隊の残存兵に襲いかかった。私が第二の負傷を負ったのは、この日である。鍾乳洞から表に出てみると、すでに誰の命令でもなく、二、三十名の守備隊員がそれぞれの武器を携えて、丘から米兵たちをねらっていた。

〈冷静に。冷静に……〉

私は、擲弾筒をすばやく準備しながら、亢ぶる気持を落ち着けようとしていた。私の持っている弾薬はすでに数少なく、他の隊が置き去りにした箱がひとつあるきりなのである。一発必中の照準で弾丸を無駄にしないように注意しなければならない。……敵兵がぎらぎら輝く太陽のもとではっきり見える。撃て！　弾はゆっくり軌道を描いて——落下した。当たった。見事に命中した。このときほど、ひさしぶりに痛快な思いをしたことはない。私の撃った榴弾は三十五度の角度で炸裂し無数の破片が飛散する、その瞬間、人も土も吹きあげる。一発ごとに、五名も十名も宙に浮き、人形のように倒れる様子がありありと目にうつる。

「また命中だッ！」

　思わずもらす呟きに、となりでたたかっていた戦友がかすかに微笑する。たちまち、私の狙う米兵群は四散し、周辺にもうもうとアンガウル島特有の燐鉱石の真っ白い砂煙がひろがった。だが、喜んだのもつかの間、敵は目障りとばかりに私が陣取った地点に集中射撃を浴びせてきた。私が横這いになったあたりは、起伏した岩石にとりまかれている。ところが、その岸壁のいたるところに銃弾の穴があき、あるいは砕け崩れて、いつの間にか私の体は危険にさらされていた。

　つぎの瞬間、眼前で重迫撃砲弾が真っ赤に裂けて炸裂し、破片があたりの岩石を飛び散らして雨あられとなって私の上に殺到した。瞬間、左肘がふっとんだかと思うほどの衝撃を受けて、私は、ゲッと呼吸をつまらせた。

「畜生！　動かない！……」

　左腕がじいんと痺れて、腕関節の上部から血がほとばしり、動かない。擲弾筒を扱おうとするが、もはや自由にならない。貫通はまぬがれたようだが、左上膊部に迫撃弾の弾片がとびこんだのである。私は、血にまみれて曲がったままの左腕をかばいながら、片腕、片脚を動かして、ともかく鍾乳洞の複廓陣地までひきさがった。

ついに私は、右腕一本、右脚一本の血だるまの戦闘員になってしまったのである。この戦闘で、米軍は日本軍の臼砲により一個小隊約六十名の戦死者を出したと米公刊戦史は発表しているが、私がこのとき夢中で殺人鬼になってしまっていたことを思うと、戦争の恐ろしさが、いまさらのように胸に迫る。

この血を飲んでくれ

そのころになると、すでに日付も時間もない。水と食糧に苦しみつつ、鍾乳洞に押しよせる米兵と本能的に闘うだけである。私が〝第三の傷〟を負ったのは、この洞窟戦の最中であった。

洞窟戦は凄まじく、ある者は投げこまれる地雷と爆雷の導火線を銃剣で叩き切った。舞いこんだダイナマイトに自分の手榴弾を縛りつけて、逆に米軍に投げかえす者もあった。その炸裂音があたりを震撼させ、岩石を砕いて乾き切った白い土埃を巻きあげる。米軍の投げこんでいままさに爆発しようとするその手榴弾を、拾うより早く投げかえす者もいる。米軍にとどかぬ空間で炸裂した黒煙があたりに立ちこめ、米兵がふきとぶ姿、戦友が負傷にうずくまる姿が相つぐ。なかでも勇壮であったのは、ごうごうと噴射音をたてて火焔放射器が一条の噴流を浴びせかけたとき、火焔を全身に受けて火だるまとなりながらも倒れず、黒焦げになって敵兵に体当たりを敢行した姿であった。狭い岩場の局地戦は熾烈をきわめた。そのとき、いきなり洞窟内にガソリン罐が投げこまれた。

たちまち洞窟陣は火の海と化した。動けない重傷者たちは、じりじりと身体を焼かれながら、何事かを絶叫している。

私はこの接近戦で、左脚の不自由をまったく忘れ、いつのまにか両脚を使って闘っていた。生死の極限状態におかれると、もはや痛さ苦しさを意識できるものではなかったのである。その日、私は手持ちの最後の擲弾筒の弾薬を手榴弾がわりに安全栓を抜いては米兵たちに投げつけていた。敵は手榴弾とは異なる強力な殺傷力と爆発音に、少なからず戦意を殺がれたようであった。戦闘約一時間。敵はついに私たちの洞窟殲滅をあきらめて、抵抗の少ない南の方へ迂回して行った。

ようやく敵を追いはらった。敵が逃げ出したとわかったとき、私は、ふたたび左大腿部に激痛をおぼえて、その場にばったりと倒れてしまった。鮮血がすうっと足のうらまで伝わって、破れた軍靴にしたたっている。左大腿部とともに、砕けていた左腕もだらりとぶら下がっている。やがて、こんどは、右の肩にひどい痛みをおぼえた。重い擲弾筒の弾を夢中で投げつづけたために右の肩を挫いてしまったのである。戦闘を終えたとたん、右腕もだらりとさがっていたのだ。

〈完全なのは右足一本だけだ……〉

そう思うと、無念さがこみあげてくる。いまや絶体絶命の境地を自覚しないわけにはゆかない。もはや米兵に立ち向かうことはできないだろう。ここに敵が現われたらどういう抵抗をすべきなのか。左腰にはさんだ一梃の拳銃を曲がった右腕で乱射しなければならない。弾が尽きたとき……手榴弾が欲しい。たとえ敵に投げつけられずとも、せめて最後の自決に使うためにも一個の手榴弾が欲しい。

しばらく身体を休めると、ようやく気力が回復してきて、右肩の捻挫を治すことはできないものかと考え始めた。だれか柔道のできるものはいないか。捻挫を元にもどしてくれる者はいないか。脳裡に、増淵上等兵の柔道着姿がうかんだ。彼は柔道三段の猛者だった。その彼も、奮戦のあげく敵の火焰放射を上半身に浴びて、近くの洞窟内で呻いている身の上ではある。だが、その洞窟まで這って行けば、何とかなるかもしれなかった。

その夜、私は増淵上等兵の姿を求めて、重傷者のごろごろと転がる洞窟をあちこち捜してまわった。右足一本で自分の身体を引きずるのだから、なかなか進まない。どこにも彼の姿はない。三時間も這いまわっただろうか。私はある洞窟の隅で一個の弾薬箱を発見して、べつの喜びとおどろきにひたっていた。

付近に一隊の跡がかすかに残っており、だれかがそこに運んできたらしく、片隅に弾薬箱が置き去りにされてあったのだ。大きな箱である。

〈こんな洞の奥のほうまで、さぞ大変だったろう〉

頼もしい兵がいたものだ。弾薬がたくさん入っていることを天に祈りながら、私は蓋を開けようとして、思わずその手を止めた。黒ずんだ木製の蓋の上に、きれぎれに、釘か金具で削り書いたような文字が見えるではないか。たぶん小銃の薬莢の撃ち殻で記したものであろう。

「水」「何か食べたい」「援軍は来ないか」「死ぬ前に敵を一人でも多く殺したい」「死んだら骨を頼みます」……等々。

よく見ると、削り書いた跡には点々と血がしたたっている。おそらく負傷者が苦しみをまぎらわすために書いたに違いない。これ以上生きられず、これだけ書いて斬り込みに出かけたのか。人間の影はどこにも見られなかった。

ところで、これらの文字は、われわれ守備隊員の血を吐くような願いであったのだ。「故郷の家に一度帰って死にたい」「畳の上で死にたい」「早く凱旋したい」……これらの言葉が、千数余人の隊員の口から、幾千度、幾万度くりかえされたことか。この島には井戸がなく川もなかった。しかも、九月初旬の米軍爆撃開始以来、一滴の降雨もなかった。通常なら雨期の降雨を、桶や樽、水槽タンクに貯水して、それを大切に飲料水として使用する。だが、その水も、たびかさなる砲弾によって、ことごとく破壊されていた。

「自分の小便を飲め」

と言う者があった。事実、小便を二日間くらい置くと、塩分が沈澱して飲める水になるのであった。だが、その小便もまったく出なくなった。やがては、死を悟った重傷者が息を引

き取る寸前、自分の腕を叩き斬り、血を鉄帽に滴らせ、

「これを飲んでくれ」

と差し出す凄惨な光景も見られた。

かつて渡るのに苦しめられた「魔の沼」の水を汲みに行こうとする者もある。だが米軍によって毒を入れられたという噂もあって、沼に出かけた者が一人として帰ってこないことがそれを踏み止まらせていた。実際には、米軍が、「魔の沼」のほとりに数十台の機関銃を据え、飢渇に這いよる日本兵を狙い撃ちにしたというのが真相であったが……。食糧についても、その悲惨さは見る者の目を覆わしむるものがあった。草木はいうにおよばず、ジャングルや洞窟内に棲息する蛇やトカゲや、蛭、虫にいたるまで、毒を含まぬ動物は、すべて食べつくした。

「俺が死んだら、俺の体の肉を貴様にやる。そのかわり、貴様が死んだらその体を俺にくれないか」

と、こんな会話が洞内では真面目にかわされていた。戦友の肉を脳裡に描くことで、口中が潤った感じになる。実際に、その肉が欲しいのである。

特攻精神を発揮した斬り込み隊も、九月末に近づくにつれて、情けなくも実情は食糧奪取隊に変わっていった。米軍に損害を与える斬り込みではなく、歩哨地やテントを襲い、野盗のごとく水筒や罐詰類を奪ってくるのである。いうなれば、この敗残行為によって、私たちは細々と水と食物を分かちあい、わずかにその生命を保っていたのだ。米軍から奪った一個

の罐詰を重傷者優先にして、五十名で分配する。その量たるや、一人分にすれば匂いをかぐ程度で、米軍水筒一個も五十名で分ければ舌の先の一滴である。それでもわれわれは、「水筒一個」の戦果におどりあがって喜んだのだった。

その弾薬箱の蓋に刻まれた「援軍はまだか」の文字も悲壮である。当時の守備隊員の生命の灯をよみがえらせるものは、ただこの希望であった。だが、いまにして思えば、アンガウル島の前にはペリリュー島の惨状があった。パラオ本島の司令部が援軍の逆上陸を指令したとしても、アンガウル島はペ島のあとに回されたことだろう。事実、パラオの師団司令部では、そのころ、真剣にペ島援軍のことが討議されていた。多田参謀長は、

「この際、最後の手段として逆上陸することに同意されたい」

と申し出たが、井上師団長は、

「ウム……」

と腕を組んだだけであった。師団長としてはペ島・ア島の周囲洋上に目白押しにならぶ敵艦船をぬって、文字どおりの敵前上陸が成功するかどうか、また、上陸したとしてもペ島の劣勢を挽回できるかどうか、確たる自信がなかったのである。しかし、多田参謀長は、ペ島守備隊長・中川州男(くにお)大佐に向けて、援軍を送る旨を打電している。この朗報に対して、苦闘のなかにある中川連隊長の返電はこうであった。

「厚意深謝す。されど、ペ島の状況を見るに、米軍の攻撃は熾烈を極め、我軍の損傷軽からず。逆上陸に成功されるとも、この劣勢を逆転する可能性は甚だ少ない。逆上陸作戦は中止

されたし」

思えば、中川連隊長は、彼我の状況から、われらにかまうな、生命のかぎり戦わんと報告したのである。多田参謀長といい中川連隊長といい、名将の名に恥じない態度である。しかし、この返電を受け取った多田参謀長は、なおも歩兵第十五連隊主力福井大佐指揮の一団を援軍として送ることを主張、躊躇する井上師団長と十六日より二十一日まで激論をつづけ、ついに二十一日の午後、試験的に村堀中隊約二百五十名を決死隊として送りこむことが決まった。その夜、村堀隊は闇夜の海上をダイハツ（大発）舟艇に分乗し、夜陰に乗じてみごと逆上陸に成功し、本隊に合流した。

その成功の報に自信を持った司令部は、ついで飯田少佐の率いる大隊約千三百名をペ島に送ることに決定、大隊は同じく闇をぬって出航したが、敵の警戒陣は以前にまして厳しく、ペ島を目前にして、大隊の約六分の五は集中砲撃で海底に葬られ、わずかに二百名がたどり着いただけであった。そして、このとき以後は敵の警戒陣は厳しく、パラオ司令部も手の打ちようがなかったのである。

ペ島がそのような状態であるから、ペ島より南約十一キロ隔たった小島アンガウルには援軍を送る手段はまったくない。だが、そういう司令部の焦燥をよそに、私たちア島守備隊員のだれもが、やがて来る援軍を夢見ながら、生きて、戦っていたのである。しかし、現実には、無線もなく狼煙（のろし）もなく、友軍の機影もなく、あるのは敵軍ばかりであった。

敵兵を一人でも殺して死にたい……。

絶望の果てに私たちが具体的にのぞめることは、これひとつである。米兵の白い皮膚を目にすると憎悪がわいてくる――それもあったろう。しかし、死を前にして私たちがいまや故国とつながる手段は、「父母よ、兄弟よ。俺たちはあなたたちを守るために戦った」という誇りと訴えしかなかったのである。死を逃れる術(すべ)は島のどこにもない。となれば、積極的に死を選び、「故国よ。安全なれ」と願うほかはなかった。ア島を守る隊員はほとんどが二十代で、それぞれ、純粋な祖国愛に燃えていたのである。

米軍公刊戦史によると、米軍は九月二十四日以降〝投降放送〟をおこなっており、同日二名、十月一日三名、同八日八十七名、九日九十名、計約百八十六名が米軍に帰順投降したという。だが、これら投降者はすべて使役されていた現地島民であって、日本兵は一人もいなかったのである。

――私はその夜、とうとう〝骨医者〟上等兵を捜すことができず、かわりにその執念籠もる弾薬箱を抱いて、這いながら複廓陣地にもどった。

松島上等兵の死

連日の反撃・反闘も空しく、九月末にいたると、敵は青池を含む燐鉱採掘地一帯を占領確保し、わが守備隊の確保地域は青池東北方の珊瑚山の鍾乳洞陣地、数個にかぎられてきていた。しかし、十月一日には、北方の新設道路から来た敵戦車約三十輌の群れと、約二個大隊の米軍とを、守備隊の生き残り約二百名が背後からこれを襲い、敵兵約三十名を死傷させている。……服は垢と血と硝煙に汚れ、頬はこけ落ち、髪と髭は伸び放題、目だけを飢えと渇きにぎらぎらと輝かせながら、誰の命令もなく私たちはそれぞれが自分の判断で戦った。

そのころ、主力に取り残された私は、鍾乳洞から鍾乳洞へ移動し、唯一の生き残り分隊員・松島上等兵とともに頑強な抵抗を続けていた。私にとって松島上等兵は心強い伴侶であり、はげましあう可愛い部下であった。

ところが、その彼とも告別しなければならないときがやって来たのであった。

昼さがりであった。鍾乳洞を二人で移動中、不意にどこからともなく野砲の一弾がわれわれの方向へ飛んできた。弾着点が近い！　私と松島は本能的に首をすくめた。

しかし、そう思った瞬間には、眼前十メートルのところで、地も裂ける真っ赤な炸裂を見せて、砂塵をまきあげ、岩石を噴きあげていた。

「第二弾に注意しろよ。伏せたままでいるんだ！」

と私は松島に叫んだ。第二弾の弾着が遅いようならすぐさま洞窟に逃避する暇はある、と思ったが、シュ、シュウ、シュウと風を切って四散する破片をまず避けなければならない。

「松島、大丈夫かッ」

と私はわずかに頭を上げて、彼に目を投げた。同時に彼も私の安全をたしかめるかのごとく、ちらりと私に視線を向けた。ところが、彼は目を合わせたとき、かすかに笑い、急にがくりと顔を落としたではないか。

〈どうした――〉

私は松島の異変を感じて、転がりながら近づこうとした。

第二弾、第三弾が続けて付近に落ち始める。砂ぼこりを全身に浴びた私は、彼を一番近くの窪みに引きずりこまんとした。

「松島！　あそこの窪みに移れ！　早くするんだ！」

命令する激しい口調になる。敵砲弾の直撃をくらったら、二人とも一瞬にして木端微塵と成り果てる。動かない彼を引っぱりながら、見れば、彼は持っていた小銃も手榴弾も手放している。もう握力もないらしい。

〈軽傷であってくれ！〉

私は一途にそれだけを祈って、窪みに近よせた。彼は苦しさのあまり、背を猫のようにまるくして、両掌で左胸をしっかりとおさえている。「分隊長、ここをやられました。残念です」と叫びたいような表情である。傷を押さえた手の下からは、新しい血がびゅうびゅうと噴き出ている。負傷個所は、まさしく左の胸のところであった。

松島は強く閉じた目のまわりに顔じゅうの筋肉をあつめたように苦悶の表情を見せ、肩で息をついている有様である。重傷にまちがいなかった。

やがて、豪雨のように続いた爆発音が遠ざかり始めたが、射撃が終わると米兵が姿を現わすのがふつうである。私は早く松島を鍾乳洞の中に連れこみたいと念じた。

「おい、松島！　傷は軽いぞ。しっかりしろ」

「俺におぶさるんだ！」

　私は続けざまに励ましの言葉を連発し、彼の腕を握ろうとした。彼はゆっくり頭を深く下げて、〈わかりました。有難う〉といった眼差しでこちらを見た。苦痛のために、声も出せないらしい。だが、身体も動かさない。彼は補充兵だったせいか、気力の点ではさほど強くはない。私は言葉を変えて、叱るように叫んだ。

「すぐ米軍が来るぞ！　鍾乳洞に入らないとダメだ！」

　こう怒鳴ると、彼は老人が腰を上げるように胸をおさえたまま、よろよろと立ちあがった。私が彼の目の前に背を向けると、彼は前のめりに崩れ落ちた。ずんぐりした彼の体は重い。しかし、その体重を忘れさせたのは、驚くばかりに流れる彼のおびただしい血潮であった。私が一歩一歩鍾乳洞に近づくにつれて、私の背、胸、腰は、彼の生々しい血でびっしょりになるくらいだ。私自身も片手・片脚だから、たった十メートル先の鍾乳洞へなかなか着かない。二人とも血達磨（ちだるま）となってもがき、じりじりと前方へ進んでいた。複廓陣地の入口の左側に、ちょうど三人くらいは楽に入れる天然の洞窟が見える。ようやくそこへたどり着くと、私はその薄暗い壕の中にできるだけ静かに彼を横たえた。

〈傷口を上にしたら出血は少なくなるかもしれない……〉

　私は即座に彼の体を仰向けにしたが、動かしたためか、血はますます噴出するばかりである。かつて救急処置教育のとき、四肢の各部分の止血法は学んだが、胸の止血は学んだことはない。いったいどうしたらよいのか？　ふと松島の雑嚢（ざつのう）をさぐってみると、所帯持ちらしく、きちんと手拭、三角巾、さらしの布などが詰め込まれていた。私はどんなにこれが欲しかったか。だがそんなうらみなんか抱いているひまはなかった。

「さあ、包帯をして手当てしてやるぞ。傷口から手を離してみろよ」

と私は叫んでいた。

だが、私自身の手がいうことをきかない。松島はただ苦しい息の下から、「もうしわけ、ありません」「ありがとうございます」と礼の言葉をしきりにくり返すだけである。……緒戦以来、私たち守備隊員の生命は、文字どおり〝鴻毛の軽き〟にひとしかった。戦場で死に瀕する重傷を負った者の運命は、自決するか、戦友に射殺してもらうか、のどちらかであったからである。戦友を見殺しにしなければ、自分が敵弾に殺されるのが戦争なのだ。いずれにせよ、彼は涙を浮かべて感謝の言葉をくり返す。それは、戦場の習慣を破った行為に対する感激と喜びだったろう。

外部から傷を見た私は、思わず、

〈これは……〉

と呟いていた。左の乳を中心に直径約十センチ、砲弾の鋭く細長い破片が、彼の左胸部に穴をつくり、勢いよく旋回して、胸部の肉をえぐり取っているのであった。破片が貫通していれば即死だったはずである。だが驚くのは早かった。すぐ手当てをしてくれと言わんばかりに両手を離した傷あとに、私は鉄帽を脱いで顔を近よせた。そのとき、さすがの私も失神しそうになった。胸の穴の中には黒い血の塊が揺れ、黒褐色の臓器がピクピクと動いているのが見えるではないか。

〈こいつは何だろう？　心臓か肺か？〉

しばらく私は医学に無知な自分自身をうらんだ。だが胸部の最も大切な器官の一つであることはまちがいなく、呼吸がいつまで続くかも心配であった。乳を中心とした周囲には肋骨が数本あるはずだが、折れて血とともに砕け散ったのだろうか、一本もない。血は、体を真っ白に変えてしまうかのように、とめどなく流れ出ていた。

〈手当てをすれば、五、六時間は保つだろう〉

私はそう判断した。屍体や、むごい傷をいやというほど目にしているはずの私も、身近な人間の内臓露出にはすっかり逆上してしまっていた。きかない手を無理しながらも、私は消毒されてあった三角巾をガーゼがわりに傷口に当て、その上にさらしを幾重にも巻いた。傷の痛みはそれほど感じないようで、むしろ呼吸をするのが困難らしい。あまりに大きい破裂傷のためであろう。

手当てを終えると、しばらく苦しい呼吸を続けていた松島上等兵は、やがて深い眠りに落ちていった。

開戦以来、われわれは寸時も横になって眠ったことがない。米軍がいつどこから襲撃して来るかわからず、われわれは警戒のため、つねに座って眠ったものである。身体を横にして寝たときこそ、もはや動けなくなったときであり余命のないときであった。言い換えれば、その長い不眠と疲れから松島上等兵は解放されたのである。

「とうとう俺の分隊も全滅なのか……」

私は松島上等兵の寝顔を見やりながら、たまらない気持だった。死が自分のほうにも一歩近づいた淋しさである。

その夜、私はほとんど眠らなかった。重傷の松島上等兵をつれこんだ洞窟は、外から発見されやすい場所である。しかも、そのころは米軍が鍾乳洞と見れば手あたりしだいに火焔攻撃を続けていた時期で、油断はできなかった。不幸にもその予感は適中した。

真夜中のことである。われわれの籠もっていた壕の上で、ドーンとだれかがとび降りたような気配がした。緊張して聞き耳を立てると、どうも米兵らしい。

〈いまごろ、掃討戦にやってきたのだろうか?〉

どうも多数ではないようだ。右肩の痛みもだいぶよくなった私は、かねて黒人兵から分捕ってあった自動小銃を暗い壕内で手さぐりで捜し、松島上等兵を起こさないように、引金の安全栓をはずして撃鉄を引いた。カチン！　と固い音が壕内にひびく。頭上の敵は引きつづいて、

「………」

何事かしゃべりながら、がさがさと動いている気配である。右かと思えば左、左かと思えば右から忍びやかな音が聞こえてくる。いったい何をしているのか。あれこれ思いめぐらしても想像がつかない。しかし、遅かれ早かれこの洞窟は発見されるだろう。そのときはもう遅い。私は洞窟の入口周辺にじっとして、どういう行動をとるべきかに迷った。不審な物音

はまだ続いている。

〈洞窟からとび出したとして、俺は何人倒しうるか?〉

という不安もわいてくる。自分が死ねば、松島上等兵もただちに発見されて、射殺されるのは必定である。射殺ならまだしもだが、相手は、どんな虐待をするかわからない。もちろん、そんなことはさせたくない。では、自分が松島を殺した上でとび出るか? ……私はずいぶん迷った。その結果、

「よし、いちかばちか機先を制してみよう」

と決心した。いったん決めてしまえば心残りはない。とび出す機会をねらっていると、有難いことに照明弾がぱあっと上がって、頭上でごそごそしている張本人たちを照らし出した。まさしく米兵三名であった。つぎの瞬間、洞窟の入口から横ざまに倒れた私は、引金を引きながら薙ぎ倒すように右から左へ掃射した。静寂そのものだったジャングルに、突然、

「ダダダダッダッ……!」

と引き裂くような音がして、照明弾も消えて、闇の中でバタバタと米兵の倒れる様子が聞こえてきた。しかし、私の神経は張りつめたまま、付近にまだ米兵がいるのではないかと緊張の極にあった。私たちの隠れていた洞窟の周辺ももはや敵の手中に陥っていることを思うと、危険だった。かといって、松島上等兵をいま動かすことはできない。

倒した敵をそのままにして洞窟へ帰ってゆくと、銃声に目を覚ましたのであろう、松島上等兵は腰の銃剣を抜いて身体を半ば起こし、米兵侵入に対してすぐとびかかれる体勢をとっ

ていた。私が敵兵に撃たれたと思ったらしい。

「ここは危ないようだ。別の洞窟へ行こう」

私はそう言って、松島を援け、数十メートル歩いて前よりも深い洞窟に入った。彼も眠ったせいか元気を回復したようであったし、私も痛みは感じるが不思議に左脚の怪我が気にならなかった。……翌朝、私は前夜の戦闘場へ出かけて行った。べつに勝利の結果を確かめたかったわけでもなく、米兵の死体を足蹴にしたかったわけでもない。そのとき私が望んでいたことは、

〈できるだけ、あの米兵たちが水と食糧をたくさん携行していてくれ……〉

ということであった。あんな真夜中に敵はいったい何をしていたのか、ということも同時に知りたかった。

現場に近づくと、彼ら三人はジャングルの樹や岩を血で濡らして、無残にも胸部や腹部を射抜かれて倒れていた。まず最初に凝視したのは腰に提げている水筒であった。彼らは雑嚢も背嚢も持ってはいなかった。見たところ工兵のようで、日本の複廓陣地入口に地雷の敷設と、黄色火薬を使っての洞窟爆破工作をしていたらしい。日中は守備隊員の狙撃にあうおそれがあり、とくに夜間を選んだ隠密工作隊であった。昼から黒い血を流して死んだ米兵の顔が目の中に入ると、私は侘しさと怖れの混じったやり切れない気持になっていた。

私の気分とは逆に、手は屍体のポケットを一心にさぐっている。あった。米兵の大きなポケットからは、チョコレート、ガム、煙草が少しずつ出てきたのである。私はそれらをかき

集めて、自分の鉄帽に夢中で入れた。小銃と弾薬もそっくり頂戴し、私はこおどりして松島上等兵のいる洞窟へ帰った。

「おい、松島。素晴らしいぞ。大戦果だろうが……」

と私はさっそく松島に収得品を披露した。まことに、野盗と変わりない浅ましい行動ではあったが、私たちにとっては生命がかかった所業だった。私の戦利品を見て、松島がどんなに喜んだことか、あたかも子供のように笑った。緒戦以来、笑ったこともなかった彼の、最良の日であった。このときの二人の姿を、故国の肉親が見たら何と言ったであろう。

ただ、困ったのは、三個の水筒の水を彼に飲ませてよいかどうかであった。重傷者に水を飲ませることは危険で、生命にかかわる場合が多かったからである。しかし、もっとも水を欲しているのは重傷者であり、

「水が飲めたら死んでも本望だ」

という訴えも真実だった。私は松島のことを思うとき、満州以来の苦楽をともにした戦友として、その水を隠すことはできなかった。三個の水筒を枕辺に置いたさいの松島の顔、初めて飲んださいのゴクゴクと大きく動く咽喉……それをいまでも忘れない。おそらく、彼の心は鬼の首でも取ったように嬉しかったことであろう。

その日も、私は松島を洞窟に置いて稜線に出かけて行き、岩かげから一日中、狙撃兵となって米兵をつぎつぎに撃ち抜いた。松島はどうしているか、呼吸困難に陥ってはいないか、と気になるが、自分は生きている以上米兵と闘わなければならないと私は信じていた。夕闇

に閉ざされるころ、私が洞窟に帰ると、松島は私が前日に撃ち方を教えた米軍の自動小銃を固く握って私の帰りを待ちわびていた。

——その夜も、前夜と同様に、真夜中にカサカサという音が聞こえてきて、たとえようのない恐怖を感じさせた。銃をかまえて出てみると、照明弾の円筒をぶらさげたパラシュートが、洞窟の入口前の樹にひっかかってゆらゆらと揺れていた。

翌朝、それまでなかなか元気だった松島上等兵が苦しみを訴え始めた。負傷して三日目である。声の出せない彼は、傷口を指さして、「傷の箇所を診てください」とでも言うように身悶えするのである。

目を近づけてみると、包帯は真っ赤に濡れていて、いままでとはちがった症状を呈している。じっと観察すると、息を吐くときにはその血のしぶきが噴き出し、吸うときにはその噴出した血がさあッと引いてしまう。耳をすますと、ジブ、ジブ、シュー、シューという音があからさまに聞こえてくるのであった。呼吸のたびに傷口から空気が洩れているような感じである。まちがいなく松島にとっては最期のときがやってきたようだ。私は彼が哀れでならなかった。何か意中を聞いてやりたい気分にかられた。

「何か言いたいことはないか？……」

と私は彼に言った。聞いたとしても、私もやがては死ぬ身である。遺家族に伝言することなどは不可能であろう。しかし、彼は補充兵で故国には妻もあれば子もある。言い遺したいことは多いはずであった。……彼は声も出せない重傷ではないか、どんな方法でその言わんとするところを聞き出せばよいのか。紙も鉛筆もない洞窟のなかで、私はとっさに彼の枕もとになるべく近く身をよせて、私の掌を彼の顔の正面に向けた。

〈私のとった態度の意味が、彼にわかるだろうか?〉

と、瞬間、私は心配になったが、それは杞憂というものであった。松島は動かない手を微かに顫(ふる)わせている。すでに硬直気味な彼の手は自分の意志ではどうにもならないのである。私はいそいで彼の右手にふれて、人差指で文字を書けるような拳(こぶし)にしてやった。時がたつにつれて、ジブ、ジブ、シュー、シューという不気味な音は、なおいっそう高く激しくなってくる。彼は私の掌の上でゆっくりと右の人差指を動かし始めた。平仮名一字を書くのに三十秒から一分かかるようなありさまである。私も、一所懸命その書き文字を判読しなければならなかった。彼は髪と髭の伸びた蒼白な顔を苦悶にひきつらせながら、それでも気力をふりしぼって書いた。

「ハンチョウドノ、ゴオン（御恩）ハシンデモワスレマセン。……ツマトカツボー（勝坊・三歳の愛息）ニヨロシク。……チチハリッパニハタライテ、メイヨノセンシヲトゲタ」

……これだけ書くのに、およそ三十分はかかった。その一字一字を判読するうちに、私は泣くまいと努力すればするほど、目頭が熱くなり、最後の文字を書き終わって血の気を失ってしまっている右手をだらりとさせたとき、涙の止めようがなかった。これこそ、アンガウル島守備隊員の血のにじむような思いで綴った遺言であり、絶叫であった。やがて、彼は微笑をすら浮かべて水筒を指さした。

〈うんと飲めよ。松島！〉

私の差し出す水筒の水を、彼はゴクゴクと音を出して、実にうまそうに飲んだ。その幸せそうな顔――それは私の一生が終わるまで忘れられないものである。松島上等兵は水を飲んでまもなく息を引き取った。もう苦しげなジブ、ジブ、シュー、シューという音も静かになったのである。

――この日の正午ごろ、私はたったひとりになった淋しさを噛みしめながら、どこに居るかわからぬ友軍の一隊を見出すべく、奥の鍾乳洞陣地へと歩き出した。戦争への憤りと、戦争に対するうらみ、つらみに徹した重い心であった。だが、

〈松島よ。いまに仇を討ってやる〉

敵を憎む気持はますますつのるばかりだった。

生きて虜囚の辱しめをうけず

岩壁から岩壁を伝わる私の姿は、左脚は棒のように血で固まり、左肘は曲がったままでかすかに物を支えることしかできない。右肩をかばうため指先にはほとんど力が入らない。服は埃と硝煙にまみれ、千切れて肌にくっついているだけである。松島上等兵と洞窟内に潜んでいたとき、よくも米兵三人を倒すことができたと自分で驚くくらいであった。

手の切れるように鋭い岩礁でできた壁をそろりそろりと這っていると、大きな銀蠅が、う

るさく傷口にたかってきて血をなめ、払っても払ってもすぐ群がってきた。自分ながらみすぼらしく哀れな一本足の兵隊だった。

ようやく西北高地の奥の洞窟に達すると、私のような守備隊員が悶え苦しんでうめいていた。

だが、私はあくまで屈しなかった。

〈どういう方法で擲弾筒を撃つことができるだろうか？　どうしても、敵をやっつけたい〉

と考え続けた。引金に長い針金をつけて、その先を右脚にしっかり結んでおけば、右足を引っぱることで射撃ができるのではあるまいか、などと考えた。だが、実際に操作してみると、擲弾筒は思うように動いてくれず、私は狙うことも発射することもできない。われながら惨めであった。

〈助手を捜すしかない……〉

私は松島上等兵のかわりが欲しいと思い、ふたたび重い脚を引きずって岩角や岩壁を頼りながら、歩きつづけた。しばらくして、岩の向こうに二、三人の人の気配を感じて私は立ち止まった。彼らは、朝になって攻撃してくる敵を迎え撃つため、岩を刻んで防壁を作っているところだった。

「君たちは何中隊の者か？」

と私は彼らの背後から声をかけた。三人の若い兵は作業の手をとめてふり返って私を見たが、血に染まった姿に驚きの眼差でいっせいに挙手の礼をする。どうやら私を知っている連中もいるようだ。よく見ると、顔は髭に覆われやつれてはいるが、そのうちの一人が同じ中隊の後輩である金井上等兵であることに気がついた。彼は斉々哈爾（チチハル）当時、事務室に勤務していた優秀な兵隊であった。

「おう、金井上等兵じゃないか。俺のところへ来てくれないか。見てくれよ、この俺の腕と脚を。もう擲弾筒も一人じゃ撃てない状態だ。実はお前に助手をしてもらい、弾薬の装填を頼みたいんだ」

私の異様な風体に驚いていた金井上等兵は、

「自分に助手が勤まるでしょうか」

という。こちらは真面目な兵なら誰でもよいのだ。

「弾を入れてくれさえすればいいんだよ。俺が照準して発射するから……」

という私の言葉で彼はすぐ助手になってくれた。思えば、私の分隊の菱沼、伊東、稲葉、高久、峯岸、磯、小沢、桑原、伏見、尾花、吉沢、大谷（おおや）、それに続いて松島上等兵とすべての隊員を失った私は、あらためて金井上等兵と船坂分隊をつくることになったのである。

〈よおし、これで敵をやっつけることができるぞ！〉

私は自分が一本足であることも忘れて勇気百倍した。

このころから、もう日付はさだかではない。九月の末であることだけは確かである。翌朝、金井上等兵と敵を待ち受けていると、この日に限って敵軍は姿を見せないではないか。軌道掘割付近の戦いは前述したようにわれわれ守備隊の勝利だった。したがって敵は作戦を変えたのだろうか？　砲撃もなくグラマン機も姿を現わさず、私は不吉な予感に襲われた。午前九時ごろ、敵はわれわれが思いもかけなかった新兵器を私たちの前方に出現させた。それは大砲でも戦車でもない、大声を鍾乳洞陣地に反響させる数個のマイクロ拡声器であった。

「ニッポン軍ノ皆サァン！　勇敢ナル後藤大隊ノ皆サァン！　アナタタチハ、モウ米軍ニ完全ニ包囲サレテオリマス。コレ以上戦ウノハムダナコトデス。コレ以上抵抗スルノハ、皆サンガ全滅スルコトヲ意味シマス。米軍ノ方ニ両手ヲ挙ゲテ出テ来テクダサイ。米軍ハ皆サンヲ歓迎イタシマァス！」

　と始めたではないか。これには、物に動じない私でさえびっくり仰天してしまった。衰え果てた守備隊員たちの最後の気力を殺ぐような心理作戦であった。

「コチラニハ水モ煙草モ、オイシイ食糧モタクサン用意サレテアリマス。傷ツイタ方ニハ、病院ト薬ガ十分ニ用意サレテアリマス。命ヲ大切ニシテクダサイ。皆サンノ親・兄弟ノヒトガ、日本デ皆サンガ無事ニ帰ルノヲ待ッテイマス」

　と敵は延々と続ける。「お前たちを八つ裂きにしてやる」とでも放送すれば、われわれの敵愾心（てきがいしん）はいやがうえにも高まったことであろう。だが、敵の説得の声は淡々としてこちらの胸に食い入るような調子である。放送が始まると、不思議に誰もが静かに耳を傾け、言葉が切れても発砲する者もなく、怒鳴る者もいない。

　戦場心理とはこういうものであろうか。私でさえ、しばしその声に耳を傾け、敵が何を言わんとしているか聞き洩らすまいとしたものである。考えれば、敵ながらあっぱれな作戦であった。

しかし、拡声器の言葉がひととおり終わった瞬間、私はわれに返って叫んでいた。

「敵の謀略だぞ。引っかかるんじゃないぞ。うっかり敵につかまってみろ、むごい殺し方されるんだ」

守備隊員の一人でもその謀略にかかったら大変だと信じたからであった。だが、拡声器の説得は、洞窟内の隊員にも複雑な波紋をまきおこしていた。ある補充兵は、

「どうせわれわれには弾もない、食もない。ここで野垂れ死にするくらいなら、何か食べて、水を飲んでから死にたいもんだ」

と言い始める。重傷者のある者は、

「あと何時間も生きられない命だ。敵は、薬をくれて治療もしてくれると言ってるじゃないか。死んだつもりで、壕の外へ出てみようか」

という。軽傷者の群れの中にも、

「もう戦ったって全滅するだけだろう。どうせ死ぬ運命なら、出て行って殺されたっていいから、捕まってみたい。ひょっとして、敵の言っていることは、本当かも知れないじゃないか」

と言う者が出て来た。いずれも人間の持ついつわらざる生きたいという本能がむき出しにとび出す。だが多くの強健な兵士は、

「バカな謀略に引っかかるんじゃない。もしだれか出て行ったら俺が撃ち殺してやるぞ。敵

に一人でも渡してなるものか」

と、本来の軍人精神を取りもどしていた。「生きて虜囚の辱かしめを受けず」という戦陣訓を再確認して、ただ敵の声を策略と受け取ったのだった。このとき生存していた守備隊員は、重軽傷者あわせて四百名はいたろうか。

しかし、米軍の巧みな日本語放送によって、重傷者たちの動揺は隠しえなかった。敵は同じ方法をグアム島、サイパン島でくり返して成功していたのであろう。その後も毎日、放送をやめなかった。しかし、私たちは重傷者さえもしだいに反発をいだく雰囲気となり、

「敵さんは、ついに奥の手のデマ放送をしやがった。そんな古い手に乗るもんか。ヤンキーめ！」

そんな声がまわりから聞かれるようになった。

ただし、放送中に故国の家族のことを言われるたびに、私たちが郷愁に胸をしめつけられたのは事実であった。

私はそういう敵の戦術が卑劣なものに思えて仕方がなかった。「われら一兵たりとも戦って死す」という決意をかたくかたく心に誓ったのをおぼえている。

彼我の戦闘は米軍の物量作戦に対してわが方に利あらず、たてこもった複廓陣地もしだいに蚕食されていった。

すなわち、敵は二十四日から九月末にかけて東北方不二見岬の側から攻め寄せ洞窟戦をつづけ、一方、洞窟の上へは猛烈な砲撃を浴びせて山形を変える勢いであった。九月二十七、

八日ごろ、もしアンガウル島に無電機があれば、おそらく後藤隊長は、
「刀刃は鋸の歯のごとく欠け、矢尽き弓折れて、一同玉砕を期するとともに、自決を希望す」
と打電したことであろう。

十月に入ると、その追いつめられた様相はますます激しくなっていった。十月一日、パラオ島司令部はわれわれ守備隊のために空から通信機をおろそうと試み、夜中、零戦を一機飛来させたが、敵機の妨害を受けて果たせず、無念のうちに帰っていった。

一方、後藤隊長がパラオ島司令部へ決死の連絡をしようと兵を募ったのも、このころであった。このとき敢然と脱出行を申し出たのは金城二等兵（沖縄出身）ほか一人であった。船もなければ飛行機もない。パラオ本島まで約五十マイルを泳ぎきり、重要書類を井上司令官に手渡そうというのだ。

「大丈夫か？」

「ハイ、泳ぎには自信があります……」

私たち負傷者から見ると、彼の姿は実にたのもしかった。うち続く飢渇状態でやつれてはいたが、海で育った筋骨はなおたくましく、われわれに勇気をあたえた。彼はわれわれの期待どおり、島の北側沿岸から海に入り、敵の舟艇に遭遇しては潜り、浮上しては泳ぎ、途中で米軍の目を盗んでは岩礁や小島で一休みし、鮫や鱶（ふか）の恐怖と戦いながら、ついに泳ぎきっ

いた。

た。敵の目から逃れんとして岩陰や湾内に身をひそめたりしたため、遊泳距離はじつに六十マイルにもおよんだという。同じころ、ペ島でも川田四郎中尉が海中伝令の重任を果たしていた。

しかし、その苦心の報告書を手にしても、パラオ島司令部はどうすることもできず、ただアンガウル島守備隊の敢闘を祈るのみであったという。

十月二日（戦闘十六日目）ごろ、敵は大量のダイナマイトや爆薬を惜しげもなく費やして、けわしい岩山を崩し、低い湿地を埋め、さらに私たちの住んでいる鍾乳洞の入口までもつぶそうとかかってきた。私たちを生き埋めにしようというのである……数十台の大型ブルドーザーが砲弾に砕かれた高地の造成をはじめたとき、私たちの恐怖と怒りはたとえようがなかった。みんなブルドーザーという工作機を目にするのも初めてという兵ばかりである。

「班長殿、とてつもないばけもんが現われました。タンクの前に鉄板がついていて、その鉄の腕で岩を押しのけ、樹を倒し、土を掘って凹みや鍾乳洞の入口を埋めております」

と、最初の発見者・高村上等兵は、山国育ちらしいおどろきで報告した。

十月三日（戦闘十七日目）ごろになると、守備隊は八方包囲されて、完全に孤立してしまった。日中闘って夜洞窟内に帰ると、重傷者は増えるばかり、死臭と呻き声がいや増し、狭い空間には狂騒する兵たちが充満していた。敵の戦法もがらりと変わって、以前のように頭上から砲弾が落ちて来ることはなくなったかわりに、こんどは猛烈な直接照準射撃であった。洞窟の入口に向かって直接撃ち込んでくる。包囲した戦車群はもちろんのこと、青池の南側に構築した陣地からは迫撃砲、榴弾砲が、また隘路南方からは榴弾砲が燕のように低空に飛来して、洞窟のすぐそばで炸裂する。そのなかでも脅威だったのは、

ビビビーン、ビビビーン……、

と特異な音を発して爆発する着信爆発信管つきの迫撃弾だった。

単身突撃す

十月四日（戦闘十八日目）。もはや私の身体は満身創痍であった。敵は直射砲撃の合い間に一個分隊程度の斥候兼狙撃手をくり出し始めた。われわれが鍾乳洞の奥にひそんでいると、がさごそと入口付近にやってくる。爆薬を投げこみ自動小銃を撃つ。

「この野郎！」

こちらも内部から狙撃兵を撃ち倒す。こういう戦いが幾度となくくり返された。水と食糧の窮乏は凄惨な状況に達していたが、狙撃兵が現われ始めてからはおかげで助かった。米兵の退却したあとに遺棄された屍体のポケットにはかならず食べ物があり、腰には水筒があったからである。私たちは、

「おい、ルーズベルト給与だぞ」

と言い合っては、飢えをいやした。敵の食糧をあさって食べるとは、最初のうちこそ後ろめたい思いもしたが、このころになると違っていた。狙撃兵が現われると、よろこんで、

「ルーズベルト給与が来たぞ」

という声も出る始末であった。むろん、これには犠牲がともなった。砲撃と狙撃兵の襲撃に備えて、われわれは岩場の重要地点には監視兵を置いていたが、彼らの幾人かは砲撃を避けることができず、岩崩れによる岩石に頭蓋骨を砕かれ、体をつぶされて無残に死んでいった。そのころのわれわれの夢は、

「戦車群の中に斬り込んで、一人一輌でも分捕って死にたい」

ということであった。私たちはその夢も果たさずに逝った戦友の肉片を見ながら、わきあがる憤怒をどうすることもできなかった。

十月五日（戦闘十九日目）。洞窟はすでに重傷者を収容する専門の野戦病院の観があった。ただ違うのは薬も包帯もなく、みんな死を待っているということである。腹を抉られた者、腕を失くした者、背に穴のあいた者……それらが、全身をどす黒い血で染め、膿にまみれながら、互いに体を寄せ合ってかたまっている。蒸し暑くて、暗い洞窟内をうかがうと、重傷者のなかの幾人かは木石と化したように全然動かない。いつのまに息を引き取ったのだろうか。体をくっつけ合った者も、他人の死にはもはや無関心である。鉄帽をかぶり、銃を胸に握りしめたままの死体はしだいに腐り始め、そのそばでは同じような格好でまた死体になりかけている。

私自身も身体の四ヵ所に重傷を受けていて、なかなか動けそうもない。戦車を捕獲するという夢は、すぐには実行できそうになかった。

〈やがて敵兵が洞窟陣地に入ってくるだろう。そのとき、俺は敵兵にとびかかって相討ちで死のう。ひと思いに戦死したい。できれば直撃弾に当たって即死で……〉

と、ともすれば消極的な、絶望的な考えにおちいった。

十月六日（戦闘二十日目）。敵は早朝から直射砲撃を開始した。鍾乳洞の入口付近で火花を発して岩が砕け散る。それが終わると、洞窟の入口や出口では、米軍の狙撃兵たちが、われわれが恐怖のあまり洞窟から這い出してくるのを待ちかまえていた。だが、守備隊員は彼らを撃ち殺したばかりか、二荒山高地よりの洞窟出口に地雷を敷設している敵兵を発見し、地雷を奪って、その夜、敵の作った戦車道路に逆に埋めることに成功した。

十月七日（戦闘二十一日目）。敵は直射砲撃も効果はうすいと判断したらしく、こんどは黄燐弾、焼夷弾をまじえて混合猛射を浴びせかけてきた。洞窟内はこの攻撃によって非常に混乱した。黄燐弾が周囲に散らす黄燐は、いったん付着すると、顔でも、手足でも、軍衣でも、めらめらと燃えついて、払おうとしてもなかなか落ちない。払いのけると逆に広範囲にひろがって、始末におえない。その黄燐弾の火は洞窟内に飛散し、なかにひそむ者のほとんどが火傷（やけど）を負い逃げまどった。熱さ苦しさのあまり外に逃げ出した者は、たちまち砲弾にあい、無数の破片を受けて死んでいった。

十時半、敵は例によって青池方面から約二個中隊の兵を進めるとともに直撃砲射を乱射して攻めてきた。狙撃手が多く、一隊は岩陰に隠れて伏兵となり、一隊はさかんに鍾乳洞の周囲で地雷や爆薬をしかける作業を開始した。

「おい、また俺たちの出口で埋没作業をすすめてるぞ」

と誰かが言うのを聞いて、私は身は敗残兵同様になりながらも口惜しくてたまらなかった。一本脚でも敵をやっつけることは不可能ではないだろう。

〈勝手気ままな真似をされちゃかなわない。物量に物言わせてシロブタどもは思い上がってやがる。守備隊の抵抗魂を見せてやろう!〉

私は胸の底から怒りのこみあげてくるのをどうしようもなかった。銃弾はほとんど尽きて貴重なものとなっているから、私は銃剣だけをしっかりと握って洞窟の出口にそろそろと近づいてみた。接近するにつれてゴソゴソと表の音が聞こえてきた。発見されたら、敵は銃弾、手榴弾など思いのままの武器で攻撃をしかけてくるに違いない。いや、すでに相当量の爆発物を出口付近から洞窟内めがけて投入したらしく、出口に近いあたりは黒白煙が立ちこめている。私は、敵が洞窟内から目をそらしていることを確かめて、じりじりと出口へ這って行った。

「ヘイ! ウィリー。ビー・ケアフル!」

「OK、OK!」

米兵の低い囁き声が耳に入ってきた。粘液質なその声はバターに濡れたように聞こえ、私には化け物か魔物の囁きのように思えた。あいつらが私を傷つけ、そして戦友たちをまるで虫けらのように殺してきたのだ。深い憎しみが体のなかをかけめぐる。

私は死を覚悟していた。横這いになったまま右の一本足を軸に外をうかがうと、出口で作業している米兵は三人であった。その姿を目にしたとき、私は同時に自分も死ぬことを決心した。思えば、長い苦しみの連続であった。戦闘が開始されてから、よくも今日まで生きられたものと思う。私の最後の望みは洞窟内で野垂れ死にすることではなく、せめて軍隊で教えられ懸命に学んだ銃剣術を発揮して、白兵戦のすえに相果てることであった。その時機が来たのである。幸いにも、捻挫した右腕は少しは使えるようになり、歩行訓練によって左脚もわずかながら動かすことができる。

〈お母さん、さようなら……〉

私は心の裡につぶやくと、敵兵を観察した。三人とも白人だが、一人はあたりを警戒して自動小銃をかまえて立っている。あとの二人は携行した小型スコップで土を掘り、数個の地雷を埋めている。三人がかたまった場所と私との距離は、わずかに十五メートルばかりである。私はできるだけ彼らに近より、監視役の一人を射殺し、あとの二人を肉弾斬り込みで倒すことを計画した。

深い壕を伝わって敵兵の足もとから這ってゆくわけで、敵からは見下される形になる。たとえ一人は射殺できても、また二人目を斬ることはできても、三人目の米兵からは撃たれることだろう。だが、接近戦で相討ちにもってゆくことはできるかもしれない。私はそれで本望であった。

〈故国の両親、兄弟よ。俺はここで死ぬ。天地の神仏も照覧あれ！〉

私は壕の凹みを少しずつ動き始めた。壕には守備隊兵の屍体があちこちに散らばっていたから、少しはカモフラージュになるはずである。数秒して、私はようやく彼らから十メートルの距離に近づき、壕のなかに飛散した樹の燃えがらや屍体の間にうつぶせとなった。幸いに、二メートル前方には、壕から上方へあがるのに都合のよい、敵の砲弾の破片がめり込んでいる土崩れがあった。右脚一本といえども、そこに足をかければ、上へとび出せそうであった。

二人は一個を埋没し終わって、一人が二個目の地雷を提げ、もう一人がスコップで掘ろうとしている。監視の米軍はきょろきょろしていたが、眼下の壕内に異様な気配を感じたらしく、目を凝らしてこちらをのぞき込もうとした。私はそのときすでに彼の肥満した腹部と胸のあたりに三八式歩兵銃の照準をぴたりとつけていた。こちらを向いて私を認めた瞬間、彼は唇を大きく開けて叫ぼうとし、自動小銃の銃口がぴくりと動いた。——だが、つぎの瞬間、私は必殺を神に祈りつつ引金をひいた。

銃声がすると同時に、彼は「ウッ」と息を詰まらせて、みごとに斜め前に倒れた。地雷を敷設していた米兵があわててこちらをふり返り、

「オオッ！　ジャップ！」

と口中で呻きざま、スコップと地雷を放り出して、肩にかけていた自動小銃をかまえなおす。その間数秒。奇妙なことに私の重傷の左脚も、生死を超越したせいか正常に動いたらしい。私は、最初の銃弾を発射したあと、壕からとび上がり、敵兵まで五メートルくらいの距離を、

「ウオーッ！　ウオーッ！」

と絶叫して腰の銃剣を振りかざして突進していた。死を覚悟したその異様な気迫が、少なからず二人の米兵をおびやかしたらしい。黒ずんだ血に染まり、ボロに身をつつんだ日本兵が、骸骨のような姿、悪鬼の形相で襲いかかってくるのである。不意の出来事に驚かないほうがどうかしていた。地雷を放り投げた一人は、いち早く自動小銃をダダダダッと連射したが、とっさの出来事にあわてたせいか、私の体の左にそれて、左腕に当たった。二人目の米兵が撃とうとしたときは、すでに白刃をかざした私は彼の二メートル近くまで走っており、夢中で彼に体当たりしながら、銃剣を腰にためた。瞬間もつれ合って倒れたが、たしかに手応えはあって、腹部の肉を刺した感触が私の右腕に伝わった。と思ったとき、

「ヒヤァッ！」

と大声をあげて、背後から見上げるばかりの背丈で、いま一人の米兵が自動小銃を私の頭上から打ちおろしてきた。味方の兵とからまった私に射撃するわけにゆかなかったのであろう。私は一度目はあやうくかわしたが、二度目は体を捻ることができなかった。やみくもに襲いかかる米兵の体に力いっぱい銃剣を投げつけたまま、左頭部に激しい衝撃を受けて、気を失った。

〈やっと死ねた……〉

そういう安堵の思いが、失神した瞬間に閃めいたような気がする。

……ところが、天はなんという悪戯(いたずら)をたくらむものだろうか、幽明の境をさ迷うことおよ

そ六時間、私はふと地上で目覚めたのである。

左腕の盲管銃創を含む激痛と、割れるような頭の痛みとが、朦朧とした意識から私を呼びさました。痛さに唸り声をあげながら、私は、

〈生きている……生きている……〉

と、運命の神を呪ったり感謝したりした。右手をそろそろと動かして左頭部に当ててみると、糊のように固まった血がべっとりとついた。生きていることが不思議な思いで、動かない頭を無理に斜めに向けてあたりを見回すと、夕暮れの陽の中で三人の米兵の屍体が目に映った。

一人は左胸部から河のような血を流したまま横向きになって息絶えている。そして、最後に私に襲いかかった米兵は、自動小銃を放り出して、頸に私の銃剣を突き通した姿で血にまみれて死んでいるではないか。

私が殴られる前に夢中で投げつけた銃剣が、彼の頸から動脈に刺さったのである。……まるで、いつか見た映画の戦闘シーンを見ているような感じであった。

〈こんなことが現実に起こるものか？　……いったい俺は好運なのか、それとも悪運が強いのか？〉

私は、地上の凄惨な闘いを嘲笑するように美しい島のあかい夕空を凝視しながら、不思議に静かな心境で考えていた。

とにかく、私は死ぬこともできずもう一度生きなければならない。その夜、私は痛みと疲

労のため動くこともできぬまま、夜露をあびながらうつらうつらとした。頭の痛みを我慢してやっと洞窟内へ入っていったのは、夜が明けるころだった。

狂気の火だるま

実にアンガウル島守備隊の終末戦は悲惨であり壮烈であった。水もなく食糧も皆無の戦闘が続く。

このような極限状態では、たとえば戦争を呪い、軍隊を誹謗（ひぼう）し、指導者を憎む声が出るのが当然と考えられるかもしれない。

だが私は断言することができる……少なくともアンガウル島の後藤大隊では、重傷者も自決する者も、苦しまぎれにここまで追いつめられた作戦をぼやくものがあっても、全体としての戦争批判を口にした者はいなかった。

「われ太平洋の防波堤たらん」

という言葉は私たちにとって絵空事ではなかったのである。

すでに故国を離れるときに、私たちはそういう批判は捨て去り、死を覚悟し、玉砕の事態をも考えていた。

その素朴な精神的な支えは「両親、兄弟の住む日本へ一歩でも米軍を近づけてはならぬ。肉親たちのために俺は死ぬ」ということであった。憎むとすれば、こういう事態にわれわれを追いこんだ時代の宿命を恨んだことだろう。

十月三日ごろを過ぎると、敵はいよいよ黄燐弾と焼夷弾を直接に洞窟の入口に撃ち込み始め、洞窟内は阿鼻叫喚、地獄絵を見るような有様となった。

黄燐弾を受けて燃える自分の身体をもてあました者が、岩壁にわが身をぶっつけて頭蓋骨を割って死んでゆく。焔に包まれた身がじりじりと焼けて、悪臭が洞窟内に漂う。誰もが多かれ少なかれ黄燐の飛液を浴びた。夏用の軍衣はアッという間に焼けて、皮膚に燃え移る。生きながら七転八倒して苦しんだ。

戦友が黄燐をかぶったのを知っていても、自分の火を払い落とすほうで必死なのだ。焼夷弾を消すひまもなく、火がわずかに残った弾薬箱に引火してあちこちの洞窟を吹きとばす。砲撃がやむと、狙撃兵が現われて、洞窟の入口、出口のまわりにガソリンをまいて火をつけ、あまつさえガソリン罐に火をつけてごろごろと洞窟内へ転がした。

「ガソリンだぞッ！」

と叫ぶひまもない。洞窟内に水のように流れひろがったガソリンは、たちまち焔となり、横たわった重傷者たちを生きながら焼く。

「あつい、あつ……」

という叫び声がどこの洞窟でもワンワンと反響し、

「あいつら、俺たちを狐か狸とまちがえてやがる。戦争なら戦争らしくしろ」

といきり立つ声も聞こえる。

そのうちにも、飛行機からもガソリン罐の投下が相つぎ、洞窟は内部で各洞窟の出口に通じているために、どこの穴に入っても熱風と火風ですぐ火傷する状態となった。ガソリン投下の直撃を受けて火だるまとなったある兵は、自分が洞窟の奥に逃げ込めばますます戦友を苦しませることを思い、入口付近に出るや夢中で手榴弾の安全ピンを抜いて壮烈な自爆をとげた。自爆と同時にいくつもの肉片があたりに飛び散り、ガソリンのしみこんだ肉片がいつまでも燃えていた。

なんという残酷なことであろうか。この悲惨な光景を目撃した私たちは、歯を食いしばって涙を流した。そして、

「かならずお前の仇は俺たちが討ってやる」

と固く誓った。夜の洞窟はこの世では想像できないほどの様相を帯びた。黄燐と死体の焼ける臭いが充満し、満足に息もつけない。吐気をもよおすのだが、胃袋がからっぽなので吐く物もない。あちこちで燃えているのは、生きながら火葬に付された者たちで、創口（きずぐち）や他の部分にびっしりたまっていた真っ白な蛆もいっしょに焼けている。ふつうの人間なら正常を保つことも難かしい特異な状況である。絶望・不安・恐怖・残虐・飢餓・苦痛……あらゆる非人間的なものがここには渦巻いていた。

「ヒッ、ヒッ、ヒ、ヒ、ヒ……」

と突然に笑い出し、洞窟近くの高さ二十メートルはあろうかという谷に身を投じた者も十数人を越えた。なかには、何かわからぬ叫び声をあげて、敵陣に向かってとびだしてゆく兵

もあった。私も肩や背、腕に横燐をあびて火ぶくれになっていた。これらの発狂者を見やりながら、少しも異常には感じられなくなっていた。発狂しないほうがどうかしている惨状だったのである。

黄燐弾で両眼をつぶされた者や、両腕を焼かれた者、腹部に大火傷を負った者など、高熱に魘(うな)されながら、

「残念だ。もう戦うこともできない。みなの足手まといになって生きたくはありません。どうか仇を討ってください」

と言い置いて、そこここで自決していった。おたがいに刺し違える者もあれば、自分の胸を腰の銃剣で突く者もある。自分の首を力いっぱいに斬りつけ、それでも死に切れず、手榴弾を抱いて粉微塵に自爆する者もいた。その悲音が洞窟をゆるがし、爆風は悪臭をなおいっそうかきまわした。

死に際して生き残る戦友を思い、最後の奉公をする隊員もいた。

「いいか。俺の血を飲んで、渇きをいやし、一人でも敵をぶち殺してくれ」

と言って自分の片腕を戦友に斬らせ、その血が下に置いた鉄帽に流れるのを見とどけて、死んでいったのである。戦友とはいえ、この尊い血を涙なしには飲めなかったという。

私のとなりで重傷と火傷に苦しんでいた隊員は、

「班長殿。私は死なせていただきます。だが、手榴弾を使用すると私の体も真っ黒になるので小銃を使ってきれいに死にます。どうか、私の身体の肉を、残った隊員のみんなで少しず

つ分配して食べてください。私の肉を食べた力で、敵兵を私の分まで倒してください。お願いです」

こう言いざま、私のかたわらで銃口を口にくわえて引金をひいた。だが、これを聞いた私をはじめ残存兵は、ただ涙を流すだけで、誰も戦友の肉を食べようとはしなかった。敵に対する憎しみはわれわれの胸に執念となって残り、

「待ってろ。俺がかならず敵を殺してやる」

と死体に呼びかけるしかなかった。

敵の砲撃は衰えを見せない。負傷した上に爆風を受けて鼓膜を破られ、耳の聞こえない兵隊も多かったが、彼らは黙々と防禦陣地を作り、近づく敵を撃ち倒していた。洞窟のそばに焼け残った樹には、守備隊員の死体や、無数の片腕・片脚が無残にぶらさがっている。どれもが爆発で吹きとんだ守備隊員の死体の一部分であった。十月五日ごろの生存者は百五十名くらいであったろうか。洞窟内の湿気によってすでに兵器も弾薬も錆びつき始め、丸腰の兵が多く、小銃を持つ者はわずか七、八十名となっていた。いよいよ〝玉砕〟は旬日のうちかと思われた。

私の目の前でつぎつぎに息を引き取り、自決していった戦友たちの姿や言葉を思い浮かべるとき、私は涙なしでは語れない。

「班長殿。敵を一人でも多く殺してください」

という怨みのこもった声がいつまでも聞こえてくる。玉砕島のなかでも、これほど壮烈な

死で終末戦を迎えたところは少なかったのではなかろうか。また、一致団結して、文字どおり〝最後の一兵まで〟敵に反抗して死んでいった守備隊も少なかったと思う。仇を討ってくれ、と頼まれ、よし、と答えた私自身も、そのときは左大腿部裂傷、左上膊部盲管銃創二つ、背部火傷という重傷の身であった。それでも、右脚一本が健在で右肩もかろうじて動くということは、

「まだ敵を撃てる」

ということであり、自決する者たちのうらやむところだったのである。同時に、部隊でも猛強兵として知られるほど私は気性の強いところがあり、ともすれば絶望的になりがちなみなを励ましていたから、仇討ちを頼む声も多かったのであった。戦場では、強い者が生き弱い者が死ぬ。気力の強い者ほど、重傷をものともせず元気であった。

ついに腹部に盲管銃創を

洞窟のなかでは、戦闘が跡切れるごとに、「みず、みずが欲しい。……死ぬ前にたったひと雫でよいから、水をなめたい……」

と末期の水を望む断末魔の声が響く。しかし、激痛と疲労のために、だれも危険をおかして水を取ってこようとする者はいなかった。だいいち、ほとんどの者が動けない生きる屍なのである。私は一日中、それらの声を聞いているうちに、気力をふりしぼって、水を手に入

れてこようと決心していた。噂によると、

「北部海岸にひろがる岩の凹みに、雨水が自然にたまった個所があるそうだ」

という。だが、海岸にたどり着くまでには敵の前線地帯がある。水を汲みに行くことは、戦って死ぬこと以上に困難な仕事だった。しかし、戦友たちの声もさることながら、私自身咽喉が固着したように痛く、水が欲しくてたまらない。そこで、私は長い時間かけて三個の水筒を肩から左右に振りわけてぶらさげ、洞窟を出て、アンガウル島特有の蔓草の中を匍匐の連続で北海岸に向かった。約一時間かかって、百メートルばかり這ったとき、不意に遠くから、

「ヘーイ、レッツ・ゴー！」

という米兵の大声が聞こえ、私はびっくりして叢に身をふせたまま死人を装った。幸い、米兵たちは私の方へやって来ないで通り過ぎてしまった。それから三時間くらい、私は右脚を使ってとうとう北海岸の派頭の見える場所へ着くことができた。海岸をうかがうと、だれもいない。真っ黒な砂浜には点々と日本兵の屍体が散らばり、岩もところどころはどす黒い色に変わっている。

〈おかしい……？　この付近でそんなに激烈な白兵戦はなかったはずだが……〉

私は注意深く、それらの屍体と周囲の状況を観察した。屍体はどれも私と同じように水筒を二個あるいは三個持った姿で倒れているではないか。水際のところどころに散在する岩礁のほとりでみんな倒れている。疑うまでもなく、これらの死体はみな、日本兵が水を汲みに

来たところをねらわれ、射撃されたなれの果てであった。

〈なんという非人道的なことをするのか。水を死の囮にするとは！〉

と私は怒ったが、これが戦争というものである。目前に岩礁を見、そのなかの凹みに雨水がたまっていると思うと、咽喉はひくひくと動いて、諦めきれない。私は夜半を待とうと思った。付近の蔓におおわれた叢にはきっと敵兵が重機関銃を据えてねらっているだろう。しかし、夜の闇にまぎれて這っていけば敵の目をごまかす可能性はあるのではないか……。私は焼けるような炎暑のなかで、タコの樹陰に身を隠してじっと夜を待った。叢の中にはもう蛙もトカゲも蛇もいはしない。そのとき、どんな動物が現われても、すぐ目の色を変えて捕え、生のまま口に入れたことだろう。だが、私が隠れている間、あたりの雑草のなかからは一匹の虫も陸蟹も出てこなかった。

南国の夕焼けは美しい。眼前の洋上の波頭に、きらきらと赤い陽光を投げかけながら、大きな太陽が消えてゆく。だが、私はそれに美しさを感じる余裕もなく、緊張のうちに闇が早く来ることを祈っていた。

午後八時ごろ、私はそろそろと叢を出て、海岸に這い出した。都合のよいことに、敵は少しも気づかないらしい。ところが、敵にも発見されないかわり、岩礁に到着してみても私の捜す凹みも容易に見つけられないのである。といって、どこかに米軍がひそんでいると思うと、姿勢を高くすることもできなければ、派手な動作で捜すこともできない。岩礁を手で撫でながら約三十分は凹みを捜したが、どこにも雨水はたまっていなかった。私は戦友の噂を信じて生命を賭けてやってきたのだった。あると信じて必死の思いで来たのに、ないとなるとよけいに欲しくなってくる。

〈一滴の水さえ飲めれば、もう何も思い残すことはない〉

とまで私の心は焦りにはやった。だが、私が出発するときに祈るような目で、「班長殿、お頼みします。気をつけて」と私を凝視した重傷者たちのことが忘れられなかった。姿勢を高くしてでも狂人のように捜したい、という私の行動を抑えたのは、これら洞窟の中で待ちわびる戦友の声であった。木の実をつまみ、草の根をかじって、倒れた椰子の樹の芯までもかじり尽くした守備隊員の重傷者たちだった。

〝最期に一滴〟という水への欲求は最大のぜいたくな希望だった。一滴なめれば、みんな平和に死んでゆけるのである……それを思うとき、私は軽はずみな行動で、自分だけが死ぬことは許されなかった。

いくら捜しても雨水にはぶつからない。私がそろそろ絶望に打ちひしがれようとしているとき、ふと心のうちで囁くものがあった。

〈雨水にこだわる必要はないじゃないか。みんな血のしずくさえすすっているときだ。末期の水なら海水でも大喜びだ〉

ということである。私はそう思うと、すぐ岩礁を這いおりて海岸の水際におりてゆき、海の水を水筒につめこみ始めた。波打際には大洋の波が高く打ちよせ、私の全身をびっしょりにさせてくれる。二個目の水筒に海水を入れようとして、私は何気なく頭をあげた。――そのときの私の驚きは筆舌に尽くし難い。私の動かない身体が宙にとびあがったような気持であった。いつのまにか目の前に真っ黒い影のかたまりの、敵の潜水艦がぽっかりと浮上していたからである。

〈これは……〉

私は一瞬、釘づけにされた。不覚にも、昼間の海上には船の停泊した気配も残っていなかったので、私は重機関銃が隠されていると思われる岩かげの方向ばかりを気にしていたのである。つぎの瞬間、私は、背後の小さなジャングルの繁みに向かって脱兎のごとく駆けこもうとしていた。しかし、残念なことに、重傷の身では暴れる亀のようにもがいては這っているだけである。艦砲射撃からかろうじて残された、そのジャングルが、わずか十五メートルくらいなのに、いやに遠くに思われる。

「畜生！」

と思ったとき、ぱっと周囲が明るくなった。私に気づいた潜水艦がサーチライトを点じて、水際の黒い影を追ってきたのだ。同時に、異変に気づいた重機陣地からいっせいに射撃が始まった。続いて迫撃砲の集中火を浴びた。私はその猛射の中を必死にジャングルに逃げこもうとしたが、あと五メートルという場所で、左腹部にドスッというような衝撃を受け、真っ赤な焼け火箸をつっこまれたような激痛を感じた。呼吸がつまり、ともすれば意識も朦朧となった。

〈逃げなければ……早く逃げろ！〉

私の意識はそればかりを叫んでいたが、手脚が動いてくれない。白砂の上で右脚をもぞもぞ動かしながら、いくらか動く右手を傷の個所にあてた私は、驚いて動くのをやめた。血が噴き出ていることには平気だったが、掌にひくひくと動く大腸の感触が伝わったからである。

〈腹部盲管銃創だな。これじゃ生命が助からない〉

と私は意識の消えるにまかせるように、昼間の炎暑を吸いこんだ熱い砂の上にぐったりと横たわって失神してしまっていた。

私は一晩死んでいた。翌朝、死んだはずの私の耳がまず生き返って、近づいて来る騒がしい足音を察知した。迫撃砲の一斉射撃を行なった米兵たちは、おそらくバラバラになったであろう日本兵の死体確認に、朝を待ってやってきたらしい。それに気づいた私は、最後の気力をふりしぼって、ジャングルのタコの樹の茂みに這いずりこんだ。

ざっく、ざっくと砂を踏んで近づく彼らの足音は、私に殺される以上の恐怖を与えていた。たった一人の敗残兵に対して、島の北部を揺がすような一斉射撃を行なったことが、なおいっそう私の心をおびやかしていた。守備隊の弾薬の使い方にくらべて、なんと奔放な戦いぶりであることか。ひょっとすると、敵は私一人をねらって空から爆弾さえ落としかねない。

棘(とげ)の生えたタコの樹の葉をそっと右手でかき上げてみると、約三十メートル前方のあたりを米兵三十人ばかりが一列縦隊でこちらへやって来る様子だ。二十メートル、十五メートルと近づいてくる。身体の大きい、みるからに古参兵とおぼしい連中ばかりで、自動小銃を軽々と持ち上げ、その指はいずれも引金にかかっている。ジャングルに近づくと、左手に持った長い棒であちこちの藪や叢をつつき始めた。ガサガサと音を立てながらも、彼らは反撃を警戒して慎重である。

私はこのとき、命運も極まれりと観念した。あと数分で私の隠れているこのタコの樹も、あの棒でつつかれ、私が少しでも動こうものなら自動小銃が火を吐いて、即座に私の体には無数の弾痕が残るだけだろう。連続して発射されると、人間の身体は十発くらいで弾によって切断される場合もある。そういう戦友の屍体を見てきた私は、上半身と下半身とが分断された自分の体を脳裡に描いていた。

千人針に救わる

恐怖に顫(ふる)える私の気持とは別に、腹部盲管の傷口をおさえた右手の下からはどくどくと血があふれてくる。ふと見ると、私の横たわった足のあたりに血がしたたり、砂地を黒く変色させている。私は、右脚をそっと伸ばし、その土の色をかき消した。そのとき、大きい足音がすぐ近くにやってきて、目の前にニュッと棒がつき出された。私は身を固くして、気配を悟られまいとする。米兵は樹のそこかしこをつつき、そのたびにタコの枯葉がカサリ、カサリと音を立てた。

〈こんどで最期か……いや、こんどか……〉

私は動かない左手を傷の上にあて、右手に拳銃を握って、音のするたびに葉陰で身がまえた。鼓動に合わせてほとばしる血が、横たわった私の腹から背にまわり、下になった左脇腹に百足（むかで）でも這うように静かに流れる。

　棒はしつこく私の身体すれすれに二度、三度と激しい勢いでつっこまれた。そのたびに刺し殺される思いである。その棒さがしの数分間が、私には数時間のように思えた。絶体絶命、風前の灯とはこのことだろうか。私の人生で、このときほど恐怖を感じたことはほかにない。私は、死ぬときを、自分の意志で自分で決定して死にたかった。闇にまぎれて、だれにともなく殺されたくはなかったのである。——幸いにも、米兵は数分間つつくと、私の存在に気がつかず、つぎの樹に移っていった。しだいに捜索の音が遠去かってゆく。緊張した私の神経と身体は、棒のような化石状態から徐々にほぐれてきた。

「助かった。助かったのだ」

　こんな幸運がまたとあろうか。私は天なる神に深く感謝した。しかし、米軍は棒捜索で発見できないとなると、軍犬をともなってふたたびやって来るかもしれない。私はすっかり気を許すこともできず、長い恐怖の時を過ごした。人生はほんの一瞬事にすぎない……すなわち、死は一瞬にして訪れ、生もまた一瞬にすぎない、という生死一体の言葉を、私は身をもって味わったのだった。

　こうして不安と恐怖は一瞬にして消え去ったが、私はつづけて第二の苦痛と闘わなければならなかった。腹部の傷は、私の緊張感がほぐれると同時に、七転八倒するほどの激痛をよびもどし、意識を半ば失った私は生と死の境をさ迷わねばならなかった。

「腹部盲管銃創を受けた者は絶対に助からない」

ということはわれわれの戦場の常識だった。松島上等兵も胸部の盲管銃創で息を引きとっている。私はぬるぬると血糊ですべる傷口の右手をじっと止めて、松島上等兵の胸を看護したときに見た内臓の鼓動を連想していた。

〈とうとう、松島と同じ死に方をするようになったのか……〉

何という因縁であろうか、と考えたりした。

しかし、この生死をさ迷った瞬間についても、私は両親に感謝しないわけにはゆかない。気力に欠けた人間なら、米兵の自動小銃から逃れたことで安心して失神し、そのままタコの樹陰で屍体となったことだろう。だが、私には幸いにして強い気性が授けられていた。

「何くそッ！」

という気持が、かすかではあるが私の意識を立ち直らせたのである。出血は放っておけば私の血を全部放出しそうな勢いであった。両手で押さえているよりは、形だけでも応急処置をすれば少しは血もとまるのではないか、第一に気が楽になる……と私は考えた。いまは、手を当てているだけだが、実際に傷口に触れればそれこそ失神するくらいの激痛をともなうことだろう。だが、このまま放っておけば死ぬのは目にみえている。

私は大きく口を開いた傷跡をふさぐ布切れはないか、といろいろ思いあぐねた。手拭も包帯もない。まさか、下に着けている褌を当てる気にはなれない。私は万に一つの希望をかけて、すでに空っぽになっているはずの雑嚢に片手を入れてかき回した。するとうれしいことに、雑嚢の底にふと細長い布地らしい手触りのものがある。つかみ出してみると、包帯にはもってこいの千人針であった。

〈こんなものがよく残っていたなあ〉

私はまた故国の肉親に助けられたようであった。その千人針は、私が満州に入隊してまもないころ、母親と姉が苦労して纒めあげたもので、弾除けのお守りにとくれた品である。うち続く戦いに頭が惚けたためか、雑嚢のいちばん底にあったのを気づかず、これまで布切れがないのに苦労していたのだった。それが最も重い盲管銃創のときに忽然と出てきたことは、私を非常に元気づけてくれた。

〈国の両親が、兄弟が私の無事を祈ってくれている。千人針の、千人の同胞が私の傷を覆ってくれるんだ〉

と、私はそのとき素直に〝同胞〟に感謝していた。私はその千人針を銃剣で切って、歯を食いしばりつつ、左横腹の傷口に当てようとした。が、押さえていた手をはずすと、傷は意外に大きい。切った千人針がそのまますっぽりと傷穴のなかに入ってしまうではないか。そこで千人針を重ねて、傷口をそっと覆い、その上に用のなくなった雑嚢を二つ折りにしてかぶせて、固く体に結びつけた。

考えてみると、最初に大腿部を砲弾の破片で裂かれたとき、軍医から自決を言いわたされながら、今日までよく生きてきたと思う。あのとき、命令どおりに手榴弾を胸に抱いて自爆すれば、私はとっくに靖国神社の英霊として祀られていたはずである。それを思うと、こんどの傷で生命を落とすことになっても、思い残すことはない、と私は自分に言い聞かせていた。

私は応急処置が終わったあと、しばらくは静かにして千人針の連想に埋もれていた。満州へ渡るとき、涙を見せた母の顔、故郷の柿や栗の木のある山、はやや鮎の泳いでいる川……どれも胸の奥からじいんと浮かびあがってくる甘美な想い出であった。

〈死ねば、ふたたびあの故郷に帰れるのだ〉

私はひどい痛みと嘔吐をおさえて、つぎからつぎに生い立ちを思い出そうとしていた。そうすることが私の死を平穏なものにすると思ったからだった。松島上等兵と同じく、残るところは、二、三日の命であろう。ひととおり不思議に甘い回想が終わると、洞窟に倒れている戦友たちのことが脳裡をよぎった。思わず、持ち前の負けん気がわいてきた。

「これしきのことで横になったまま死ぬとは情けないぞ。死ぬまで精一杯頑張ってみろ」

という闘志が、少しずつよみがえってきたのである。現在では考えられない気力だが、当時、生死を超えた境地だったからこそ可能だったのだろう。

私は致命傷の左腹を押さえて夜のせまるのを待った。

私は、しだいに血のにじんでくる雑嚢包帯を気にしながら、十センチ、二十センチずつ尺取虫のように這った。それから闇の中をどこをどう匍ったのか、まったく憶えていない。

「死ぬもんか、死ぬもんか、死ぬもんか」

と口に出して拍子を取ってずるずると這ったことだけがわかっている。戦場では、苦しいとか痛いとかいうことは、行動の言い訳にはならない。義務を果たしたか、死んだか、どちらかの結果しかないのである。鍾乳洞陣地に着くまでに死ねば、それはそれで私にとっては立派な最期になると信じたのであった。

蛆とともに這う

夜が明けるころ、私は前方に鍾乳洞陣地を発見し、大喜びであった。私の帰りを待ちわびている戦友たちの顔を思い出して、ふと私は、それまで気がつかなかった三個の水筒を調べた。ところが、どうだろう！　無残にも三個とも迫撃砲の破片で穴があき、一滴の水も残ってはいない。つくづく考えると、肩からさげていた水筒に当たった破片が、いったん直撃の力を弱めて、それて私の腹部を貫通したのであった。水筒がなかったら、私は即死であるのかも知れなかった。

複廓陣地に近づいた私は、蔓を伝い、岩の鋭角に掌を切りながら、ようやく洞窟内に転がり落ちた。

「班長殿が帰ってこられた！」

負傷者は救世主を仰ぐような眼差しで私の帰洞を喜んだが、私の蒼白な顔と腹部の傷、水筒の穴を見たとたん、押し黙ってしまった。

「班長殿、ここに寝てください……」

と声をかけてくれたのは、ごく気の優しい兵の一人である。残る負傷者たちは、水がないとわかると、すぐそっぽを向いた。激戦のまっただなかでは、だれもが自分のことしか考えられない。一滴の水を発見しても、自分だけで飲み干してしまう餓鬼になり果てている。人間愛、戦友愛などという甘い感情が存在する余地はどこにもなかったのだ。私が海辺へ水を汲みに出かけたのも、まず自分の渇きに堪えかねたからではなかったか。また、洞窟へもどってきたのも、みんなと一緒に死にたいという心細さからではなかったか——私は岩床に横向けに倒れて、それも一つの真実だと思わざるをえなかった。

昼ごろになって雑嚢包帯を見ると、傷口からの出血は幸運にもとまっていた。だが、傷の中で早くも蛆虫が発生したらしく、虫が動くたびに錐で揉みこむような痛みを感じた。

〈薬品が欲しい。きれいな脱脂綿と消毒液と、そして清潔な包帯を……〉

傷がウズウズとうごめくたびに私は蛆虫を憎んだ。べつにそれらの薬品で、この傷を治癒させようという気ではなく、少しでも生命を延ばし、清潔な身体で死にたいと思ったからである。私はかねてから「花は桜木、人は武士」という文句が好きであった。死ぬときはいかなる場合でも、潔く清く死にたいと考えていた。斎戒沐浴して従容として死につく武人の死が、自分の理想の死であると信じていた。ところが現実は、血と汗と埃と砲煙に汚れ、しかも蛆虫にさえ食いつかれた体で死んでゆくのである。

〈海水でもう一度、身体を洗って死ぬことはできないだろうか?〉

私は、海水に浸れば、消毒がわりにもなるし、傷口から蛆虫の大群を洗い落とすことができるのではないかと考えた。しかし、どこの海岸にも、敵兵が重機を据えて這い出すわれわれを待ちかまえている。陣地から最も近い北西海岸まででも、約五百メートルはある。その間に、二重にも三重にも米軍の攻撃陣地がひろがっているに違いない。私は前日のタコの木陰で感じた恐怖を思い出して、身震いした。しかし、私の生きようとする執念は非常に強かった。まだまだ、腹部の痛みさえなくなれば、たくさんのやるべきことが残されている、と口惜しいのである。

敵はガソリン、黄燐弾、焼夷弾を洞窟に投入し、私の横たわった目の前で戦友が悶え死に、怨みを抱いて焼け死んでゆく。それらの姿を見ると、

「一人でもヤンキーどもを多く殺して死にたい」

という憎しみにかられた。だが、夜となり暗い洞窟で自決する者が続き、私の蛆虫が左横腹からこぼれ落ちてくるくらいになると、私は自分の死に様をいろいろと考えた。

〈これでもお前は多くの隊員より命長らえて戦うことができたではないか。しかも、予想以上に敵さんをやっつけた。……一人でいままでに二百人以上は殺しているだろう。危険を冒し消毒までして生き長らえる必要はない。お前は立派な戦死だ〉

と、どこからか自決をせまる囁きが聞こえてくる。二日、三日目……敵の攻勢はだんだん熾烈をきわめ、私たちは重傷の身体で奥地の鍾乳洞へ、奥地へと移動をせまられた。両眼を黄燐弾で失った者も、顔面一杯に火傷を負った者も、

「米兵に焼き殺されるのはいやだ。みんなといっしょに闘って死にたい」

と手さぐりで集団移動について来る。奥地へ行くほど崖や谷間の模様が複雑となり、米兵も地勢がこわくて近づけない場所になってくる。そういう秘境へ負傷者たちが移動するのだから、容易なことではなかった。途中で足を踏みはずして谷底へ落ちていった者もある。絶壁から絶壁へ渡るときに、片手で身体の重みを支えることができず、二十メートル直下の岩礁に蛙のように叩きつけられた者もいた。

二度目の洞窟に移ったとき、私は蛆虫の繁殖に堪えられなくなり、やむをえず小銃弾から火薬を抜き取って、雑嚢包帯を取って傷口にふりまいた。すでに千人針の布は血で真っ黒に固まって、内臓か皮膚の一部分となって身体に食い込んでいる。その千人針の塊の下でウズウズと蛆虫の大群が肉を食い、腸のあたりまで食い荒そうとしているようであった。

黒い火薬粉をまいたとたん、焼けつくような痛みに襲われたが、私はこれが消毒剤のかわりになってくれることを願った。翌日になると、痛みは軽くなり、蛆虫も少なくなったように感じられた。少しでも激痛が遠のくと、私の頭に浮かぶのは、

〈水はないか。何か食べるものはないか〉

ということである。洞窟のなかにごろごろと並んだ負傷者たちは、〝水〟という言葉を聞いただけでも凹んだ目が血走った。黄燐弾や焼夷弾によってジャングルに棲息していた大トカゲが黒焦げになって死んでいることがある。それを発見した日は、みんなで分配した一片の肉塊をしゃぶって、このうえない幸せを感じる状態だ。洞窟内には、水なく食なく、自分で死ぬための両腕も利かず、

「殺してくれ！　殺してくれ！」

という声が絶えなかった。もう自決して果てることか一番簡単な方法であったし、また自決はあらゆる苦悩から自分を解き放ってくれるという夢のような誘惑であった。

〈悲惨な戦場から逃げ出したい。もう一刻も早く苦しさから逃れたい〉

と、考えたとき、逃亡の唯一の方法が自決だったのである。敵に遭えば惨殺されると信じていたし、また事実、私たちの目の前で敵に生きてむかえられた者はいなかったから、「捕虜」「投降」という手段は思いもつかない。まして、この第一大隊の兵士たちは、くり返すようだが、戦陣訓の「虜囚の辱」を心に刻みつけた優秀な兵ばかりであった。敵弾に撃たれて死ぬときも、

「だれか助けてくれ！」

などと叫んだ言葉を、私は聞いたことがない。「天皇陛下万歳！」と叫ぶ者も少なく、またその余裕もなかったが、ほとんどは、「おっかさん」「残念だ」「お先にゆきます」「あとをよろしく頼みます」「仇を討ってください」「肉親によろしく」……といった言葉であった。

自決未遂におわる

積極的に敵陣へ斬り込んで死ぬか、それとも自決するか――私はずいぶん考えた。しかし、

敵陣へ斬り込もうとしても、洞窟陣地を出たところで豪雨のような砲弾射撃に倒れたのでは意味がない。……私は切腹を考えてみた。古武士は、自分の腹部に刀を刺し、腸を十文字に斬ったという。しかし、私には刺した銃剣で左右に割く力はもはやなさそうであった。

〈それよりは、胸に銃剣を当てたまま付近の岩壁に自分の身体をぶっつければ、体重で剣はぷっつりと柄元まで身体を貫くのではないか?……〉

しかし、松島上等兵のように心臓部が裂けてもなかなか死ねない場合が想像された。できればひと思いに死にたい。とすれば、高木上等兵が死んだように手榴弾自決がいちばん簡単な方法だと思った。私はたった一発残しておいた手榴弾を腰からはずし、手に取ってみた。

〈もしこれが不発弾だったら、どうしよう?〉

この期におよんで、まだそんな事を考えたりした私は、そっと腰の銃剣に触ってみた。手榴弾自決が失敗なら、銃剣で自殺ということも考えられる。とにかく、手榴弾自決に決めてしまおう。

自決を決意したあとも、私は一日中、生きる執念に迷って、あれやこれや考えたことを告白しなければならない。実際、自分で死ぬということは難しいことである。そのときの私をとりまく状況から言えば、生きることも死ぬことも難しいのであった。腹部に盲管銃創を負って三日目ごろだったと思う。私はいよいよその日を自決のときに決めた。……私が安全ピンをはずして、岩壁にコツンと叩いて手榴弾を抱けば、五秒後に私の傷だらけの四肢は肉片となって飛び散るはずである。洞窟の外が明るくなり、敵の砲撃が始まる前に、私は洞窟の入口付近に出た。洞窟内で自決して戦友たちに迷惑をかけたくなかったからである。

洞窟の外は、うち続く砲撃のため、上部の岩礁が削り取られ燐鉱床独特の白い丘と変わっている。ところどころにわずかに残る緑色の雑草が目につく。そして、太陽のまだ昇らない空は白く透き通っていた。私は、岩床の平坦な部分にきちんと正座しようとしたが、怪我をした左脚は無理に曲げたものの、いつも体重をかけて酷使したせいか無傷なはずの右脚が棒のようにつっ張って曲がらない。

正座して死にたい――それはひとつには日本の故郷の家を思い出し、畳の上に座ったような気持で死にたかったのである。また、ひとつには、武人らしく端正な姿勢で最期を遂げたかった。しかし、その望みもかなわないのか。

やむをえず私は、壕の岩壁によりかかって両脚をそろえ、手榴弾を握った。

いよいよ数秒後に死ぬというときになって、私の心は微妙に波立ち始め、さまざまな雑念が脳裡にひらめいた。手榴弾の安全栓を抜いて岩壁に撃針を叩きつけて胸に抱くこと――何度も心に描いた手順で、じつに簡単な操作なのだが、問題は胸に抱いて爆発を待つ五秒間であった。私はその五秒間を日本人らしく平静な気持で待ちたかった。それだけに、心静めようと、自分に覚悟を強いたのである。

ところが、乱戦中の感情にかられ夢中になった自決とはちがい、平和な朝の空気は私の気持をなかなか落ち着かせなかった。

「なんというぶざまなことだ」

「この場においてだらしがないぞ」

と私は自分自身を責めたが、一方では二度と現世を見ることはできない、と悲痛な思いにかられる。死なずとも、も少し生きてみたらどうか、という未練が雲のようにわきあがってきて、呼吸の苦しくなるほど、胸をしめつけられた。うろたえた私は、剣道で学んだ「平常心」をとりもどそうとして焦った。深呼吸を三回くり返すと、やや気分が落ちつき気が楽になった。私は故郷の両親・兄弟・親戚・知人その他世話になった人、そしてひそかに慕情を抱いていた女性に対して、心の中で、一人一人に最後の挨拶を送った。両親に送る言葉が最も長かったのは当然である。

「この世に生を享けてからの慈しみは、どんなに感謝してもしすぎることはありません。その御恩に報いようとする途中、こういう最期となり、先立たねばならなくなったことを許してください。しかし、僕はかならず霊魂となって日本へ帰ります。懐かしい故郷へ、あなたがたのもとへ、きっと帰らずにはおきません。帰ったら、あなたがたや兄・妹たちを見守り、一所懸命に幸せに導いてあげることができるでしょう。

われわれは立派に戦いました。私は皇国のために日本人の栄光と名誉のために、軍人としての道を正しく遂行しました。どうぞ御安心ください。私の死を悲しまないでください。長生きしてください。……」

最後に、私は「天皇陛下万歳」とつけ加えた。この六文字は靖国神社に祀られるための門鑑ともいえただろうし、自分は戦死するんだと自分に言い聞かせる言葉でもあった。もう心に思い残すことは何もない。私は平穏な気持で右手に手榴弾を握り、安全栓をとり、黒く突出した右側の岩角にコツンと叩いて、胸に抱いた——。

　ところが、私の運命はあくまで皮肉にできていた。シュシュシュと導火線が燃える音が一向に聞こえてこない。私はもう一度、冷静な気持で手榴弾の信管が砕けるほど力をこめて岩角に打ちつけた。だが発火しないで、あまつさえ真鍮でできているその信管は、がくりと折れ曲がって、完全に不発弾であることを証明しただけだった。

〈どうしたのだ。死ねない。なぜ死ねないのか?〉

　私は茫然として、曲がった信管を眺めた。激しい緊張感のあとだけに、自決未遂という失敗にかえって深い失望感を味わったのである。こんなに身も心もくたくたになるほど戦い続けてきたのに、まだ死なせてもらえないのか。敵が殺しにやって来るまで、このままの状態で待てというのだろうか。私は役に立たない手榴弾を放り投げて、座ったまま考えた。

　しばらく雑草や空の色の変化を目に映しているうちに、私の心はしだいに落ち着きをとりもどし、死の方法についてふたたび思いめぐらしていた。そのとき、あらためて私の心をつかんだのは、俺はまだ死の条件がそろわないのだな、という感慨であり、

「斃れてのち止む」

　という言葉であった。咽喉は涸れていても、声はまだ出る。飢餓に苦しめられてはいてもまだ呼吸し、考えることはできる。そして、重傷の身でもわずかに歩けるのだ。精力の残っている限り、生をぎりぎりまで生きて、はじめて立派な死を迎えることができるのではない

か。私にいまないのは敵を攻める武器だが、それを捜して得られないときに、自決を考えても遅くはない。私は自決未遂によって、死をいそがず、あと二、三日の生命を精一杯働かせてみようと心を変えた。腹部の盲感銃創は長く生きられないのが常識だから、残るところ数日であろうが……。

最後の手榴弾

私は、守備隊がひそんだ広い複廓陣地のどこかには兵器・弾薬の類がきっと残されているだろうと考え、右脚でふたたび這い始めた。頭髪は垢にまみれて長く伸び、髭は顔面をおおい、血を浴び、傷だらけの体にまとった軍衣は血で固まって板のように乾燥している。それも、鍾乳洞の鋭角にこすられ、いつのまにかボロボロにすり切れて、汚れた肌も火傷の跡も露わになっている。体についた服といえば背中の部分だけで、軍袴は這うために、とくに千切れており、両膝は岩に直接に触れるから絶え間なく血を流して大きく腫れあがっている。――もしこのとき大鏡に自分の悲惨な姿をうつして見ることができたら、おそらく私は自決をもう一度くり返したことだろう。だが、私はもはや気力だけの人間になっていた。

〈武器、弾薬があるとすれば、どこか大きい鍾乳洞陣地に残されているにちがいない〉

そう信じた私は、敵陣に近い灯台高地よりに約一時間這って、ある大きな壕を発見した。薄暗い壕内を片脚でぴょんぴょん跳びながら、私は壁面を伝わって奥へ進んだ。足もとに充分気をつけないと、すぐさま転倒するし、万一大きい音を立てようものなら、残存する守備隊員に敵兵とまちがえられ、射殺される危険もあった。

なかに入ってみると、十五、六名は入れそうな洞窟である。奥には日本軍の飯盒や空っぽになった水筒が散らばっていて、明らかに守備隊員が数名生活していたことを教えていた。

「ひとつ、ふたつ、みっつ……」

水筒の数を調べてみると、五つあった。飯盒、水筒、雑嚢も捨てて、姿が見えないとなると、推測できることは一つしかない。全員、身軽になって斬り込み隊となって殉じたのであろう。雑嚢の裏に書かれた氏名を見て、私は、はっとした。「前田曹長」「福田軍曹」とある。どちらも下士官として第一中隊の優秀な兵隊であった。丸腰の私は、弾薬が発見できればそれを入れる雑嚢が欲しいところであったから、まず大きいほうの「前田曹長」の所有品をとりあげてみた。敵弾が背紐の付け根をえぐり取って穴が開いている。どうも使えそうにないので、私は「福田軍曹」のものと取り換えた。だが、これにも蓋の部分に無数の破片の跡が残されていて、何度か敵と遭遇して白兵戦を演じた跡と思われる自動小銃の弾痕までついている。

〈ほほう、あいつもやっとるんだなあ〉

私は福田軍曹の雑嚢を手にして、勇気を倍加させる思いだった。福田軍曹は私と同年兵で、おたがいに仲良しであり、彼の体力・精神力はかねて感嘆していたところであった。私はその懐かしい福田軍曹の雑嚢をまず丸腰にぶらさげた。洞窟の住人たちの武勇を物語るように、その中央には空になった米軍の水タンクが二つ転がっていて、敵のテントを襲って奪ってきたことが歴然としていた。

〈前田、福田の両人がいれば、気力・腕力・胆力ともそなわっており、これくらいのことは堂々とやってのけただろうな。俺も、戦闘初期に左脚さえ負傷していなかったら、いっしょに大暴れできたのに――〉

残念至極に思った。たしか前田曹長は兵器掛りを経験していたから、弾薬は大量に所持し保管している可能性がある。この洞窟内のどこかに、かならず弾薬が匿されているに違いない。私はそう推理すると、欲しい一心で洞窟内を隈なく捜したが、どこにも見あたらない。

「もしや、敵に渡さないために隠しているのではないか？」

と私はひとり呟いて、捜索方法を考えてみた。洞窟の床に発見できないとすると、地中に埋めたものだろう。しかし洞窟内は一面の岩礁で掘れるような個所はなく、天井はいまにも落下しそうな鋭い角度の岩石でつくられている。そうなると、残るところは洞窟の側面にある亀裂個所であった。ところが、調べてみると、側面には無数の割れ目があり、体がすっぽり入ってしまいそうな深い部分から、片脚しか入らないような狭く細長い切れ目までいろいろある。それらを片っ端から覗いてみたが、肉眼で見えるような場所には何も置いてない。

〈やはり彼らも弾薬尽きて斬り込んだのか〉

と、私の失望は大きかった。しかし、ここで発見できなければ、ふたたび私は動かない体を引きずって鍾乳洞陣地をうろうろしなければならない。再度、私は無駄な努力を重ねるつもりで、暗さに慣れてきたところで、洞窟内に目を走らせた。すると、ふと、目にとまった個所がある。洞窟の一番奥の片隅に小石が山のように積み上げてあるが、どうも積み方が不自然である。さっそく私は小石の山に近づいてひとつずつ静かにのぞき始めた。そうしていても入口のほうが気になる。いつ米兵が入ってこないとも限らないのである。私が音のしないように小石をのぞいていると、案にたがわず黒い箱の板が見え始めた。われを忘れて、一心に小石を取りのぞくと、なかから手榴弾の弾薬箱が出てきた。

〈おっ、こりゃ宝物だ！〉

私はあたかも埋蔵金を掘り当てたように喜んだ。当時、守備隊員にとっては手榴弾は一個で自分の生死が決まったほどの貴重なものであった。さて、その箱を引っ張り出そうとしたが、衰え果てた私には、悲しいかな、その力がない。背後から来るかも知れぬ米兵を警戒しながら、私は小石の山をのぞいて弾薬箱を引き出す道を作った。やがて重い箱をそばへ置き、すばやく蓋に手をかけて開けた私は、ふたたび歓声をあげた。……箱の中には、二十発の鉄の塊が行儀よく並んでいたのである。重いはずだった。

ただ私はこれらの中に不発弾が混じっていることを恐れた。先ほどの自決未遂の際の手榴弾を想起したためである。湿気のために赤錆が出たり、信管を通して発火栓が侵されたりするのだが、しかし不発弾か否かは投げてみて初めてわかることで、調べようがない。二十発全部を持ち運びたいが、重傷の身ではそれも不可能である。そこで私は、動かない左手にもむりやりに持たせ、両手で二発持ち、「福田軍曹」の雑嚢に四発を入れ、計六発を携行することに決めた。六発という量は、そのときの私の体力からいって最大の重量であったのだ。
〈このくらいの重さなら、這うこともできるし、短距離なら駆けることも可能だ〉

と私は腹部の痛さも忘れて、敵陣を攪乱（こうらん）する計画に一所懸命になった。水も飲まず、口に入れる物とてない毎日だったが、われわれの戦う意欲を殺（そ）ぐ原因のひとつは、弾薬欠乏という切迫した事実であった。私は弾薬を手に入れたことで、大トカゲの肉を食べたくらいの士気を回復させたのだった。六発もあれば米軍に一泡吹かせることができそうであった。
〈どうせ死ぬんだ。ひとつ、とてつもない計画を実行して、米軍を、アッと言わせてやろう……〉

私は、すでに自決のことなどを忘れて、戦闘意欲を亢（たか）ぶらせていた。いまに見ろ、という敵対感が、手榴弾を見たことでめらめらと燃えあがったのである。自分の死と引きかえに、敵米軍に痛烈な打撃を与えるにはどうしたらよいか？　私は洞窟に座り、苦痛にあえぎつつ慎重に懸命に作戦を練った。

司令部テント突入計画

肉弾自爆を決意

――米軍が最も困惑する被害といえば、いったいどんなことであろうか？

私の脳裡には……、まだ見ぬ米軍のアンガウル総司令官の姿がうかんだ。司令官もろともに司令部を爆破して、副官・幕僚・各指揮官を全滅させればどうであろうか。この六個の手榴弾で高級将校の一部数名を亡き者にすることができれば、これに過ぐるものはない。米軍の心胆を寒からしめ、少しは混乱におとしいれる結果になるだろう。しかし、手榴弾を一個ずつ投げていたのでは、効果も薄いし、即座に敵兵に発見され一斉乱射を浴びそうである。かといって、同時に六発を投げることはまったく不可能な計画であった。手榴弾一個は一キロに近い重量で、六個といえば約六キロもある。重傷さえしていなければ、まとめた六個を三メートルくらい前方には投げられるかもしれない。だが、満身創痍の身では、それはおよそ不可能であった。

ただひとつ、計画を可能にするのは、その六発を私が自分の身体に縛りつけて、百メートル十三秒程度の速度で司令部テントへ突っ走り、肉弾となって自爆することである。一発の信管だけを叩けば、他の五発は自然誘発して、一度に大爆発となって多大の被害をおよぼすに相違ない。

〈自分の肉片は司令部テントの周辺に跡形もなく飛び散るであろう。しかし、悔いはない。壮烈な最期をとげた者が誰であるのか、それも戦史には残らないであろう。しかし、後悔はしない。私は、敵米軍が手ひどい打撃を蒙りさえすればよいのだ〉

この計画は、ひどく私の最期にふさわしいものに思えてきた。島中隊の斬り込み隊にはじまって、これまでも肉弾攻撃が行なわれてきた。私は彼らにつづいて、この司令部肉弾攻撃を行ない「最後の死に花」を咲かせたいと切に願ったのである。その計画に際して第一に困ったのは、司令部の所在がどこにあるかわからないことであった。敵陣を巧みに突破して敵の最後部に出て観察するのが先決であろう。つぎに手榴弾を身体に縛りつけるには、どんな方法をとればよいか、であった。丸くごろごろする手榴弾六個がたがいに誘発されるように、腰あるいは肩にさげなければならぬ。

そこまで考えたとき、洞窟の入口あたりから、微かな騒音が忍びよって来た。と思ったとたん、機銃の連射が激しい音をたて、米兵の笑い声まで耳に入ってきた。

〈この洞窟へ入ってくるつもりなのか?〉

私はいままでの痛快な計画を忘れて、手榴弾を右手に入口のほうを向いて、いつでも投げつけられるようにかまえた。洞窟内に私がいることを悟られてはならなかった。いつのまにか重傷の左脚もしっかりと立てて、両脚で投げる姿勢をとっていた。この洞窟をねらって来たのか、それとも洞窟の外で何事か変事が起きたのかもしれない。いずれにせよ、せっかく司令部爆破計画を樹てたいまとなっては、私もむざむざ一米兵に殺されたくはなかった。

「ハッ、ハッ、ハ、ハ、ハ……」

射撃音のあとで二、三名の米兵の笑い声が聞こえ、しだいに足音は遠ざかってゆくようである。すでにこちらの鍾乳洞は米軍の占拠区域となっており、改めて米兵が調べに入ってくる洞窟でもなかった。約十分後、洞窟のなかはふたたび元どおりの静けさにかえったが、油断せずそっと入口付近に這っていって、外をうかがった。その瞬間、私は、

〈ウム……畜生!〉

こみあげてくる憤怒の思いをいかんともし難かった。外には、これも私と同様に危険を冒して弾薬でも捜しに来たらしい二人の負傷兵が、数十発の弾丸を注がれて、血に染まって倒れていたのである。二人とも服は私同様にボロボロで、兵器といえば銃剣が身についているだけである。非戦闘員ともいえるこの日本人を撃ち殺した上、高笑して去った米兵の仕打ちを思うと、私は怒り心頭に発するのをおぼえ、

「よし、きっと、司令部爆破を成功させてやる。かならず思い知らせてやる」

と敵愾心に奮い立った。複廓陣地を取り囲んだ米軍陣地を突破するには夜しかない。それも、敵が警戒のために上げる照明弾のと切れた時間に限ったほうが安全である。敵の包囲陣を考えると、私の夢のような計画はとても成功おぼつかないように感じられる。しかし、す

でに死ぬために突進するのだから恐い物はなく、生死を超えた一念で成功するかも知れなかった。たとえ不成功に終わっても、その計画途上に死ねば本望と考えたのである。

私はひとまず六発の手榴弾を雑嚢のなかにしまいこみ、弾薬箱を元どおりに小石の山に埋もれさせて、その洞窟をあとにした。

夕闇が来るのが待ち遠しい。つぎの洞窟で待つことにして、友軍陣地に近い鍾乳洞まで這ってそのひとつに潜りこんだ。その洞窟には重傷者が約十五名、気息奄々として横たわっていた。いずれも死の直前といった様子で、人間の身体らしい原型はなく、集まってくる銀蠅を払う力もない。私が近よって手で追いはらってやろうとしても、四肢に群がった銀蠅は一匹も逃げない。……気の毒である。哀れであった。彼らはひたすら、だれかが助けに来てくれることを信じて生きているのだろうか。もう目も見えないほど衰弱している。

私はそれらの生ける屍のような状態を見ながら、〈こんなになってまで生きようとしているのか〉と不思議になってきた。彼らは一時間でも長生きすれば、奇蹟が起こるとでも信じているようであった。重傷者の一人の枕もとを見ると、十四年式ピストルが置いてあったので、私は手にとって見た。点々と血に染まったその拳銃は全弾装塡がしてあり、私の計画を遂行するための護身用武器として格好な品だったので、拝借することにした。幸いなことに、この洞窟には弾嚢も転がっていて、手榴弾を体につけることもできた。

水も食もない。しかし、準備はすべて完了し、私はやがて死出の旅に発つつもりで外をうかがった。折から南国特有の夕映えが空の雲を血のように真っ赤な色に変えている。私は敵に発見されないように、姿勢を低くして、できるだけ高い岩にのぼった。島の地理の目標となる西港高地の灯台の位置を確かめたかったからである。アンガウル島民のすべての目標であったその灯台は、熾烈な砲弾を浴びて根元から切断され、尖端を西に向けて倒れていた。〈今晩は、あの灯台下を通って、敵陣をくぐり抜ける。明日は、そこから南下して米軍の幕舎を発見する……〉

と、私は倒れた灯台を基準にして、爆破計画のルートをさまざまに思い描いた。灯台下から南下すれば司令官の幕舎はかならずあるはずである。そう考えているうちにも、腹部はきりきりと痛み、左腕、左大腿部の鈍痛とともに、左半身を斧で切ってもらいたいような気分に襲われる。腹部の盲管銃創を考えると、残るところ私の生命はせいぜい四十八時間ももてばよかろう。その間に計画を遂行しなければ、せっかくの努力も水の泡となり、私は野垂れ死にするだけであった。

闇がようやくすべてのものを包み始めたころ、私は重い手榴弾の雑嚢を肩からさげ、右手に拳銃をさげて、足を引いたり這ったりしながら敵占領区域をめざした。

死の重機ライン突破

私が洞窟陣地を出発したころの残存守備隊員の兵力は、負傷者を含めて約百五十名だったと思う。だれいうとなく、

「北の三十一高地の西より沿岸には要害堅固な深い洞窟があるそうだ。そこなら敵の火焔攻撃の手もおよばないだろう」

と伝えられ、夜明けとともに負傷者も元気な者もその洞窟群へ移動を開始していた。話によると、めざす洞窟地帯はすり鉢の底のような深い谷間で、絶壁のそこここに洞窟があり、砲撃を受けることもないというのであった。ただ、そこに行くまでに、井戸のように陥ちこんだ穴が無数にあって、移動する際に足を踏みはずして二十メートル直下の岩床に叩きつけられた者や、片腕で自分の体重を支えきれずに落ちていった者が非常に多かったという。それは、猫に追いつめられたネズミのように奥へ奥へと逃れる、哀れな守備隊員の姿でもあった。動けない重傷者たちは、その移動する同僚たちを横目で見ながら、

「水……水……水」

と呻き声をあげ、

「早く殺してくれッ！」

と喚いていたのである。私自身も、頭、腕、脚、腹部に重傷を負って、ふつうなら動ける身体ではなかったが、性来の負けん気から、横たわったまま死を待つ重傷者たちの態度がやりきれなかった。

〈彼らはただ漫然と死を待っているのか？〉

と思うと堪えられない。私が、米軍総司令部爆破計画を志したのも、いっそ死ぬのなら、「死に花」を咲かせたいと思ったからである。夜が明けると敵はいっせいに猛烈な砲撃を加

えてくる。したがって、砲弾を避けるためには夜明け前に敵の第一線のなかに潜りこむ必要があった。

〈よおし、最後の気力と体力・智力をふりしぼってやる〉

私はみなと反対に、六個の手榴弾を苦労して身体に縛りつけると、けわしい岩礁の起伏をはいずりながら進んだ。だが、手榴弾は意外に重く、腹部の激痛も加わって、私は幾度か休まねばならなかった。ようやくに複廓陣地つまり鍾乳洞地帯を脱して稜線に達すると、岩陰から敵兵の姿がちらちらと見えるようになった。敵の最前線にきたのだ。

有難いことには、照明弾もあがらず、周囲はまだほの暗い。光があれば、私の身体はすぐ発見されたことだろう。とにかく、完全に夜が明けるまでに丹野灯台下のふもとのジャングルまでたどり着かないと、発見されるのは必定（ひつじょう）である。私は敵に気づかれないようにそろそろと這った。ところが、約五十メートル這ったとき、私はすぐ二十メートル前方に黒人の歩哨が立っているのを見つけた。

〈しまった。気づかれたかな？〉

一人は立哨で、他の三人は壕の内に重機を備えつけて蟻も洩らさぬような姿勢で私の方に銃口を向けている。さあ、ついに第一の関門に正面衝突したのである。だが、敵はこちらの存在には気がついていないらしい。私はしだいに明るくなってくる周囲を気にしながら、前方の邪魔ものが移動してくれることを願った。しかし、相手は全然動こうともしない。私は目を左右に走らせてみて愕然とした。

〈こりゃ、完全防禦だ……〉

と思ったものである。重機陣地は、われわれ複廓陣地地帯を大きく取りかこんだ形で、約五十メートル間隔で点在し、目を光らせていた。鍾乳洞地帯からの脱落者や斬り込み兵を発見すると、即座に撃ち殺すためらしい。

〈これ以上は進めないのか――〉

私は敵陣を前にして、切歯扼腕した。せっかく死を覚悟して、すばらしい計画を樹てながら、ここで諦めなければならないのか。だが、要は忍耐である。私は目を配って周辺の凹地を捜した。見れば、少し引き返したところに、艦砲に吹き飛ばされずかろうじて残った茂みがある。私はじりじりと後退して、樹と叢のなかにひそんだ。ここで一日を待機し、夜闇がきたらふたたび行動を起こそうと決心した。

樹陰とはいえ、灼熱の太陽は遠慮会釈なく照りつけて、肌に接する土は焼灰のように熱い。水が欲しい。もう五日ばかり水滴も口にしていない。傷の痛みと疲労でいまにも失神しそうである。だが、私はじっと待った。

「ヘーイ、××××……」

米兵のわけのわからない英語が耳に入ってくる。私が隠れている茂みのすぐそばを米軍戦車が轟々と音を立てて走り、その間に、米兵がどたどたと足音も荒く通りすぎた。突然、ぽんと音がして茂みのすぐ近くに米兵の投げた罐詰が転がってきた。おそらく内容は空っぽであろう。しかし、そのときの私にはその罐詰が何にも増した御馳走に思え、すぐに走っていって、罐詰の底にたまった汁を啜りたかった。

この目の前の小さな茂みに傷だらけの日本兵が大望をいだいて隠れていようとは、彼らのだれも知らないだろう――私はそれを思うと痛快であった。私の目は転がった空罐詰に注がれたまま時間がたった。はるか後方のわが複廓陣地へは砲弾の音が絶えず、戦友たちの抵抗する射撃音もきこえてきた。

長い、長い、一日であった。やがて、夕闇が迫ってきた。私はすきをみて茂みから這い出すと、罐詰を拾って凹みに帰った。それは米軍の捨てた豆の罐詰で、底にはわずかに幾粒かの豆と肉片が残っていた。私はそれらをしゃぶるようにゆっくりと食べた。しばらくぶりで胃を満たしたような思いで、すっかり元気が出てきた。思えば戦闘を開始してから、三週間以上はたっていた。乞食のような有様だが、前方に見える無数の米軍のなかにとびこんで、司令部を火焰の中に吹っとばすのだ……そう思うと、成功するかどうかという不安もわいたが、それよりも劇的な瞬間が脳裡に浮かんで奮い立つのであった。

夕方になると、前方の重機陣地にはジープで人員が増員され、緊張した空気がみなぎった。やはり、夜の斬り込み隊に備えたものらしい。緊張はしていても米兵は騒々しい。口笛を吹いたり、ガムを嚙んだり、とめどなく喋ったりしている。

〈這い出すすきはないものかな?〉

私はいらいらしながら米兵たちの態度を観察した。米兵たちが会話を交わしているときはまだ危険であろう。しかし、夜が更ければきっと彼らも眠気をもよおすに違いない。そのときに、約五十メートル間隔の陣地と陣地の中央あたりを突破できるのではなかろうか……考えているうちに時間は刻々とたち、午前零時と思われる深夜となった。そろそろ這い出そう、と思ったとき、敵は続けて照明弾を打ち上げ始めた。いずれも後方のわが複廓陣地の頭上でパッと明るく開き、陣地を真昼のように照らし出す。その余光が重機陣の付近をも明るくするのだった。しかし、照明弾の打ち上げは約五分おきで、その間だけは暗闇にかえる。

私はその五分間をねらって茂みから這い出し、必死のおもいで夢中で進み続けた。身体に結びつけた重い手榴弾が、右脚を動かすたびにカチカチと接触して音を出す。重い。もう痛みなんか気にしてはいられない。

約十分たったとき、私は幸運にも米軍最前線の重機陣ラインを完全に突破していた。ところが、ほっとしたのも束の間、重機陣から約二十メートルのところで、前進する私の目の前に、夜目にも白い、米軍の急造道路が出現した。

「これが機械でつくった〝戦争の道〟だったのか！」

しばらく私は、その南北に走った道をみつめて感嘆していた。折からの月光に照らし出されて真っ白く光り、その白さが私にとっては不気味であった。渡るのを躊躇していると、南の燐鉱石の会社のあった方からジープが飛ぶように走ってくるではないか。私はハッとして道路のかたわらの凹みに体を隠した。

〈隠しマイクかピアノ線に引っかかって、私の存在がすぐ通報されたのではないか。私に一斉射撃を浴びせるつもりかもしれない〉

私は不安に襲われて拳銃を固く握った。だが、ジープは砂塵を立てて私の前を矢のように北海岸へ向かって走り過ぎていった。ジープの恐怖は去ったが、考えてみると、たった道幅五メートルだが、この道の白さは私の通過を拒否していた。真っ白な道の上を黒い影がよぎったら、米軍のだれかにかならず発見されるだろう。最初の目的地点である丹野灯台麓のジャングルは、あと数分で這ってゆけるところである。ここまで来てなんという障害であろうか。私は凹みにぴったりと身をよせて、しばらく周囲をうかがっていた。

ジープは約十分間隔で通り過ぎるが、それらはおそらく北港をへて東北を回り、そこから東港にわたって飛行場建設地へ行くものであったろう。私は、その凹みで約二時間も待機しながら、目の前のすっかり変貌したアンガウル島の風景に衝撃をおぼえていた。この辺りは南洋特有のあざやかな緑樹が繁茂していて、われわれは壕を掘り、樹陰に憩うたものであった。それが、どうであろう。昔日の面影はまったくなく、米軍の機械力と物量を利用した工事で、すでに島の東北から南部には、大型機の滑走路が新設され、島内にはいくつもの道路が完成し、車が走っている。私はあらためて米軍のおそるべき近代装備力に怯えたのであった。

しかし、いつまで凹みで躊躇していてもはじまらない。ジープは道端に隠れた乞食のような日本兵など無視したように疾駆してゆく。そのうちに、皓々と照っていた月を雲が覆い、一瞬暗闇となった。私はその刹那をねらって、転ぶように道路を越して向こう側の茂みに潜りこんだ。

〈見つかっただろうか?……〉

息を殺してじっとしていたが、騒ぎ出す声も聞こえない。私はそろそろと道路から遠ざかって、藪の中へ仰向けになった。この茂みのつづきは丹野灯台へ通ずる丘となっており、そこを通過するには何の危険もないと思っていたからである。ほっと安堵すると、腹部と左半身の激痛がよみがえってくる。私は一息入れて空を見た。むら雲から脱け出した月は、日本とちがって突き刺すような鋭い月光を浴びせかけてくる。そのとき、茂みのそばでガサガサと騒音が聞こえてきた。ハッとして身体を固くして見ると、それは米軍の一隊が一列縦隊になって前線方面へ出かけてゆく姿であった。

「あいつらが、明日も戦友たちにガソリンをかけ、黄燐弾をぶち込むのだろう」

と思うと、いま目前にみる米軍の恐ろしいような装備力に比較して、守備隊員がかわいそうでならなかった。敗けた、という実感を持ったのも、この近代技術と物量を実際に目にしたときである。

だが、私は日本人の勇敢さ、大和魂を目にものみせてやる……と気力を奮い起こし、よく知っているはずの茂みの丘をたどって丹野灯台下に進んだ。

すると灯台下の平坦地に小山のように怪物の群れが屯しているのが見えてきた。テントでもなく兵舎でもない。ジャングルでもない。はて何であろう、と私は訝りながら目を凝らした。数歩近くによって見たとき、私は仰天した。——なんと、戦車隊の集結地だったではないか。

すでに気がついたときは遅かった。戦車隊陣地の歩哨は私を発見し、戦車砲塔の高みから探照灯をパッと点じて、私の黒い影を追い始めたのである――。

「アッ！」

と叫ぶ余裕もない。その光りに照らし出されると、即座に数十発の弾丸がとび込んで、私の身体は八つ裂きになるだろう。私はうろたえながら、しかし瞬間の判断で、逃げ出さずに戦車群の中にまぎれこんだ。探照灯の光りに入らないうちに、M４型戦車のキャタピラの両翼から戦車の下に潜りこみ、ぴたりと大地にへばりついたきり、息を殺していた。

「なんだ、なんだ！」

と叫んでいるのであろう。騒々しく喚声をあげて、約一個小隊と思われる米兵たちが、戦車群陣地を右往左往し始めた。探照灯とともに私を血眼で捜しているらしい。私は戦車の下に這いつくばって、もしここで発見されたらどうすべきか、を必死に考えた。

〈……そのときは、身体につけた六個の手榴弾を発火させ、このM４型戦車一輛と自爆しよう。あるいは、私を取りかこむ六十名の米兵に手榴弾を叩きつけて死のう……〉

この二つのどちらかを選ばねばならなかった。臨機応変の肉弾攻撃である。ただ、そうなると、当初から目的にしていた司令部爆破計画は水泡に帰し、私のいままでの苦心も無駄になる。そう思うと、口惜しさがこみあげた。

約一時間は経過したと思う。探索兵たちはとうとう諦めたのか、わいわい騒ぎながら、私の隠れていた戦車の下を覗きこみもしないで引っこんでしまった。一応の危機が去って、私は生き返ったような安心をおぼえた。しかし、すぐ這い出すことは危険である。敵の様子をもうしばらく観察しなければならない。

絶対的な物量の差

それからさらに約一時間、私は戦車の下で恐怖を感じながら待った。しだいに夜が明けてくるようである。敵からの恐怖はやや去ったが、今度は夜明けの明るさが心配になってくる。

〈這い出す機会を失うと、早朝の戦車隊出撃の時が来て、俺の身体は鉄のキャタピラでずたずたに潰されてしまう。早く出なければ……〉

すでに、空腹、渇きなどを感じるどころではなく、栄養失調と傷痛で失神しそうな身体にも冷汗が玉のように浮かんでいる。私は決死の思いで戦車の下から出て、手榴弾をガチャガチャ言わせながら付近の藪の中に転げこんだ。ジャングルの茂みは驚くばかり少なくなっていて、夜の白むとともに付近の禿山の惨状を露呈してきた。幸いに戦車隊からの追手も来ないようである。

〈助かった。これで目的を達せられる。それまでは死ねない〉

と、私は死の瞬間が延びたことを感謝した。緒戦以来、一時としてゆるむことのない緊張の連続である。それからいつ解放されるのか、早く解放されたい、という気持にかられる。少なくとも自分で決定したとおり司令部に突入すれば、華々しく死んでゆけるのだ。

――私はこの日、取り残されたジャングルの茂みでパパイヤの実を発見して驚喜した。わずか一個だったが、一ヵ月ぶりに味わうパパイヤは最高にうまかった。これがこの世で食べる最後の食事になるだろう、と私はしみじみと味わって食べた。私の生命は残るところ二十四時間ももたないかもしれない。目的を達することができるかできないかは別にして、最期は刻々と近づいていた。

ひょっとして、守備隊の一部がこの周辺に頑張っているのではないか、と淡い期待を抱いて出遭うことを楽しみにしたが、それは不可能な望みだった。灯台下の守備隊員たちはすでに一週間くらい前に全員斬り込み玉砕を遂げ、一帯はすべて米軍の占領下にあったのだった。

司令部は私の推測では灯台高地の南方にあるはずである。ようやく灯台高地に這い着いた私は南側を観察したが、敵陣にさえぎられて前方が見えない。しかし、目的地まではおおよそ三百メートル、もう手のとどく位置であって、健康な者が一気に駆けたら百メートル十二秒として、三十六秒のところである。だが、私の場合は、重傷と手榴弾の重みで歩くことも満足にできない。

太陽はいつもと変わらぬ燃えるような陽射しで照りつけ始めた。敵陣をうかがうと、司令部までは幾重にも警戒線が重なっている。

〈もう一日辛抱して、夜を待とう〉

と私は決心した。ひそんでいるには灯台高地の東側が安全のようである。米軍が上陸の際に浴びせた艦砲の炸裂した跡が残り、山を崩しジャングルを不毛に変え、岩礁の露出した地帯にしていた。私は匍って高地の東側へしのびこむと、身を隠すにふさわしい大きい岩陰を見つけた。アンガウル島の太陽のもとで直射日光を一日中受けていると、蛙などは日干しになってしまうくらいのものである。複廓陣地を這い出してから三日目、私は岩陰に椰子の葉をかぶせて、四十数度の焼けつく暑さを我慢した。

血でかたまった四肢を動かして、見下せば一望の海である。ギラギラと光る波が目に痛い。米軍の戦艦と潜水艦十数隻がずらりと並んで、錨をおろしている。北を見れば、なお戦闘中なのであろうか、ペリリュー島から黒煙があがっている。南を望めば、深いジャングルであったはずなのに、黒い茂みの跡はどこにもなく白い平坦地がうち続いている。

〈これが、私の知っているアンガウル島なのか？――〉

かつて私たちが苦しめられた沼や湿地帯も埋め立てられ、別の島に変貌していた。島の東港から西港を結んだ線以南はいつのまにか平坦地に変えられて、そこにはところ狭しとばかり米軍のテントが張りめぐらされている。

〈米軍というやつは大変なことをするもんだ〉

わずか千二百名で旧式の武器・弾薬を節約して使った日本軍とは規模の点において比較にならない。南部地区の米軍テントを眺めると、海水を濾過する設備、発電所らしい設備、給水塔などが見えた。そこは、いわば、テントの街であった。テントとテントの間には電線が走り、電話線もちゃんと敷かれてあるようだ。

これをみたとき、私はだれに言うともなく、

「ダメだ。これじゃダメだ。日本は米軍より五十年は遅れている」

と幾度も呟いていた。一方では洞窟の中で一滴の水もないのに、米軍テントの外では海水から濾過した水でジャブジャブと洗濯をしているではないか。私はつくづく先進国の科学の発達に驚き、物量戦の敗北を感じていた。

……司令部らしきテントを捜した。海岸に沿って平坦地から約百メートル南に黒褐色の大きいテントが見える。それを囲んで大小のテントが張ってあり、たくさんのジープが忙しく出入りしているのがわかる。大きさといい、位置といい、どうもそれが司令部のようである。

〈いまにみていろ。文明と物量には敗けたが、気力で勝った日本兵の真髄を見せてやる〉

と私は心に固く誓った。しかし、目標の司令部テントに行くまでには敵の陣地が無数にある。砲兵陣地、迫撃砲陣地、歩兵陣地が幾重にも並び、とうていそのなかを前進することはできない。それこそ死にに行くようなものである。陸上の攻撃が不可能なら海浜沿いはどうか？　しかし、海岸線には日本軍の援軍逆上陸を警戒してか、米軍陣地が点在している。

――これだけの大軍・司令部を単身で肉爆するのは、やはり夢物語であったか？

おびただしいテント群を見ていると、ともすれば絶望的になった。陸上も海浜も不可能となれば、あと残るのは海上からだけである。……だが、体力と手榴弾の重さを考慮すると二十メートルも泳げそうにないし、手榴弾は水に濡らしたくはない。私はすっかり困ってしまった。しかし、いまさら引き返すこともできない。腹部の盲管銃創は傷口から異様な臭気を発し、そろそろ腐り始めていて、私の死期が近づいたことを告げていた。

司令部テントに肉薄する

このとき、私の前方に陣を張った米軍の陣容は——

歩兵六個大隊（八十一ミリ迫撃砲二門、六十ミリ迫撃砲七十二門）

戦車一個大隊（中戦車約六十輛、火焔放射器六十基、無反動砲七十五ミリ二十四門、五十ミリ重機十五門、そのほか重機約四門）

砲兵六個大隊（約七十門）

であり、一部分はわが複廓陣地周辺で戦闘中ではあるが、テントが収容した兵員数は一万人に近かったのである。無数のテントの間を縫って司令部に達することは絶対に不可能であった。

三日目の夜、私は絶壁に近い西港の崖をおり始めた。残された攻撃方法が海上からしかないものなら、思い切って海辺に足を踏み入れてみようと決心したのである。六十度の傾斜が約十五メートルは続いていて、その下は四十五度の傾斜で海岸にとどく。私は手榴弾の重みにあえぎつつ、右腕に死力をふるって一歩一歩崖をくだっていった。自由の利かぬ左脚が崩れかかった岩壁に触れてころころと砕石を下に落とすたびに、私は自分が落下したように緊張した。崖をくだっている人間に気づいたら、敵の陣地からも潜水艦からも射撃してくるであろう。敵に発見されずとも、足をすべらせれば私はとがった岩床に落ちて即死である。

約二十メートルの断崖を一時間以上も費やして私が波打際の海岸におりたときは、午前零時は過ぎているようであった。海岸は砂浜ではなく暗闇のなかに突きでた岩礁が無数にあって、打ち寄せる波が岩に殺到して怒濤のようにしぶきをあげ、すさまじい音を立てている。そこを伝わって司令部近くまで進むことは、たとえ無傷であっても困難だろう。

呆然として、私は疲労した身体をかたわらの岩にもたせかけた。海の波と潮騒（しおさい）を前にしていると、朦朧とした意識の底から、この海を真っすぐ東北方に行けば日本がある、という郷愁がわいてくる。闇の中でペリリュー島から思い出したように揚がる火の玉が、まるで花火のように遠くに感じられる。私は最後の勇気をよびもどそうと懸命であった。目をつぶると、洞窟内の陣地で可愛い部下たちの、

「班長殿、あとはお願いします。一人でも仇を討ってください」

と絶叫して自決していった姿が思いうかぶ。私は失神寸前の目を無理にひらいて、司令部のある南方を見た。どうどうと打ちよせる波と岩礁のなかを手さぐりで行けば、力のない私はたちまち波にさらわれそうである。しかし、その行為の途中で死ねば本望ではないか。目的地はあと約三百メートルである、あくまで目的に向かって突進しようと敢闘精神をよびもどした。

私は注意深くそろそろと岩礁と岩礁の間を縫って這い始めた。姿勢を高くすれば、双眼鏡で即座に怪しい影を発見されるに違いない。手榴弾が濡れることを恐れて、できるだけ水辺から離れた場所を這おうとするが、水中を泳がなければ進めない箇所も出てきた。山のごと

き荒濤が、私の体を沖へ連れ去ろうとして、襲いかかってくる。足が掬われ、波の渦の中に巻き込まれそうになる。……私は、そのたびに手近な岩礁にしがみついて、身体を持ってゆかれまいとした。しかし幾度か波にのまれ九死に一生を得たのであった。私はこのときほど自然の残酷さを感じたことはない。死を覚悟していま数分の距離に接近し、目的はすぐ目の前にあるのに、波濤は情け容赦なく、あたかも米軍の味方でもするように、私の全身に襲いかかってくるのであった。

私は三十分、四十分もかかって五メートル、十メートルと進んでいった。夜目にはわからないが、岩礁にしがみつく私の掌はつぎつぎに傷をつくり、血を流しているらしい。海水がその傷にしみる。重傷の左脚も腹部も、すでに感覚はほとんどなかった。ただ、敵陣が私の行動に全然気づいていないのが不幸中の幸いであった。その海岸線はふつうでも歩くことのできない地勢であり、それだけに彼らも絶対に安全と踏んでいるらしく、潜水艦の警戒も見られなかった。私はただ自然の猛威とだけ闘えばよかったのである。はるか複廓陣地の方角では相変わらず照明弾が連続して打ち上げられ、時折ダダダンと日本軍の射撃に対して応射する米軍の機銃の音があとを絶たない。思いなしか、その射撃音は前夜よりは数が少ないようである。しだいに抵抗力の弱まった守備隊の苦闘が感じられた。私は岩礁につかまって、〈もう少しの辛抱だ。待っていてくれ。私がこれから米軍司令部に斬り込んで、その心臓部をえぐり取ってやる。みんなの仇をとってやる〉

と守備隊員たちに心の底で呼びかけていた。岩にしがみついていると、こんどは押しよせる波濤のためにいやというほど他の岩礁に身体をぶっつけられる。身体じゅうの骨が一度に砕けたかと思うばかりである。

三時間くらい進むと、ようやく視界が開け、米軍陣地の背後の沿岸に出てきたことがわかった。ついに断崖絶壁の難所を奇蹟的に進んで、敵司令部にあと二百メートルという地点にまで達したのである。

〈もうすぐだ……！〉

と思ったとき、私は身も心も綿のように疲れて、燐鉱石を船積みするベルトコンベヤーを目の隅に入れながら、バッタリと倒れた。

私は前後不覚に敵陣の背後にある岩礁で一瞬眠りこんでしまった。気がついたとき、夜空も少し白んできたように感じられた。目的を果たすためには暗夜のうちに司令部に殺到することが必要である。目の前にあった船積用のコンベヤーの橋桁は、上陸戦の艦砲射撃のためか飴のように湾曲し、折れて海中に落下している。

私はその鉄骨の残骸に身をひそめて、前方を観察した。すると、わずか五メートル近くに、ヌッと六十度の傾斜で海上に突き出て十数本の棒状のものが並んでいる。

——何だろう？

正体を見極めんとして夜空に透かして凝視していると、突然、その化け物棒の後ろから米兵たちの話し声が聞こえてきた。どうやら敵の対空砲陣地である。この前を横切ることは不可能であろう。私は音を立てないようにじりじりと後退し、対空砲陣地を避けた場所から西港の岸壁を這い上がった。

すでに敵陣のまっただ中である。虎穴に入ったと同じである。ぐずぐずしていると夜が明けてくる。このまま這い続けて司令部に直行できれば好都合だが、その間には多数のテントが並んでいる。のそのそと這って行けば、出入りする米兵にかならず見とがめられるだろう。

〈できるだけ司令部テントに近い場所にひそんで、一気に目的地へ走りこみたい――〉

東の空はしだいに明るみを帯び始めた。私は、桟橋から東南百八十メートルくらいの位置に小高い場所があって、雑草が茂ってどうぞ隠れてくれというように横たわっているのに目をとめた。比較的警戒の薄い海岸線を、私は周囲のテントに気を配りながら進み、その茂みの中にもぐりこんだ。敵の警戒の目はほとんど日本軍のいる複廓陣地の方角を向いており、私は彼らの予期しない背後にまわっているのであった。

叢は天の恵みかと思われるほど絶好の場所で、司令部テントまでは十五メートル～二十メートルである。さっそく私は手榴弾を一個一個手に取り、

〈必ず爆発してくれよ〉

と愛児をさとすように祈った。

東の空はいよいよ白んできた。そっとうかがえば、この西港の海上にも米軍艦船がおびただしく浮かび、その下でキラキラと波頭が輝き始めている。明るくなるにつれて、周辺のテントが目の前にはっきりしてくる。たしかに司令部らしきそれも目にうつった。その黒褐色のテントが私の死に場所である。死を賭けて捜し、命を投げて三日間這いつづけたのも、そ

れに近づかんがためであった。私は涙を押さえ、昂奮のうちに千載一遇の好機をつかんだことを喜んだ。よくもここまで来られたものである。

私は草の陰から褐色の大テントをみつめ、亡き分隊員たちを思い出した。ここに彼らがいたら……怨みを晴らすはこのときとばかり、私は「分隊一丸となって前方、司令部テントに斬り込め……突撃！」と号令をかけ、まっしぐらに喊声（かんせい）をあげて駆けこんだことだろう。突っこむ、爆発、炸裂。完全に破壊されたテント陣地と、司令官をふくむ敵首脳部の死屍累々……戦果は赫々（かくかく）たるものがある。私は司令部の目前に近づいた喜びのあまり、さまざまな空想を楽しんでいた。

しかし、いまはその分隊も私ひとりである。亡き分隊員に代わるだけでなく、大隊の代表戦闘員として、私はぜひとも成功しなければならない。距離にして約二十メートル、私の脚でも必死に走れば、なんとか突入できるであろう。自分の最期を迎えて単身突撃の成功を誓うと、神経はいやがうえにも亢ぶった。しかし、左大腿部裂傷、左腕貫通銃創二ヵ所、右肩捻挫、左腹部盲管銃創、頭部打撲傷……という破れた雑巾のような自分の身体を考えると、二十メートルの距離をみつからず突破できるかどうか、それがいちばんの不安であった。

物量に圧倒される

私がようやく目標地点二十メートルに達したころ、戦友たちは洞窟でどうしていたろうか。

十月六日以降、戦線にいちじるしい変化はなかったが、敵の小部隊による狙撃と伏兵攻撃が続き、さらには黄燐、焼夷弾をふくむ猛烈な砲射撃を浴びていた。前述したように、残る守備隊員約百五十名は奥地洞窟に追いつめられていたのである。十月十三日にいたり、敵は熾烈な砲迫撃の支援のもとに、約二個大隊をもって南北から総攻撃を開始した。そのころ、佐藤中隊長とともに洞窟内にあった野砲兵第二中隊長芝崎省三郎中尉は、敵の手榴弾を受けて戦死した。この戦で捕虜になった佐藤光吉中尉はこのころ、予備隊本部の鍾乳洞に赴いて、後藤丑雄守備隊長に対し、

「十月十七日夜を期して、最期の玉砕攻撃を行ないましょう」

と意見具申したが、なお後藤隊長は首肯せず、

「われわれの任務は持久戦闘である。早まらず苦闘を続行するように」

と諭されたという。げに、野州健児を集団とした第五十九連隊第一大隊の真髄ここにあるというべき、後藤隊長の態度である。物量に劣るとはいえ、日本の陸軍は世界最強であった。そのなかでも第五十九連隊は最右翼を占める精鋭であった。俗に「野州兵は突貫攻撃をするとめっぽう強い。攻められるより攻めるほうが気性に合っている。持久戦はあまり得意ではなかった」といわれている。だが、この後藤隊長の態度を思うとき、この俗説も撤回せずばなるまい。

私が敵司令部前に重傷の身でたどり着いたのも、満州斉々哈爾（チチハル）時代から日夜、軍人精神を叩き込まれていたからこそである。アンガウル島に隣接したペリリュー島の連隊の活躍もす

さまじいものがあった。たとえば、ペ島の岩佐砲兵隊は敵の上陸に際して、ここぞと連続砲撃を続けた。砲身はたちまち真っ赤に焼けたが、砲身に麻袋を巻きつけ海水をかけ、冷やしながら撃ちまくった。しかし、衆寡敵せず、連隊砲四門、歩兵砲（七十五ミリ）十二門、連射砲八門、計二十四門の弾丸をことごとく撃ち尽くすと、将兵はそれぞれ自分の砲を包むように体をよせ合い、最後の一発を爆発させて、砲弾もろとも全員壮烈な自爆をとげたという。

「砲側墓場の具現をはかれ」

という教えにふさわしい最期であった。

またペリリューの一般中隊は、アンパンと呼ばれる爆雷を一人一人が背負って、身体もろとも敵の戦車に突入し、これを自爆爆破させたのである。米軍公刊戦史にも、上陸五日目にして、

「九月二十日の夕刻までに、第一海兵連隊は局部的な前進はしたけれども、ついに連隊水準の攻撃部隊としての能力を失った。その戦闘力の半分以上である千七百五十人の死傷を出したので、救助は絶対に必要だったし、そこで、西海岸道に沿う地区をのぞき、米第一海兵連隊は交代した」

とある。アンガウルにおいても、また関東軍で鍛えぬいた第五十九連隊員らしく、そのはげしい抵抗ぶりは、米兵を恐怖のどん底におとしいれたようである。

「一糸乱れず、全員武人としての最期をまっとうする」

——これがわが連隊の、そしてわが第一大隊が習練してきた精神であった。傷ついたネズ

ミ同様の敗残兵である私が、身を引きずって幸いにも敵中を横断したのも、この連隊教育から学んだ精神力によるところが大きかった。同様に、懸命に学んだ剣道の極意が私を助けていたように思う。「気剣体」「間合い」という剣道の極意は、そのまま、実戦の瞬間にも脳裡にひらめいて私を助けてくれたのであった。

——午前五時ごろ、アンガウル島の太陽は洋上に昇り、しだいに灼熱の度を加えてきた。闇のうちに突入しようとした私の計画は狂ってきた。それまでコトリとも音がせず、無人だと思っていたテントのなかから、米兵たちの起床する音や声が聞こえてきた。私は叢にひそんで米兵に発見されたときの不安に襲われた。せっかくここまで死にもの狂いで這ってきて発見されたのでは意味がない。彼らは眼前に整列して私の隠れている叢を調べに来はしないか？　さまざまな予測が私に恐怖を与える。

初めて見る米兵・山猫集団の朝の動静であった。起きた米兵たちはそれぞれバケツを持って給水タンクの方向へ出かけていく。前日に想像したとおり、その水はやはり自家発電によって海水を濾過していたのであった。やがてバケツ一杯に水をくんで帰ってくると、彼らは顔を洗い、髭を剃り始めた。起き抜けの身体を水で拭く者、頭から浴びる者、ガラガラとうがいをすまして吐き捨てる者……もったいないこと極まりない。水、水、水と一滴を求めて死んでいった戦友たちの顔が浮かんでくる。守備隊員にとっては血に値する水なのに、彼らは、アメリカ本土にいるときと同じように、自由に費やしているではないか。冗談をとばしながら歯を磨いている米兵たちの起床風景を見ているうちに、私は奇妙な思いにとらわれた。

彼らは戦闘前の朝のひとときとは思えぬほど余裕たっぷりである。私はその光景を守備隊の悲惨な起床と比べながら、

〈お前たちののんびりした気分もあと数分で終わりだ。俺の自爆計画が成功すれば、周囲の者はこっぱみじんだ〉

と恨み骨髄に徹した目で怨敵をにらんでいた。あちこちのテントからぞろぞろと米兵たちが出てくる。われわれ守備隊は緒戦以来、わが方の約三倍、二千五百名の米兵を殺傷したと推測されていたが、そのテント陣地には数千人がひしめいていた。なんと大量の兵力をつぎこんだことか。洞窟陣で敢闘している守備隊も、まさかこれだけの人数が上陸し投入されているとは思いもかけなかったろう。せいぜい、守備隊員の三倍と想像していたのである。

折から照りつける陽光で、私の咽喉はひりひりと痛み、目はどうしても米兵たちが勝手気ままに浪費している水に向けられた。いま彼らが洗顔用に使っている水の総量が、いやその半分だけでも戦友に持って行ってやれば、涙を流して喜ぶことであろう。体を拭き傷を洗うことができれば、起死回生の妙薬となるはずである。現に洞窟のなかでは、この同じ時刻に「水、水、水」と断末魔の形相で呻いているにちがいないのだ。私は叢と灌木の陰から激しい羨望と嫉妬の感情を押さえることができなかった。

やがて、顔を洗い終えた米兵たちは朝食に移ったらしく、金属性の奇妙な一皿とカップを手にどこかへ出かけて行く。あの調子なら食事も栄養を考えた御馳走が待っていることであろう。私は隠れた身でありながら、ふと郷里の朝の味噌汁の匂いと、真っ白い御飯と、新鮮

なお新香の香りを連想して、気も狂わんばかりになった。

　考えれば、洞窟内では蟹も蛙も蛇も、トカゲもムカデも、すべて食べ尽くし、口に入れる物なら何でも求めている。島の蝸牛（かたつむり）は生で食べると奇妙に身体をこわし、危篤状態におちいる。煮て食べれば何でもないのだが、生で食すると危ないのである。ところが、残存兵たちは、煮る間ももどかしく、蝸牛一個を発見すると、危険なのはわかっていながら生で口に放りこんだ。そのために死んでいった兵隊も幾人かいた。

　……灌木と叢に隠れて三時間は経過した。私は肉攻の機会を失って、焦燥感にかられつつ、疲労と激痛にたえていた。

　午前八時ごろになると、米兵たちは武装してジープに分乗し、戦車群を先頭にしてわが鍾乳洞陣地のほうへ出かけてゆく。その光景はまるでパレードにでも加わるようなにぎやかさであり、会社へ出勤するように事務的な気配を漂わせていた。日本軍のように整列して足並みをそろえるでもなく、絶えず雑談を交わしながらガムを嚙み、煙草をふかしながらジープに乗っている。

〈なんというだらしない兵隊たちぞ〉

　と私は彼らの態度を軽蔑しないわけにはゆかなかった。軍規のない集団、それは烏合の衆と同じだ、とそのときは思ったのである。米兵は鍾乳洞陣地を攻めても、単独あるいは数少ないグループで洞内にまで入ってくることは絶対になかった。洞窟のなかは暗く、蝙蝠や毒虫が棲息しており、加うるに洞内は行きどまりあり、抜け道ありで複雑である。

米兵の様子を見ていると、そういう薄気味わるい洞窟内に足を踏み入れることがこわいのではないか、と思われる節があった。米軍が、われわれの斬り込みを怖れ、夜間の戦闘を避けたのもその辺に原因がありそうであった。

そんな自由な朝の出陣を見た私にとっては、

〈こんな兵隊たちに、なぜ気力充実した関東軍の精鋭照集団が破れたのだろうか？〉

という疑問と口惜しさが、そのときの率直な感慨であったのである。

司令部テントであろうと見当をつけていた大型テントには、米兵たちの出陣と前後して、将校服を着た人物たちがジープで乗りつけ、吸いこまれてゆく。予想したとおりであった。私はその黒褐色のテントのなかに、アンガウル島全体の指揮官が集合することを祈った。歩兵たちのジープがすべて出ていったあと、司令部に集合するのが司令官、参謀、師団長、連隊長、大隊長、中隊長らのすべてであることを！　いずれも憎んでも憎みたりない顔ぶればかりであった。私は司令部テントの会議風景を想像しながら、虎視眈々と外にとび出る機会をねらっていた。

九十九パーセントの屍体

午前十時ごろ。敵兵たちはまさか日本兵の一人が彼らの本拠であるテント陣の中央にいるとは気がつかない。頭上から容赦なく太陽が照りつけ、海水に濡れていた軍衣も乾き、四肢の重傷はまた硬い板のように血でかたまっている。私はそろそろ立ちあがって前方の突進路をもう少し慎重に観察したかった。司令部テントと私の隠れ場所との間にはまず六つの小さなテントがあり、そのこちらは灌木にさえぎられてよく見えないのであった。しかし、立ちあがったらとたんに私は射殺されるであろう。

テントの周囲がなんとなく静寂になってきた。

私はいよいよ肉弾攻撃の瞬間がやってきたと信じた。いったん決心すると、呼吸も困難なほどの緊張を感じ、私は息を深く吸いこんだ。自分でも自由にならない傷つき疲れきった体のなかに〝ようやく死ねる〟という安堵感がわいてくる。同時に、これが自分の最期にふさわしいものであることを確信し、船坂弘軍曹の人生の結末として満足できる瞬間を待った。

……おそらく五、六発の手榴弾が一瞬にして轟音を発して炸裂し、私とともに粉々になるであろう。これが成功すれば米軍に多大の衝撃をあたえることは明白で、ペリリュー島の状況にまで響くかもしれない。一方、私の行為を見習って、第二、第三の日本の肉弾兵が出現し、つぎつぎにテント陣に突入して混乱させ……挙句の果てはそこを火の海と成し、鍾乳洞陣地からとび出した残存守備隊員たちが一挙に攻め、敵を洋上に駆逐する……と。いま考えれば、おかしいほどの空想ではあるが、その際の私は、自分の死の重さと意義をたしかめ、勇気をふるい立たせたかったのである。

〈いまだッ！〉

信じられない力が私にわいてきた。右手に、絶対に不発ではないと思われる手榴弾の安全栓を抜いて握りしめ、左手には拳銃を持ち、身体には五発の手榴弾を吊りさげて、立ちあがることができたのである。

前方約二十メートル！

「南無八幡！　われを守りたまえ！」

私は叢をとび出すと、傷だらけの体にむちうってもう無我夢中でつっ走った。ところが、まったく予想もしなかったことが目の前に出現した。

私の進路から右方約二十メートル付近には日本軍の斬り込みに備えて一条の川のごとく構築された壕があり、米兵たちはみな、わが複廓陣地の方角へ向いて私には背を向けていた。その壕と並んでは、守備隊の約幾千倍と思われる火器陣があって、野砲、重迫撃砲、ロケット式連続噴射砲のほか、さまざまな重機、軽機がならんでいる。いずれも洞窟陣地に照準を合わせて、全員、テントには背を向けて、いままさに一斉砲火を開かんとするところであった。だが、そのうちの一人の米兵が、何気なく背後をふり返ったのである。

彼はうしろ約二十メートルのあたりをよたよたと走っている異様な男を発見して、胆をつぶした。その男は汗と垢と土に塗りこめられて、どす黒く光っていた。痩せおとろえた体躯に、顔面は骸骨のごとく、くぼんだ奥に光る目はらんらんとして狂人のように鋭く座っていた。顎はとがり、頬骨は突出し、針のような髭が一面をおおっている。頭髪は伸び放題で、野性の怪獣のように見えたであろう。

血と硝煙と泥にまみれた軍服はわずかに一部分しか残っていず、露出して黒ずんだ肌には無数に砲弾の破片が食い入って、その傷口が爛れている。左腹部からは新しい血が流れ出し、左脚は血と埃でかたまっていた。

しかも、左肩から斜めにかけた弾帯には四秒信管の真っ黒い手榴弾が光っていて、しっかりと身体に結びつけてある。この異態な男を偶然に発見した米兵は、おどろきのあまり、しばらく茫然として眺めていた。まさか、本拠の背後から日本兵が現われようとは想像もできなかったからである。だが、つぎの瞬間、その男からただよう切迫した空気をよみとり、凄愴な自爆行為と感じて、彼はいきなり甲高い声で喚き始めた。

「ジャップ、ジャップ！　オブゼアー、ジャップ！」

彼にとって何より幸いだったことは、その日本の斬り込み兵は、自分では疾走しているつもりであったろうが、実際には傷だらけで、かろうじてよろよろと進んでいることであった。……全軍に危急を告げる米兵の黄色い声は、もちろん必死に走る私の耳にも聞こえた。しかし、私には声をあげるその米兵にかまう余裕もなければ、その気持もない。ただ、やみくもに突進した。その米兵の声が消えないうちに、私の前後左右にピューン、ピューン、ヒューと音をたてて弾が飛んで来た。砲兵陣地についていた米兵たちが、ふり返りざま、腰の拳銃を抜いて撃ち始めたのである。

パン、パン、パンと銃声が響き渡り、一瞬にして基地内の米軍は動揺しはじめた。奇襲攻撃を背後から受けて、心臓のとまるほど驚いたのである。私はもう隠れることも、逃れることも、止まることも、伏せることもできない。気はあせるが脚は思うように動いてくれない。

〈あとわずかだ！〉

司令部は目前である。グァアンと鼓膜を破るような音がして、銃弾が足もとの大地にプスッとめりこむのが見える。私が右手に握った手榴弾の信管を叩くべく固く握り直した瞬間であった。私は左頸部の付根に重いハンマーの一撃を受けたような、真っ赤に焼けた火箸を首すじに突っこまれたような熱さと激痛をおぼえると同時に、すうっと意識を失ってゆくのがわかった。

天皇陛下万歳、を叫ぶひまもない。

〈やられた！　残念だ！〉

と薄れゆく意識の底で感じたまま、体が沈む反動で二、三歩前進したが、急に目の前の大地がぐるりと回転し、私は前のめりに倒れて失神したのであった。

――このときにうけた傷は左頸部盲管銃創である。左大腿部裂傷、左上膊部貫通銃創二ヵ所、頭部打撲傷、右肩捻挫、左腹部盲管銃創……それに無数の火傷とかすり傷を負った私は、ついにこの左頸部盲管銃創を致命傷として〝戦死〟したのであった。時に十月十四日と後できいた。

〝屍体〟となった私の周囲には米兵が群れをなして集まったという。私を見た米兵たちの一部はその無謀な計画に恐れをなしながらも、ある者は唾をはきかけ、ある者はけとばし、またある者はあたりの砂を私の〝死骸〟に叩きつけたそうである。だが、それは戦場にある兵隊たちがにくむべき敵に対する当然の心理であったろう。

駆けつけてきた一人の米軍軍医は、私の微弱な心音を聞いて、「九十九パーセント無駄だろうが」と言いながらも、野戦病院に運び込ませた。そのとき、私が握りしめて死んでも離そうとしない手榴弾と拳銃を取りのぞくため、五本の指を一本ずつ解きながら、米兵の観衆に向かって、

「これがハラキリだ。日本のサムライだけができる勇敢な死に方だ」

「日本人はみな、このように最後には狂人となってわれわれを殺そうとするのだ」

と語ったという。当時のアンガウル島の全米軍は、私の最期を語り合って、「勇敢な兵士」という伝説をつくりあげたらしい。

元アンガウル島米軍将校であった現・マサチューセッツ大学教授のロバート・E・テイラー氏からは、その後の手紙の中で、

「あなたのあの時の勇敢な行動を私たちは忘れられません。あなたのような人がいるということは、日本人全体のプライドとして残ることです」といういささか過剰な讃辞をいただいた。

さらに同島の情報部将校だった、元駐日米国大使館のオズボーン代理大使は、「あなたの勇敢な活躍はよく知っています」と世田谷の拙宅をわざわざ訪ねてこられ、「あのように戦って生き還られた奇蹟的行為には驚きました……」と語ってくれた。

少なくとも当時の米軍が私の蛮勇に仰天したことは事実であろう。

とまれ、私はそのとき、まがりなりにも精一杯戦い、気力を打ちこんで〝名誉の戦死〟をとげたのであった。

「アンガウル島生存者南勇会会長船坂弘軍曹の回想

私は、石原中隊擲弾筒分隊長として、九月十八日南拓工場北東方約五〇〇米の沼沢地中央台地付近の戦闘で、腿、腹、腕の三カ所に重傷を負い、衛生兵から自決するように言われ、手榴弾をもらい同地に残置された。その後自力で北部海岸南方約五〇〇米の複郭陣地付近の鍾乳洞に進出、所在重傷者のために水、食糧等を求めて同海岸（常時、雨水の溜っている凹地があった）付近まで進出したこともあった。しかしながら自らも重傷のため、遂に死を覚悟し、最後に敵将に一矢を報いんものと、拳銃一挺及び手榴弾六個を携行して、十月初め鍾乳洞を脱出、匍匐（ほふく）により数夜かかって青池北方を経て丹野灯台北方に進出、灯台付近の米軍前哨陣地（黒人部隊）を突破、南拓工場付近の米軍指揮所天幕群に向かい単身突入したが、頸部を撃たれて昏倒（こんとう）、三日間意識不明のまま米軍に収容看護され奇跡的に蘇生し、昭和二十一年正月帰国した」

〈右の船坂氏の回想は、戦史叢書『中部太平洋陸軍作戦②』（防衛庁防衛研修所戦史室著）に載せられたもので、個人の戦闘記録としては戦史叢書全百二巻中で唯一のものである〉

収容所での闘魂

三日目の蘇生

昭和四十一年の四月十七日、私は羽田空港で一人のテキサス生まれのアメリカ人を待ち受けていた。彼は運送会社の副社長であり、私は一介の本屋の主人である。よそ目には奇妙な理解しがたい組み合わせに見えたかもしれない。だが、戦後、私はどんなに彼の消息を捜しつづけたことか——昭和二十三年から四十年まで毎年問い合わせの手紙を各方面にくばり、米国陸海軍省はおろか外務省、国防長官、参謀総長にまでも連絡をとったが、依然行方が知れなかった。ようやく住所が判明したのは、私の手紙が百十通目に達したときで、米海軍のネイビイ・タイムズが私の願いを記事にしてくれたのがきっかけであった。

かつて彼と私とはたがいに憎みあい、怨敵として闘いあった間柄であった。だがいまはちがう。私は彼に、散りかかっている日本の桜を見せてやりたいと思った。むかし、「花は桜木、人は武士」という日本の諺の意味をどうしても彼は理解できなかったからである。彼は捕虜収容所で私に「神と平和」について教え、私は彼に「大和魂の闘魂」を身をもって示したものである。

やがて、サンフランシスコ発・日航機五便が銀色に輝いて着陸し、待ちわびる私の目の前にひときわ大柄な銀髪の紳士がおり立った。ロビーに出た彼はしばらく私を捜していたが、すぐにたがいを見出して駆けより、感無量の面持ちで相擁したのであった。

「よく来た。ミスター・クレンショー！」

「オオ、ユーカン（勇敢）なフナサカ！」

彼はたしかにユーカンな、とはっきり日本語で発音して私を驚かせた。その讃辞をたんに私だけではなく、玉砕したアンガウル島守備隊やペリリュー島守備隊全員に与えられた言葉として受け取り、私は涙のにじむのを防ぎようがなかった。

司令部爆破計画に失敗した私は、アンガウル島の野戦病院で生死の境をさ迷っていた。意識をようやく取りもどしたのは三日目である。そのとき私は、戦友を無残に殺戮した米軍の病床に横たわっていることを知って愕然とした。米軍を憎むあまり、意識がよみがえると、狂ったように周囲の医療器具をたたきこわした。看護兵が驚いてM・P（アメリカ陸軍の憲兵）を呼んできたが、M・Pがつきつけた銃口に身体を押しつけて、

「さあ殺せ。早く殺せ！」

とどなっていた。驚いたM・Pの連絡で数名の米兵が応援にかけつけ、島民も数名で私を押さえつけた。そのときの一人にパラウ船長がいた。彼は「あのときのフナサカさんの豪胆（ごうたん）

さには驚きました」と、いまでもいっている。反抗する私はたちまちベッドに結びつけられてしまった。頸の傷は盲管銃創だったが浅かったらしく、あばれたために痛みがもどったけれども、じっとしていれば痛くはなかった。ベッドに縛られたあとも私は大声をあげてあばれた。米兵たちは、その狂ったような光景を不思議な面持ちで眺めていた。

「殺せ、殺せ……」

と私はわめいた。本当に殺してもらいたかったのである。米軍に助けられたという事実が、私のそれまで教えられてきた軍人魂をはげしく動揺させていた。

「恥を知る者は強し。常に郷党家門の面目を思い、愈々奮励して其の期待に答うべし。生きて虜囚の辱かしめを受けず、死して罪禍の汚名を残すことなかれ」

という戦陣訓の鉄則が、私の精神を形づくっていた。私は虜囚となるよりは、すみやかに殺してもらいたかった。だが、一日中ベッドに縛られて「殺せ、殺せ」をくり返しているうちに、私は疲労のあまり気力も消え失せて、やがてひとり静かに思考にふけるようになった。

〈米軍はなぜ私のような憎むべき日本の斬り込み兵を助け、蘇生させたのか?〉

看病した米軍の真意を知りたかった。高価な医薬品も相当使用したであろう。彼らはその代償として、私に何を求めているのか?　不安と疑惑がつぎつぎにわいてきた。もちろん一方では、米軍に対して、心ひそかに、これまでして相手の情報を入手しようとする合理性に舌をまいた。そしてまた、

〈手厚い看護をありがとう〉

と感謝していたのも事実であった。だが、まことに戦争とは最後まで残酷なものである。若い私の人生体験、理念といえば、軍隊生活で得たものがほとんどであって、素直に感謝すべきことをも、たたきこまれた〃軍人精神〃が拒否しているのであった。

私が米軍のおかげで、かすかに人間らしい気持を取りもどしつつあったとき、ハワイ出身の二世の通訳が二人やって来て、私のベッドのかたわらで流暢な日本語でいった。

「よくやったネ。日本人らしい日本人を初めて見たよ。われわれは日本人二世として君に感謝している。……早く元気になって退院できるように祈っていますよ。私の祖父も東京にいるんです」

そういう彼らの言葉を聞いても、私はただ気味わるいお世辞としか受け取れなかった。親近感を見せたあとで、二世は、不思議な面持ちで、

「あなたは、殺せ、殺せ、とくり返している。どうして生きようとしないのですか？」

と訊いてきた。そのときの私は、この質問を耳にして、

〈それでも君たちは日本人の血をひいているのか〉と怒鳴りたくなる心境であった。

いまふり返って考えれば、看護兵や軍医は、私に対して注射、栄養剤、回診……と惜しみない努力を示してくれた。意識を失っていた三日間は、さぞ大変であったろう。よくぞ尽くしてくれたと感謝の気持がわいてくる。だが、そのときの私にしてみれば、仮死状態の三日間が、とり返しのつかない時間の浪費に思えてならなかった。

——なぜ助けたのか？　何か目的があるに相違ない。その上にお前は捕虜という辱かしめ

を受けている。日本軍人らしく殺されたらどうだ……と、考えるだけだった。

〈これは戦争という状態のなかで起きた運命の皮肉に過ぎない。お前は、まだ戦えばよいのだ〉

〈私から進んで捕虜になったわけではない。米軍が勝手に私の生命をよみがえらせたのだ〉

と、自分に言いきかせていた。

翌日は朝早くから、前述の二世の通訳たちが姿を現わした。彼らはていねいな口調で、

「容態はいかがです？　昨夜は眠れましたか？」

と尋ねてくる。私は開口一番、もうあばれないからロープを解いてくれと言った。乱暴な日本人がやっとおとなしくなったというので、ドアの外から米兵が入れかわり立ちかわり覗きに来る。そのなかで、二世の通訳たちはたがいに英語で話し合っていたが、書類を出して私の方に向きなおると、日本語で質問し始めた。

「あなたの階級と名前は何といいますか？」

私はそれにも答えなかった。絶対に日本の機密を洩らす売国奴にはなるものか、はやく銃殺にしろ、と心の裡で叫んでいた。

「日本軍の捕虜はすでに二十七人はいます。彼らは別の島に送られていますが、日本軍の状態はほとんど調べあげているのです」

と彼らはいう。誘導訊問であろうと思った。黙秘権を使っていれば、やがて彼らも本性をあらわして来るだろうと思った。

「あなたの名前をいいましょうか。……福田軍曹でしょう？　第一中隊の第一小隊の分隊長ですね」

　と笑っていう。彼らは私が携行していた雑嚢のネームを調べて、守備隊編成表を調べたものらしかった。福田というならそれもいい。私は黙っていた。彼らは、私に観念させるように、後藤大隊の編成や歴史を得々としゃべり続ける。だが、私があくまで黙りこくっているので、ついに怒って、

「福田さん、黙っていては何もわかりません」

　と言って、ラッキーストライクを無造作にポンと投げて帰ってしまった。私はその煙草の投げ方が気に食わない。咽喉から手が出るほど欲しいのだが、乞食に物を与えるように放られると癪（しゃく）にさわるものである。情報蒐集に協力しないから、翌日は銃殺されるだろうと心を決めていたのだが、そんな気配もなく、相変わらず傷の手当ては続けてくれる。私は、いずれは足に鎖や手錠をはめられて、拷問され死刑にされるだろうという考えを失わなかった。……当時、日本の捕虜はみんなそう思っていたのである。

　縛られたロープを解かれ、私がおとなしくなってからは、看護兵が急に馴れなれしく近づき、罐入りビールやチョコレートを持参して、手真似で自分の子供や妻の写真を見せ、身の上話をし、〝早く故国へ帰りたい〟を連発したりするようになった。ときには陣地内の野外映画に誘ってくれたこともある。驚いたことに、戦場にあっても、米軍の陣地には人間らしい平和な自由な雰囲気が失われていないのであった。しかし、司令部へ肉薄したとき彼らを

〃弱兵〃と断じた私のかたくなな心は、かえってそれに反発するばかりであった。

米軍が私を殺しそうもないとわかると、自決、脱走、暴動、反逆、放火……とさまざまな戦いを計画した。が、一方では生への執念も断ち切りがたくなる。「武士道に生きん」と信じていた私は、大袈裟ではなく、狂わんばかりであった。

だが、ベッドに寝て複廓陣地を攻撃する米軍の砲爆音を聞いているうちに、私はいまなお鍾乳洞で戦う戦友や、重傷者たちに対する呵責の念に耐えられなくなった。意識をとりもどしてから三日目に、私はついに意を決し、看護兵に、

「私の傷はもう治った。退院させてほしい」

「早く銃殺にしてくれ」

とどなった。看護兵はびっくりして将校を呼んできた。

「まだ左首の弾を摘出した跡が治癒していないし、左腹部の傷口も開いたままだ。しかし、ぜひにと言うのなら退院させてあげよう」

と将校はいう。

その日の午後、黒眼鏡をかけたM・Pが現われ、私は〃レッツ・ゴー・ハリアップ〃とどなられ、銃口をつきつけられて退院した。私はよくよく傷に強い〃特異体質〃らしい。現在でも、ちょっとした切り傷などは唾をつけただけで治ってしまう。戦場で生き続けられたのも、また米軍病院で手当てをうけてすぐ退院できたのも、そのおかげであろう。

「俺の弟は、お前たちジャップにやられて戦死したんだ」

と、そのM・Pは憎しみの声をあげて私の背中を押してきた。じつは、私も実弟をこの戦争で失っていたので、その旨を告げると彼は急に静かになった。

病院を出て、やがて連れて行かれたところは情報将校室であった。こんどの取り調べは峻烈を極め、以前の二世の通訳の比ではなかった。そこにいたのはマキン、グアム、サイパンの各島の捕虜千余人を訊問してきた経験豊富な情報将校三人であり、そのなかにはオズボーン氏もいたのである。すかしたり脅したりして私に質問を浴びせかけた。しかし、私は従来どおりまったく答えなかった。

「米軍の上陸前の爆撃で脚と腹部を負傷したため壕にひとりでひそんでいたので、何にもわかりません」

「頸を撃たれたとき頭が変になって、何にも思い出せない。一種の記憶喪失症に陥っているようだ」

とがんばり続け、情報将校たちの焦立った声に送られて、やっと外に出された。

テント陣の一つに収容されると、まもなく二世が来訪して、翌朝には別の島に送られることになったという。同時に、珍しい米国製のケーキや飲物を提供して、

「たのむから守備隊の大隊本部の位置を教えてくれないか」

とたずねてきた。私は、時いたれりとばかり、彼の耳にとてつもない位置を教え、私なりの謀略を巡らせて、まだ守備隊員は千人以上いると告げた。二世通訳は鬼の首でも取ったように喜んで引き返し、情報将校室にとびこんだ。……その夜は心なしか、照明弾の打ち上げ

回数が急に増え、緊張した空気が米軍陣地にみなぎっているようだった。私は脱走を図ろうとして監視するM・Pの隙を一晩中うかがったが、ついに決行できなかった。「別の島に送る」ということとは死刑を意味しているものとしか考えられなかった。

翌日から幻の守備隊に砲撃が続いた。巨砲が発射されること十日間、二荒山は真っ二つに割れた。私にはひさしぶりに痛快であった。

ペリリュー島収容所

数日後、やっと歩けるようになった私が連行された島は、アンガウル島に隣接した激戦の地ペリリュー島であった。島に近づくにつれ、私は新たな悲痛感がこみあげてくるのを押さえきれなかった。たしか私の知っているペリリュー島は緑樹の繁茂する緑の島であったが、いまは中央を走る小高い山稜はまるで鋸の歯のように変貌し、海岸線には米軍の上陸用舟艇、戦車の残骸が白い腹をみせて転がっており、砂上に氾濫した兵器や火器には米兵と日本兵の血がどす黒くこびりついていた。港に近づくと、はるか山地周辺から、はげしい砲撃の音が聞こえてくる。まだ彼ら守備隊は戦っているのであった。

ここには、わが同師団の水戸歩兵第二連隊を基幹とし、高崎十五連隊の一部をふくむ約一万一千人が守備にあたっていた。島は南北九・六キロ、東西の幅は最も広い部分で三・二キロという細長い形で、南部には飛行場があり、北端からは三キロにわたって密林におおわれた低い台地が走っている。この台地は、守備隊が「紅葉谷（もみじだに）」と呼び、米軍が「血みどろの鼻高地」と名づけた激戦の場所であった。

——私が米軍M・Pに銃をつきつけられてペ島に上陸したのは、十一月の下旬ごろであった。台地のふもとの平坦地には日本軍の破壊された塹壕があり、可憐な少年戦車隊奮戦の跡と思われる小型戦車の残骸が散らばっていた。その車体にくっきりと描き出された赤い日の丸を見て、私の胸はいたんだ。目を転ずれば、いち早く急設された米軍の飛行場からは、B29機の巨体やグラマン機がパラオ本島や比島方面に向かって飛び立っていた。私は、飛行場を眺めたとたん、戦っている戦友たちに対して申し訳ない気持をおさえがたく、

「よし、いつかはあの飛行機をすべて破壊してやる」

と誓っていた。千明大隊奮戦の跡には、周囲にいかめしい有刺鉄線の柵がめぐらされ、その中央個所にくたびれて黒ずんだ三角錐のテントが三つ並んでいた。それがわれわれの収容所らしかった。テントの天井には、日本軍が大山や観測山の中腹や紅葉谷から撃ちおろした砲弾のあとが、大きい穴となって残っていた。

収容所では、韓国人の軍夫と軍属をふくめて約五十人の捕虜がうつろな眼差しで私を迎えてくれた。みんな、日本の必勝を信じており、友軍の飛行機を待ち、連合艦隊の到着を待ちわびているのだが、自己の運命の急転と米軍の装備力におどろいて錯乱しているような表情である。私がテント内に足を踏み入れると、皆びっくりした声をあげながら近づいてきた。そのときの私は、斬り込んだ際の軍衣をそのまま着せられていたので、ぼろぼろの布切れを

まとった身体のそこここに無数に見える弾痕や傷痕がすさまじい。一時間もたたないうちに、驚きは尊敬に変わったのか、

「われわれ捕虜の隊長になってください」

ということになった。……夜間、ペ島守備隊から発射する砲弾が、時折、付近にとんでくる。この島にも飢渇と苦しみながら死力を尽くし、大山、中山、天山、水戸山の洞窟にたてこもって勇戦するペリリュー守備隊の戦友たちがいると思うと、私は喜びとともに反逆の意志をますます強くした。

最初に考えたのは脱走である。テントの周囲に張られた鉄線の囲いは二重になっていて、十数名の監視兵がわれわれをにらんでいた。鉄骨の主柱を二メートルおきに地中深く打ちこんで張った鉄線の高さは、私の背丈をはるかに越えていて、容易に跳び越えられそうにない。私は別の方法を考えるしかなかった。

私には捕虜代表者として、米軍と待遇問題の交渉をかさねる機会があった。当時、捕虜になった者は、今日殺されるか明日殺されるかと不安におびえ、茫然としていたものである。私はともかく生きている間は米軍を利用してやろう、その上での戦闘だ、と考えて、待遇についてはは堂々と発言した。……現在考えれば汗顔の至りである。

じつは、米軍の真意は、捕虜を殺そうと考えるどころか、敗北が決定した以上は日本人の玉砕を救おうとしていたのであった。米国の人命尊重に対する態度の立派さ、偉大さは、いまでこそ理解でき、感謝できるのだが、そのころの私たちは〝処刑の日〟ばかりを気にして

いたのだ。

「もう一度、死に花を咲かせてやる。ひとあばれしてやるぞ」

という私の気持も、ある意味ではそういう不安な感情に根ざしていた。反攻の機会はないかとうかがうのだが、収容所の四隅にある歩哨の高台では、米兵が警戒に余念がない。外部のペリリュー島残存兵の出現にも目を配り、内部の捕虜の動向も注意しなければならぬ彼らは、全員自動小銃と拳銃をしっかりと握っている。「勇敢な兵士」と伝説化したせいか、とくに、私には警戒の目を向けて近づけようとしない。

収容されて三日目の深夜、私は、夜陰にまぎれて監視兵の一人に接近し殺害して彼の銃を手に入れようと企てた。銃さえあれば、脱走も可能であると判断したのである。自慢話のようになって恐縮だが、私は擲弾筒分隊長であったけれども、一方中隊随一の名射手ともいわれ、入隊以来すでに射撃については剣術と同様に三十数回の賞状・感状を受けていた。かつて満州・斉々哈爾二一九部隊において、名射撃手、名銃剣術士として定評高かった私であった。つまり、銃さえ自分のものにすれば〝ひとあばれ〟にも自信があったのであった。

運を天にまかせて収容所のテントを出ると、私は監視兵から離れた個所を歩いている一人の米兵に目をつけた。もちろん、発見されれば射殺されることは覚悟の上である。その米兵が往復をくり返している鉄柵のあたりまで抜き足差し足でゆっくりと近づいた。ところが、ようやく背後から五メートル程度の場所まで接近して、いざ跳びかかろうとしたとき、

「ヘーイッ！」

と、いきなり私の背中に大男がタックルしてきた。驚いた私は必死に格闘したが、柔道にも自信はあったものの回復していない重傷の身体がいうことをきかない。私はあわれにも手玉にとられ、後手に縛られ、両足さえ結えられる有様とはなった。大男は、私をがんじがらめにすると、軽々と抱き上げ、捕虜収容テントに運んで柱に縛りつけてしまった。まったく「勇敢なる兵士」もさんざんな態たらくである。私自身は無念のあまり涙をにじませ舌を噛み切ろうとした。そういう行為をした後だから銃殺はまぬがれないであろうが、しかし、帝国陸軍の軍人が猫をあつかうように殺されるのが残念だったのである。

私を縛った大男は、興奮のあまり真っ赤になった顔で、しきりに、

「死にぞこないの気狂いめ!」

と英語で私を罵っている。私をM・Pに引き渡すのならまだしも、自分の腰についている拳銃で撃ち殺しかねない見幕ではないか。他の捕虜たちも、恐怖に震えて私と米兵を凝視している。私はそのとき、本当に殺されると感じて目をつぶった。ところが、つぎに私の耳に聞こえてきたのは、大男の射撃音でもなければM・Pの声でもなかった。その米兵は、亢ぶる声を押しつけ、たどたどしい日本語でこう言ったのである。

「神サマニ委セナサイ。……自分デ、死ヲイソグコトハ罪悪デス。アナタハ神ノ子デス……アナタノ生キルコト、死ヌコトモ神サマノ手ニユダネラレテイルノデス。……神ノサレルコトニ反抗シテハイケマセン……」

そう言って、彼は私を柱に縛ったまま、テントを出て行った。――大男が怒ったのは、怨

みある日本兵の反逆行為に対してではなく、運命に抗して自殺行為に走る、一人の人間に対する憤怒だったのである。

実は、その大男の米兵こそ、フォレスト・バーノン・クレンショーであった。

武士道問答

クレンショーは、当時、私より一つ年上の二十五歳、体重は二十五貫、背丈は六尺三寸、仲間の海兵隊員からは「実直男」といわれるほど律義な、しかも頭脳明晰な伍長であった。のちにペ島で軍務を終えて昭和二十一年に退役するとき、将校に昇進したほどの男である。

私が彼に会ったのは、格闘の日が初めてではない。収容所テントに連行された翌日、彼は一通訳として私の前に姿を現わした。最初、私は彼を情報蒐集の報道員かと錯覚していた。てっきりアンガウル島での偽情報の件が知れて、怒った米軍がきびしい詰問と取り調べによこしたのだろうと思ったのである。

ところが、クレンショーの質問は、そんなことには全然、触れてこなかった。私が単身斬り込んだことが珍しいのか面白いのか、そのときの私の心境ばかり訊いてきた。

「斬リ込ミヲシテ、楽シイト思イマシタカ？　嬉シカッタデスカ？　……ナゼ狂人ノヨウナコトヲスルノデスカ？」

と質問を浴びせかけてくる。あとでわかったことだが、彼の日本語は海兵隊入隊後に五ヵ

月間という短期間に習得したものだから、なかなか通じない。私の返答の内容も理解しにくいらしく、あげくの果ては、

「アナタハ、天皇ノ親戚ナノデスカ？　……トージョー（東條英機首相）ト特別ナ関係ガアルノデスカ？　先祖ニハラキリヲシタ人ガイマシタカ？」

と真剣な眼差しでたずねてくる。これには私も困った。日本軍人として私が行動した斬り込みの心理をどう説明してよいか……。私は困り果てて、「花は桜木、人は武士」という日本古来の言葉を説明し、桜花にまつわるいさぎよい話をいくつか話して、

「日本の武士道の真髄は大義に死ぬことである」

と、そのころの私の信念を手に取るように教えた。クレンショーはさかんにぶ厚い日本語辞典をめくっていたが、結局、私の言わんとするところはわからなかったらしい。青い目を輝かせて一心にノートをとりながらも、

「アナタ、勇マシイトイウコトニハ敬意ヲ表シマス。シカシ、アマリニ気狂イジミテイル」

と何度も呟いていた。

この奇妙な初対面を契機として、私たち二人の奇妙な関係が始まった。当時の私は、米兵の姿を見ると顫えるほどの怒りを感じたものだが、このクレンショーだけは、なぜか憎めなかった。話してみると、彼は、

「私は人を殺すことはきらいだ。だから、自分から希望して通訳という非戦闘員になった」

という。これは〝斬り込み兵・フナサカ〟とはまったく逆の生き方であるといってもよい。

たがいに理解しがたい人間であることが私たちを近づけたのかも知れなかった。私は彼と顔を合わせるたびに、「武士道」や「大和魂」について説明したものである。彼は酒も煙草も飲まない真面目な青年であり、また熱心なクリスチャンでもあった。

私の脱走計画が失敗し、彼に捕えられた翌朝、私は柱に縛られたまま銃殺を覚悟していた。運命のその朝、テントの外からコツコツと靴音がして、だれかが入ってきた。それはM・Pではなくクレンショーであった。彼は捕縛された私の前に裁判官のように直立すると、判決を言い渡す口調でたどたどしい日本語を使い始めた。意約すると、

「一晩静かにして、私のいった言葉を考えましたか？　その意味が充分わかったのならロープを解きましょう」

ということであった。私が思わず、「殺してくれ」と口走ると、彼は、

「米軍は捕虜を殺しはしない。ジュネーブ協定にもとづいて大切にあつかっている。日本兵が捕虜を恥辱と考えている気持が、私たちにはわからない。あなたは重傷を数度にわたって負いながらも敢闘した。それなのに、いまなお死を望んでいることが、私たちにはわからない。もしあなたが米兵だったら、いままでに戦ってきた事実だけで最高勲章を授与され、英雄あつかいされるだろう。神に助けてもらった生命を粗末にするものではない。やがて戦争は終わるだろう。そのときあなたたちは、国を再建するのだ」

といった内容を諄々(じゅんじゅん)と説いた。私は彼の話をすべて首肯したわけではないが、一応コックリと頷いた。話している相手は、何といっても、熾烈の戦闘をなおも存続中の敵・米兵であ

る。私としては、その場が助かればという一心であった。ロープをはずしてもらい、赤く腫れあがった手首をなでながら、私はしばらくは照れくささや良心の呵責で、クレンショーの顔が正面から見られなかった。

要注意の捕虜

現在考えてみると、私はクレンショーに何度も生命を助けられたとも言えるであろう。監視兵襲撃を実行していたら、まちがいなく失敗し、身体は弾丸で蜂の巣になっていたことと思う。だが、当時は自分を客観的に冷静にみつめることもできない心理状態であった。

私はクレンショーからロープを解かれたことをよいことにして、こんどは〝飛行場炎上計画〟を練り始めた。

テントから望むと、飛行場では一日に五十機〜百機ものボーイングB29機、ダグラス輸送機が離着陸していた。いずれも故国・日本の爆撃や比島攻略援助のために活動しているのであろう。私はその光景を目にすると、無念さがこみあげてきて、機会を見てペ島の飛行場を火の海にしてやろうと決心した。それが私の「最後の死に花」であると考えたのである。

以来、私はクレンショーの顔を見ると、改心した素振りで笑顔をみせ、千載一遇の好機をねらっていた。収容所の歩哨は日本軍のそれに比べるとひどく暢気(のんき)であるように思われた。計画を遂行するにあたって、注意し警戒しなければならぬとすれば、ほかならぬクレンショーではないかと私は考え、彼の不在のときを選んで決行することにした。巨体に似合わず彼は敏捷であり、直感力もあり、意外に勇敢なことを知らされていたからである。

放火計画に第一に必要な道具は、マッチかライターである。私はあらゆる方法でマッチを手に入れようとした。収容所の朝の日課として、各捕虜のきびしい所持品検査、身体検査が行なわれ、捕虜は肌につける衣服以外は何も持つことはできない。しかし、マッチが手に入れば、どうにかして隠すことはできそうであった。某日、私はクレンショー伍長に向かって、

「私に仕事をさせてくれ」

というと、

「ノー、ノー。あなたは負傷しているから元気な人といっしょに仕事はできない」

と相手にもしてくれない。少しは身体を動かさないと、健康にさしつかえる、というと、ではひとりで体操をしていろ、といい、取りつく島もない。テントのなかにひとりでいたのではマッチを手に入れる機会はない。私はクレンショーの目を盗むか、あるいは米軍の仕事で外へ出られるときを待つしかなかった。

クレンショーとの格闘があった四日くらい後に、ついにその機会がやってきた。彼の上官でもある隊長のライト中尉がテントに姿を現わし、

「韓国人二名を、シャワーの水くみに出してくれないか。日本兵はいらない」

という。たまたまクレンショーの姿も見えなかった。私はマッチを入手するために、さっそく一人の韓国人、俗称チャーリーをつれ、私も朝鮮人に化けて、シャワーの設置された場

所へ出かけて行った。

陣地内には、高い櫓の上にドラム罐が三つ四つ並べられた場所があり、ドラム罐の下には如露口が作ってあって、開閉弁の紐を引くと頭上から水が降ってくるという、ごく簡易なシャワー所であった。ところが、米兵は水をふんだんに使うので、ドラム罐の水はたちまちなくなってしまう。そこではなはだ原始的だが、私たちの一人が地上にいて近くの水道から石油罐に水を入れて運び、いま一人が櫓の上にいてその運ばれた水をドラム罐に注いでやるのである。じつに果てしない仕事で、米兵たちの水浴が終わるまで水運びを続けなければならなかった。

シャワー所へ着いてみると、日焦けしたたくましい海兵隊将校たち五人がわれわれの来るのを待っていた。私の数ヵ所の傷はまだ痛んでいたが、目的のためにはそんなことは言っていられない。私はチャーリーに向かって、

「お前は櫓上の役をしろ。俺が下で水を運んでやる」

と、つれの韓国人を櫓の上にあげてしまった。やがてシャワー所の囲いの中をのぞくと、脱衣場所に五着の将校服がきちんと掛かっているではないか。私は石油罐一杯に入れた水を運んで往復しながら、どうにかして将校服をさぐってマッチかライター、あるいは拳銃を盗み出したいと考えていた。だが、囲いの中にある服に対して、なかなか手が出せなかった。盗む現場を発見されたら殺されかねないから、私も慎重であった。数回、水道のある場所とシャワー所を往復したあと、私は五人の将校がそろって水浴に夢中になっている瞬間をつか

んだ。緊張して、脱衣場に一歩二歩足を踏み入れたとたん——万事休す、こともあろうに、クレンショーの私を呼ぶ声が近づいてきたのである。私はあわてて脱衣場からとび出すと、何食わぬ顔でクレンショーが近づいてくるのを迎えた。残念でたまらない。私のマッチ泥棒はあっけなく未遂に終わってしまった。彼は韓国人一人を連行していて、私と交替することを命じ、

「あなたは負傷がまだ癒っていないから」

と私に向かって言う。私は絶好の機会を彼に取り上げられた憤懣を、押さえに押さえていた。それにしても、私が韓国人に化けてシャワー所へ来たことが、こんなに早く、なぜ彼にわかったのか、不思議千万であった。後にわかったことだが、歩哨たちの間では、私がテント内にいないときには、ただちにクレンショーに連絡する手はずになっていたのであった。すでに私は危険人物として「要注意」の捕虜だったのである。

かくて、私はまたしてもクレンショーによって計画を妨害された。……いや、ふたたび彼によって私の生命は救われた、と言ったほうが正しいかもしれない。

マッチ獲得作戦

しかし、私の脳裡からは、ペ島飛行場を火の海とする企てが決して消えない。夜、テントの中で静かに寝ていると、はるか遠くで守備隊の戦う射撃音が聞こえてくる。そんなとき、

私はいても立ってもいられなくなるのであった。

そこで私は、こんどは〝李さん〟と称する韓国人捕虜のコックに目をつけた。李さんは収容所内でも最も米兵の信頼厚く、彼は一日に一度、衛兵から一本のマッチを受け取って雑炊のような捕虜用食事を作る。何とかして彼を籠絡して、マッチを余分にもらわせる以外に方法はない。……収容所の捕虜間で、最も欲しがられるのは煙草であり、朝鮮人にはとくにその欲求が強かった。そこで、煙草を餌に李さんにマッチとの交換をせまろうと考えた。ところが、さて煙草を入手する方法もはなはだ難しい。歩哨たちは私を近づけようとしないし、考えてみるとやはりクレンショーしかいないようである。しかし、そのクレンショーは煙草を喫わないから、ラッキーストライクやキャメルを保持している可能性は非常に少ない。ただ、李さんの弱味が煙草なら、クレンショーの弱味は「日本語習得」ということであった。当時、米兵の間ではすでに東京上陸の日が話題にのぼるほどで、その憧れだけでもあるまいが、クレンショーは日本語の勉強に夢中であった。彼が捕虜の私から日本の「標準語」を学ぼうとして懸命になっていることを、私は思い出したのである。

クレンショーが日本語について訊きに来たとき、私は、

「ラッキーストライク一箱を、日本語を教える代償として欲しい」

と言ってみた。ところが、これに対してクレンショーはにべもない返事である。

「私は煙草はきらいです。そんなことはできません」

とそっぽを向く。私はかさねて言ったものだ。

「クレンショー、私はじつは完全なニコチン中毒患者なのだ。しばらく煙草を喫っていないので頭が少々変になっている。あなたに教える日本語も、上品な標準語がなかなか出てこない有様だ。しかし、煙草を喫えば大丈夫だ。……もし煙草をくれないようなら日本語教授はストップする」

だが、このおどしにも、彼は知らん顔をした。困り果てた私は、そこで一計を案じた。翌朝、私は頭痛とめまいを口実に、仮病を用いて起き出さなかった。私が起床しないとクレンショーがまったく困ることがひとつあったからである。それは、捕虜の朝の点呼であった。私は捕虜たちのリーダーにおさまっていたので、毎朝整列させて人員点呼を行ない、米軍上司に報告する役目を持っている。ところが、私が指揮をとらないと韓国人などはなかなか整列せず、時間がかかって困るのであった。点呼にはライト隊長も検閲することがあり、捕虜の規律がだらだらしていると、「掌握不可」ということで、担任者クレンショーの責任となり、勤務評定にもかかわってくるのである。

私の予想は見事に図にあたった。その朝、私が仮病で寝ていると、あわててテントに来たクレンショーが、

「今日はちょうど、ライト中隊長の検閲する日だ。たのむからがまんして起きてくれ」

と懇願するではないか。それでも私が起床しないので、彼は温顔を朱にそめて、起きなければ引きずって行くと怒り出した。私も、ここぞとばかり、

「いったん起きないと言ったら、死んでも起きない」

と強情を張った。みればいつにない蒼白い表情で、よほど困っている風である。私はすかさず、

「めまいがするのは、昨夜いったように中毒のせいである。煙草を一箱くれればすぐにも癒る性質のものである。たった一箱の煙草を放出して困る米軍でもあるまい。あなただって、煙草は喫わなくても支給品として持っているはずではないか」

とうそぶいた。それからしばらくの間、押し問答がつづいたが、閲兵の時間は刻々とちかづいてくる。クレンショーは気が気ではなくなり、とうとう根負けして、あきれたような表情で、

「OK、OK!」

と叫んだ。わが事成れりである。点呼が終わりしだい、煙草一箱をくれるという約束をとりつけると、私は元気にとび起きて点呼準備にかかった。この朝の気持の良かったこと。

「全員五十一名、内重傷者八名、軽傷者二十名、他二十三名。計五十一名、異常ナシ」

私はこの時とばかり声朗々と、しかし下手な英語で報告し、米軍式のすばやい挙手敬礼をお義理ですませて、点呼を無事に終了したのだった。

さて、こうして煙草一箱は手に入った。こんどはいよいよ李さんを陥落させる段である。彼は五十歳に近い好人物だが、とりわけ煙草好きで、よく椰子の枯葉を巻いて喫いながら、

「一度、本物ノタバコ、タクサン喫ッテカラ死ニタイネ」

と愚痴をこぼしていた。私はこの善人をどうにかして籠絡しなければいけないと思った。

「実はマッチ棒が欲しいのだが、手に入らんかね」

「タパコモナイノニ何ニ使ウ。悪イ事ニ使ウナラ、私ノ責任ニナル。銃殺コワイ。駄目テス」

「いや、悪用するのではない。私は頸をアメリカさんにやられてから、両耳がときどき詰ったようになって聞こえんのだよ。マッチ棒で、耳穴をかき回したいんだ。ほかに何もないし、ヘンな棒で突つくと傷になって中耳炎を起こすからね。なんとかならないか」

「駄目テス。米兵ハ一度ツケルタピ、一本シカクレナイ」

　と李さんも強情だ。そこで私は、切り札を出した。

「李さん、私の耳が聞こえなくなると食糧の交渉はできなくなりますよ」

　かつて私は、野菜と食塩少々を米軍に交渉して分けてもらい、漬物を作らせて、みんなを喜ばせたことがあり、李さんもそれをよく覚えていた。李さんは正直者だ。食糧問題にかかわるとなると、彼も責任者なのでいささか緊張した。その表情を見て私は、李さんが質問もしないのに一所懸命、マッチの入手法をしゃべり続けた。

「マッチ棒落とした、もう一本ください、と言えばくれるよ」

　自分の気がつかないうちに、李さんは私のペースに巻きこまれていた。

「コノマッチ、シケテル。火ツカナイ。モウ一本クタサイ」

「コノマッチ、スッタラ棒ノ途中カラ折レタ、モウ一本クタサイ」

「コノゴロノマッチ悪イ。スコシタクサンクタサイ」

手格好までして、練習している。私はこのとき最後の切り札を出した。

「李さん、マッチ棒は十本くらい欲しいんだが……マッチ一本と煙草一本の交換はどうだろう?」

この言葉には李さんの目の色が変わった。

「軍曹。ホンモノタパコアルカ?」

「ああ沢山あるが、私は煙草ぎらいだ。耳掃除の方が大事なんだ」

李さんは目を輝かせて言ったのである。

「軍曹。ホンモノタパコ交換ナラ、私ヤルヨ、ヤルヨ」

私はほっと安心して、なるべく早い時期にたのむ、と言った。

「オーケー、タヨ」

と李さんは答えた。李さんの英語で一番うまいのは「O・K」だ。だが、このときのO・Kはやや不安げな発音であった。そこで私は、クレンショーから獲得したラッキーストライクをちらりと彼に見せた。だが、李さんは空箱ではないかと疑いの目でみている。私は「これは生命より大切な品だ」と言って、封をきって中身を確認させた。それを見た李さんは必死の面持ちである。

「ウン、ヤルヨ。私、ヤルヨ」

と自決でもするような感じで、頭を何度も縦にふった。

李さんは期待を裏切らず、短期間に苦労して十本のマッチを集めた。私はそれを十本のラッキーストライクと交換した。ささやかだが私の大望を決する〝武器〟を入手することができたのである。

湿気でだめにならないようにと、マッチの隠し場所に神経を配りながらも、私の気は焦っていた。〝武器〟が手に入ったからには、一刻も早く実行に移したいのである。……アメリカのマッチは靴の踵やコンクリートなどの堅いものに擢りつければすぐ発火する。ガソリンに点火するにはもってこいの〝火器〟である。私の計画では、マッチ棒を持って出発し、有刺鉄線を突破しさえすれば、約五十メートルで飛行機の並んでいる場所に行ける。そこでB29機かダグラス輸送機の搭乗席によじのぼり、ガソリンタンクの蓋を取ってマッチの火を投げ込む、というものであった。目白押しにならぶ飛行機は、一機が炎上すればたちまち連続爆発を起こしそうな形勢にある。地上の飛行機の炎上に惹起されて、陣内の弾薬庫に引火するかも知れない。そうなればしめたものである。米軍は混乱状態におちいり、大爆発の音を聞いた残存守備隊は歓呼の声で押しよせてくるだろう……私は楽しい、とめどもない空想にふけっていた。

いよいよ実行する日が到来した。その朝、クレンショーはジープに乗ってどこかへ出かけて行った。歩哨の一人にそれとなく訊いてみると、翌朝でないと帰ってこないという。果たして夕刻の点呼にも彼は姿を見せない。やはり今夜こそ決行自爆の日だと決心し、私はペ島守備隊員たちとはるかなアンガウル島の戦友たちに、別れの挨拶を送った。

人間クレンショー

南国の夜は静かにふけていった。

テントの外の気配に耳をすましてみたが、誰の跫音も聞こえない。私はマッチを持ってそっと収容所テントに別れを告げた。かねてこの計画のために毎日見て見ぬふりをしながら距離とルートを目測した有刺鉄線が、月の光をかすかに反射している。飛行場に近い場所の有刺鉄線の囲いの部分に、一個所、地盤がゆるんだところがあった。そのやわらかい地面を発見して、私は毎日、そこまでに至る所要時間、また鉄線の下にもぐるために掘る土の量、などを計算し、歩哨の往復時間まで考慮していた。

テントを出ると、計画どおり、まず匍匐前進を始めた。前方の有刺鉄線には夜間になると電流が通じていないことも、すでに苦心の末に調査ずみである。匍匐しながら、額ににじむ脂汗をぬぐった。音をたてないように、姿勢を高くしないように、私はようやく鉄線までたどり着いた。すぐに鉄線の下を掘り始めた。鉄線の下を胸が通るくらいになると、私は息を吐き出し、腹部を細めて頭部から鉄線の下をそろそろとくぐった。……やっと鉄線の下から臀部が抜けた。見事に成功である。瞬間、私は第一の難関を突破して大喜びでとび出そうとした。ところが、どうであろう！　頭を上げようとしたとき、眼前の闇の中からにゅうっと黒い大男の影が立ちはだかってきたのである。

〈クレンショー！〉

大男の右手に握られた拳銃はすばやく私の心臓部につきつけられた。彼の手は小刻みに震えている。絶体絶命である。私は、その拳銃が火を噴いて撃ち貫かれるのを当然のこととして覚悟した。あれほど注意して、不在をたしかめたのに、またこの大男のために失敗し、ついに捕虜として最期をとげるのかと、私は彼を憎んだ。

「さあ、殺せ！」

と私は呟いていた。だが、クレンショーは、拳銃を私の胸に擬したまま左手で私の身体をさぐり、武器を所持していないことをたしかめると、押すようにして彼のテントの中に連れこんだ。おそらくその時の私は、くやしさと屈辱のあまり彼をにらみつけていたと思う。いっそ拳銃を擬せられたとき、とびかかって殺されたほうがよかったと後悔していたのである。長い苦心のすえに計画した炎上計画も、彼のために無残に打ちこわされたのだった。

彼は私の上衣のポケットをさぐると、マッチ棒十本を無表情に没収した。それが大それた私の秘密兵器だとは気がついていない素振りであった。彼はたんにふつうの脱走計画だと思ったようだ。

「お前が歩哨に私の日程をたずねたことが、出先の私に連絡された。……お前が何か計画しているとしたら、たぶん今夜あたりであろうと考えていたから、私は仕事の途中だったがお前のために切り上げて帰ってきた」

と彼は、怒りのために紅潮した顔で話し出した。以前にも、有刺鉄線の囲いの、まったく同じ個所を掘って脱走しようとした日本人捕虜があったという。その男は数十発の弾丸を受けて死んでいったそうである。

「君も私が帰ってこなかったら、即座に射殺されたことだろう。私はそれが心配で大急ぎで帰ってきたが、無事でよかった」

と彼は言うのである。たしかに捕虜管理の責任者である彼の立場からすると、脱走事件などが起きると上司に対して言いわけの立たないという事情もあったろう。しかし、そのときのクレンショーの言葉には、いま思うと、人間同士の実感があり真実があった。が、当時の私は戦友とともに〝玉砕〟を考えていたから、彼の言葉は馬耳東風である。むしろ、死ぬ機会をうばった敵兵として憎んでいたのである。

〈計画ルートとは反対側の鉄線下からくぐり出れば、こんな失敗はしなかったのに……〉

と情けない思いでいっぱいであった。クレンショーはそういった私の心理状態を見透かすように、

「君が出た有刺鉄線の数メートル先には、ピアノ線が張り巡らされていて、線に触れると重機が自動的に発射するような仕組みになっている。あのまま脱走していたら、いまごろ君はきっと無残な屍体となって発見されたことであろう」

と無謀な行動をいましめた。さらに前回よりも熱をこめて諄々と、

「神の恩恵に感謝せよ」

「生きる希望を捨てるな」

「死に急ぐな」

と説き続けた。猛々しく狂っていた私の心も、しだいに彼の熱心な態度、人間味に満ちた言葉にひき入れられていった。率直にいって、そのときの私は「死ぬことがいかに難かしいことであるか」を痛感していた。靖国神社の霊となることを願って、死を覚悟した行動をすれば、何たる運命の皮肉か、幾度も生命を助けられる。「死中有生、生中有死」といった考えになっていた私にも、彼の言葉はひとつひとつ胸ににじみこんでくるものがあった。だが彼の真実の言葉も、すべてが私を納得させたわけではない。クレンショーは飽くことなく口を開いて、

「君のような心理で日本人の全部が玉砕してゆけば、焼け野原になったときの日本はだれが再建するのだ」

とまで言う。いま考えれば、これは時代の真実をついた言葉だが、そのときの私には率直には受け取れなかった。われわれは虜囚の身となっても、みな日本の必勝を信じて疑わなかった。日本が焼け野原になるなど、考えられないことであった。私と反対に、クレンショーには戦勝国民としての意識が大いにあったろう。米国は勝つ、という信念にもとづく私への忠告だったのである。

「どうしても君は私の言っていることがわからないか?」

ときいてくれれば、私も、

「わからない」

と答える。おたがいに同じような年齢で性格も同じように真面目な兵隊である。人間として生死について話しているときには、たがいに相通ずるものがある。しかし対話をすすめてゆくとき、どうしても対立し相譲らない立場を主張するようになる。当時は、「考え方の相違だ」と簡単にかたづけていた。だが、いまにして思えば、二人の人間の素直さをこばみ、理解をはばんでいたのは、たがいが戦闘状態にある仇敵同士だということであった。軍服が違う、という考えれば単純なことが、二人の間をまったく断絶させていたのである。同じ背広を着て平和な時代になれば躊躇なく親友になれるものを、そのときは二人の間に戦争という事実が横たわっていた。たがいに立派な軍人であろうとすればするほど、自己に誠実であろうとすればするほど、二人の間は遠ざかっていったのである。

約二ヵ月いて、私はペリリュー島捕虜収容所からグアム島、ハワイをへて米本国収容所へと移動を重ねていったが、クレンショーのことだけは忘れられなかった。現在考えれば、じつにクレンショーは私の生命の恩人である。そして、あの異常な戦闘状態のなかにあって、人間らしい気持を失わず、冷静に人間としての対話をすることのできたクレンショーに深い尊敬をおぼえる。と同時に、戦場においてもクレンショーのような人物が存在しうる米国という国を、つくづく偉大だと思うのである。

戦後二十一年たち、私が彼の消息をさぐり当てたときに彼がくれた最初の手紙には、

「私の生命の一頁はあなたによって開かれました。あなたは私に〝すべて生の目標には身体をもってぶっつかれ〟〝死を賭してかかれば為さざることなし〟ということを教えてくれた

のです」

と書いてあった。多分にお世辞がふくまれる言葉としても、彼も、当時の私を一捕虜としてではなく、興味ある人間として関心を持ってくれていたのだろうと思う。私たちは戦闘の弾音を近くで聞く場所で、たがいに深いところで尊敬しながら、かつ反発し合っていたのである。それを思うと、まことに戦争という状況は憎んでも憎みきれない。戦争は人間のあるべき姿をかくし、相互理解をさまたげる。私は、戦後の羽田空港でクレンショーと相擁したとき、平和な世界のありがたさをしみじみと感じたのであった。

「桜の散りぎわを見せたい」

と私が思って彼を招いたのは、むろん、二十数年前のあの一方的な、軍隊教育で歪められた武士道をいまさら説明するためではなかった。新しい本当の大和魂と、そして人間愛に満ちてしかも日本の伝統を貫いている真の武士道を伝えたかったのである。

昨日（きのう）の敵は今日の友

再会

桜の季節には、だが一足おそかった。上野公園では、もう葉桜となっていた。クレンショー夫妻と私とは、車を新宿御苑へと飛ばせた。そこもまた、名残りをとどめるのみであった。残念だった。これで私たちの目的は半ば失われたことになる。

「申し訳ありません。一日遅かったようです」

私は、気落ちしながらも、心から詫びた。

「こんどは、ぜひ三月に来てください」

つぎの機会に望みを託するしかなかった。

荘厳にして日本的なところといえば、明治神宮であろう。新宿からも、さほど遠くはなかった。私たちは、神宮の大鳥居をくぐった。深々とした大樹の緑を両脇にしたがえて、参道が続く。敷きつめられた玉砂利を踏んで歩を運びつつ、私は明治帝の遺業を誇らしく説明していた。

「ちょっと待ってください。明治四十五年は西暦一九一二年ですよ」

明治の年号を西暦に換算して教えたところ、クレンショーに訂正されたのである。私は恥じた。彼は、名所の概略などについて、かなりの予備知識を持っているようであった。

明治神宮から九段の靖国神社へと向かった。英霊の安まる社殿である。千木の大棟から葺きさがる緑青の美しい向拝の下に、遺族と思しい人々がぬかずいていた。前庭の小砂利には鳩が群れて、参拝をすませて心なごんだ人々のまく餌を、いそがしくついばんでいた。鳩は、時折いっせいに翔びたつ。そのたびに、

「オー・ワンダフル」

と、夫妻は嘆声をあげた。

クレンショーとは日本語で、ジョージアさんとは英語で話し、ガイドにカメラマンを兼ねて神経を使いへらしながらも、私には彼らのその喜びようが何よりもうれしかった。

鳥居を出た私たちは、柳の緑がしたたって影を落とすお濠の水面を右手にながめながら、彼ら待望の皇居へと向かった。

うす色にけむる空の下、皇居の森は黒く静まり、広場の白砂が粛としてひろがっていた。

天皇陛下――かつて戦場で〝陛下のために死ぬのです〟と叫んだあの声が、皇居の森から響いてきた。私にも、彼にも……。

「フナサカサン、ここから先へは、ナゼいけませんか？」

二重橋からさらに奥へ行きたいとの彼の望みであったが、それは叶えられることではなか

った。

「天皇陛下のために、あれほど一身をなげうって死のうとしたフナサカサン、あなたでも、ここから奥へは入れないのですか」

この言葉が、いたく私の心にくい込んだ。彼は続けた。

「私は本で読みました。戦前の天皇は、雲の上の方でした。だが、戦争の終わったあと、民主化されて、天皇を神のようにはあつかわない、と」

私は当惑しつつ、

「そのとおりです。しかし、日本人自体の天皇陛下に対する気持は、戦前も戦後も変わりありません。ただ、戦争中の大元帥陛下の呼称だけは、なくなりました」

と答えたのだった。

つぎは、赤坂にある乃木神社である。そこに祀(まつ)られている乃木将軍が、私は大好きであった。クレンショーもまた〝ジャネロー・ノギ〟が好きであると言っていた。車中、私は彼に、「水師営の会見」を聞かせた。

昨日の敵は今日の友
語ることばもうちとけて
われはたたえつ　かの防備
かれは称(たた)えつ　我が武勇

この歌は、いまのクレンショーと私のために作られたかと思えるほどであった。

日露戦争における旅順の戦闘は、激闘百三十五日、日本軍の死傷者五万九千人であったという。それをしのぐあのアンガウル・ペリリュー両島の悽惨な攻防、そして日本軍の玉砕……。

元太平洋方面最高指揮官C・W・ニミッツ提督は、「この両島攻撃は、米国の歴史上、他のどんな上陸海戦にも見られない、最高損害比率（約四十パーセント）を出した。すでに制空・制海権をとっていた米軍が、多大の犠牲者を出してまで、この両島を攻略したことは、いまもって疑問である」と言っている。そこで戦った二人が、いまここにある。

乃木神社の境内は、ひっそりと静まりかえっていた。戦時中、社殿はいちど空襲のために焼失したが、三十七年に復興されていた。白木にはまだ新しさが感じられる。よく掃除のゆきとどいた境内には、若芽がいっせいに吹いていた。神社から小さな木戸を通って、乃木邸に入る。明治三十二年に改築されたという、当時は超モダーンであったであろう、斜面を利して建てられた三階建ての邸は、二階が玄関となっていて、その右手から回廊式に、大応接室、将軍の居室、殉死の間、夫人の居室と続き、大応接室には、水師営で調印のさい白布を掛けて使われたという手術台も見られた。小ぢんまりした庭を散策しながら、私は乃木将軍とステッセル将軍にまつわる逸話を語っていた。

——会見の際の友情は、そのまま長く両者の間に続いた。

敗戦の責を問われ、軍法会議にかけられたステッセルに対し、大勢は死刑の判決に傾いていた。それを知った乃木将軍は、かつての部下に命じ、外国の新聞に〝ステッセルは、善戦敢闘した勇将である〟との一文を寄稿させた。この至誠が天に通じたのか、ステッセルは死刑をまぬがれた。そしてペンロバウの獄に投ぜられる。これは、シベリヤ流刑よりも冷酷といわれる刑であったが、獄中、彼は日々神に祈り、聖書を読み続けたという。大赦によって獄を解かれた後は、農業にたずさわるかたわら、多くの孤児を集め育て、「親切将軍」と称えられた。彼は、口ぐせのように、乃木将軍を賞讃し、この立派な武人と戦って敗れたことに悔いはないと語っていた。一方、乃木は、この金銭に恵まれなかった友人のために、ときどき送金しては慰めたという。

——クレンショーは、静かに耳を傾けていた。私たち二人は、両将軍のような高位の階級にはなく、無名の下士官にすぎなかった。そして、勝者の乃木はクレンショーであり、敗者のステッセルは私であった。だが、はや夕闇のせまった庭にたたずむ二人に共通する感情のうちには、勝者もなく敗者もなく、〝ふたたび戦うまい〟〝平和こそ尊い〟〝そして全世界に平和を〟とねがう思いだけがあった。

乃木坂をかけくだる夕暮れの中、打ち続く感動に身をゆだねたまま、一行は世田谷の私の宅へと帰路をたどった。

夕げの食卓には、純粋の日本料理が、色どりも美しくところ狭しと並んで、二人を歓迎していた。

テーブルについた二人は、あくまでも日本式のマナーを守ろうとしていた。箸をとり、ご飯を口に運ぼうとするのだが、うまく口もとにとどかない。見かねた私は、スプーンとフォークをすすめた。

白い御飯を口に運びながら、クレンショーがつぶやくように言った。

「フナサカサン、ライスの思い出、ありますね」

その言葉を耳にすると同時に、私はクレンショーのある行為を思い出していた。それは、戦国時代に武田信玄に塩をおくった上杉謙信の、武士道の精華をたたえられた史実にも似たクレンショーのクリスチャンらしい信と愛のあふれた行為であった。

——私の思いは、一九四四年の十二月のなかばまでさかのぼる。

米の思い出

そのころの捕虜収容所に、米など一粒もあるはずはなかった。日本軍捕虜に与えられる食糧といえば、米軍支給のメリケン粉と塩とを使って韓国人の李さんが作ってくれるものに限られていた。

ドラム罐を輪切りにした大鍋に、バケツ一杯の水が注がれる。沸騰すると、錆びたブリキの蓋にあけられた小穴から湯気がふき出す。それまでに、李さんは粉をこねてダンゴをつくる。沸騰した湯にひと握りの塩が投げこまれ、そしてダンゴがほうりこまれる。五分もすると、りっぱな捕虜食の出来上がりである。それをわれわれは〝塩水だんご〟と呼んでいた。

何一つ口にする食物もない、すする水とてない地獄の戦場を一ヵ月も過ごしてきた私には、その〝塩水だんご〟は、どのような美味にもまさるご馳走に思えた。塩水に浮かぶダンゴを噛みしめながら、食べるという実感を、ひさしぶりに味わったものであった。栄養失調どころか、負傷によって血という血を失い、視力すらほとんど失くしていた私であったが、豚の餌同然のこのダンゴによって、体力をみるみる回復した。負傷箇所が少しずつ盛り上がっていき、視力も増してくると、ふたたび人間らしい感情がもどってきた。

ところが、人間らしさをとりもどすにつれ、その〝塩水だんご〟がだんだんうとましいものとなり、見るのもかぐのも嫌と感じられてきたのだ。はじめ得意げにそれを炊いていた李さんまでが、「こんな豚の餌などつくりたくない」と言いだした。人間とは、贅沢な動物である。

〝塩水だんご〟に対する不満が捕虜たちの間にたかまるにつれて、その矛先が、捕虜代表である私に向けられるようになった。

「隊長、なんとかしてください」

言われるまでもなく、私は私で考えていたのである。

末期の水の一滴も飲めずに玉砕していった戦友の姿を思えば、いまの私たちの不満は贅沢の一語につきよう。申しわけなくもある。あのままアンガウルにいれば、私も餓死した身であったのだ。さりとて、ここでこうしていても、早晩、銃殺される運命にあった、捕虜たち

の間には、

「どうせ殺されるのだから、それまでの間、たとえわずかでも、敵に不満をぶつけて改善をせまろう」

との声が圧倒的であった。

私は、ある夜、李さんを呼んだ。

「李さん、米軍は豪州米を持っていないか」

全然ない、米軍も食糧不足なんだ、との返事であった。メリケン粉を食糧倉庫に受け取りにゆく李さんは、米軍の様子には私たちより多少はよく通じている。彼の返事を信じるしかなかった。

私は、クレンショーの言葉を思い出した。

「米軍は、協定にもとづいて、捕虜は絶対に殺さない……」

それまで私は、「ジュネーブ条約」という国際法が存在することすら知らなかった。ましてや、その条文中に、どのような規定があるのか、わかるはずがない。だが、「殺さない」からには、「生かす」規則もあるのではないか……。

翌日、私はクレンショー伍長にたずねた。

「ジュネーブ条約の中に、捕虜に対する食事の規定がありませんか」

「ハイ、グンソー、アリマスガ、イマ覚エテマセン、スグ調ベテ、教エマス」

親切な伍長は、すぐ調べてきてくれた。

「ワカリマシタ。ココニアリマス。アナタガタニハ、一日三千六百カロリーノ栄養ガ必要デス」

有難かった。けれども、カロリーのことなどろくに知るところもなく、おまけに〝武士は食わねど高楊枝〟の気風にとらわれていた私は、仲間の要求を伝えることも、「条約に従ってそれだけのカロリーのある食事を」と口にすることもできずにいた。

ところが、聡明な彼は、私の質問の裏にある意図を察してくれていた。彼は、申しわけなさそうに、この島の窮状、食糧入手の困難などを説明したあと、しかしともかく、ライト隊長に話してみることを約束してくれたのである。

夜になって、私はカロリーのことを聞くために、李さんのテントをたずねた。しかし、李さんとて、カロリーの「カ」の字も知るはずがない。話が食糧のことだとわかると、前から米軍の偉い人の顔を見るたびに米と白菜がほしいと頼んでいるのだが、一つもくれたことがない、と歎くばかりであった。

その夜、私は仲間から、

「飯とは言わない。せめて粥でも」

と、せめたてられた。

翌朝、私はふたたびクレンショーに言った。

「どうしても、米がないと困るのです」

ところが、こんどは彼は勢いこんでつぎのように答えたのであった。

「グンソー、私は隊長に話しました。隊長は、日本軍の敗残兵がいつ攻撃してくるかわからないいま、米どころではない、と言いました。私は、あなたに聞かれた〝ジュネーブ条約〟のことを持ち出しました。すると隊長は、私に一任すると言われましたので、さっそく、グアム、テニヤン、サイパンに電話しました、どの島にも捕虜がいて、なかなかわけてくれませんが、しかし、もうしばらく待ってください」

私には、彼の厚意がよくわかった。

――それから四日後のこと、李さんがとんできて叫んだ。

「グンソー、アメチャンが、米とキャベツを支給しました！」

鬼の首でもとってきたような、李さんの喜びようであった。

「銀メシが食べられます。キャベツでオシンコつくるよ」

「李さん、よかったね。みなも喜ぶでしょう。米を探してくれたのは、あのクレンショー伍長です。飛行機でサイパンあたりから運んでくれたのでしょう。たいへんな苦労です。クレンショー伍長の恩を忘れないでください」

そう言いながら、喜びに泣く李さんを見る私も、クレンショー伍長の真心に泣かされていたのであった。

つぎの朝の収容所は、盆と正月が一度に来たような喜びに湧きかえっていた。私にとっては、戦闘の始まった九月十七日以来、じつに四ヵ月ぶりで見る白米の飯であった。その間になめた飢餓感から言えば、何年ぶりといっても大げさではあるまい。おまけに、キャベツのお新香まで付いている！

だが、やがて真っ白いたきたての飯の中から、「メシ！　メシ！」と力なく叫びながら空しく死んでいった戦友たちの声と姿がたち現われ、こんどは生つばさえ引っこんでしまい、かわりに涙がとめどなく湧いてくるのだった。

――私は、クレンショーとともに、日本の白い米を口に運びながら、二十年前の思いにひたっていた。クレンショーも無言であった。

ところが、彼の後日の告白によれば、あのときの米のために、意外な大事件が起こっていたのであった。

クレンショーの告白

東京、日光、関西――と、私たちは日程をあわただしく消化していった。

奈良に来て、私たちは、幸せにも、天皇の宿泊された部屋に起居する因縁にめぐまれた。

「アナタハ、ナゼ、テンノウノタメニ、死ノウトスルノデスカ」

かつて彼が戦場で問いかけてきた言葉は、いまも私の心に深く食い入っていた。その夜の私たちの話題は、自然に天皇制へと触れていった。戦時下、将兵たちが、〝天皇の赤子(せきし)として〟一命をかけて忠誠をつくしたことの意味を、より深くクレンショーに理解してもらいたかった。この部屋に泊まれたことが、私の感情の傾きに拍車をかけ、言葉に熱をあたえていた。彼は、私の話を、自然に受けいれてくれたようであった。

奈良の夜は、静かにふけていった。

珍しいことに、クレンショーが、重々しい口調で、

「グンソー」

と呼びかけてきた。

「二人だけで話したいことがあります。ダイジなハナシです」

気になることであった。東京に来てからの彼は、呼びかけのさい、つねに「ミスター・フナサカ」あるいは「フナサカサン」と言っていたからである。

「ロビーに行って、ハナシをしましょう」

表情も、いつもと違っていた。めったなことでは表情を変えぬ人であるのに。

落ち着いた雰囲気のロビーには、テーブルと椅子が、幾組か行儀よく配置されていた。

「ココが、イイです」

彼は、「グンソー」と呼びかけて以来、私をリードしていた。

「プリーズ、セダン　ヒア」

「イエス」

彼が私のわかる範囲の英語で話しかけるとき、私も英語で返事をしていた。

「グンソー」

と、彼はふたたび呼びかけてきた。

「私はずっとソノコトで悩んでいます。残念でならない。アレカラ二十年たちますが、コノコトは一日も忘れることできません。イツモ神サマにソノコトについて祈っています。聞いてください、グンソー」

彼は、そこまで言うと、両手で頭をかかえこんだ。

「私は、二人の日本の捕虜が、日本兵に殺サレタのを、見ました。何というカナシイことなのでしょう……」

彼の眼には、熱いものがにじんでいた。私は、話が話だけに思わず身をのりだしていた。

「戦争中のことです、そんな話は、どこの戦場でもありました。あなたが日本の捕虜を殺したのならともかく、殺さないあなたがそんなに悩むのは、どうかと思いますね。……サア、その話を、もう少しくわしくしてください」

こんどは私がリードする番だった。「捕虜が殺された」ことは、捕虜の世話係だった彼にとって、責任問題となったかもしれない、そのための悩みとなれば、わからぬでもない。ところで、二人の捕虜とは、いったい誰と誰だろう……私は懸命に記憶をたどって、一人一人の顔と名前を思い出そうとした。その二人は、私のグループの中にいたのか。もしそうならば、私にも責任があることになるが……。

私は、ただごととは思えぬ彼の苦悩を、彼だけの責任にしたくなかった。いずれにせよ、話を続けさせなければならない。

「クレンショーさん、平時とは次元のちがう戦争という事態が、二人を殺したのです。私の話も聞いてください。アンガウル島では、米軍が米軍を誤爆しました。艦砲射撃による誤射が、どれくらい同志討ちとなったかしれません。現に、私はそれを目撃しました。私の推測だけでも、数百人の犠牲が、たしかにありました」

事実、そうであった。彼らの公刊戦史にも、「島が狭隘のため、幾度も誤爆、誤射があった」と記述されていた。

話を引き出そうとして実例をあげているうちに、クレンショーの重い口も、ようやくほぐれてきた。

「グンソー、アナタが私に、日本の捕虜に白米がホシイ、とタノミマシタコト、おぼえていますネ」

「ハイ、忘れません。忘れられません」

忘れないどころか、つい先日、思い返したばかりであった。

「アノ時、サイパンから米をさがして、アナタガタに、あげました……」

「ハイ、そうでした。いつも感謝しています。よくさがしてくださいました。あの米のために、どんなに助かったかわかりません。ご恩は忘れていません」

「グンソー、アナタが仲間の捕虜のために、ドウシテモ白米がホシイ、自分は食べなくとも仲間のために……と言った、そのコトバに、私はカンゲキしました」

彼の話は、二十年前の再現となっていった。

「私は、アナタのその温かいキモチを、ドウシテモ叶えてあげたいと思い、隊長のライト中尉に相談しました。隊長の命令がないと、私にはドウニモナラナイ。スルト、人情の厚い隊長は、スグ許可しました。ペリリュー島の北部に、退却する日本軍の遺棄した米があるという情報が入りました。私はヨロコビマシタ。アナタの願いを叶エテアゲラレルカラでした。

ソノコロ、島の北部は米軍が占領して、日本兵は一人もイマセンデシタ。ライト隊長と私は、米をさがしに出発シマシタ。米をタクサン運ぶには人がイリマス。米兵はイソガシイので、二人の日本兵の捕虜を連れて、四人でジープに乗って、島の南から西をマワッテ、北の山に行キマシタ……」

――私は、彼の話を、頭の中で組み立てていった。

彼は、ライト中尉、日本兵捕虜二人とジープに同乗して、探索に出発した。飛行場の東南にある収容所から、西海岸の千明大隊玉砕の地であるアヤメ、クロマツ陣地付近を通り、イワマツ、イシマツ、モミ陣地の海岸近くに米軍が急造した自動車通りをひた走りに走って、島の北部の浜街道にまわった。島の中央ガリキョクをへて、電信所の手前、カシ陣地の南、かつての北地区引野隊の守備地に出た。そこに裏街道に入る右折地点があった。

一行は右にまがって約一キロ半南下した。途中、クワ陣地の山裾の裏街道を進むと、右手にモミジ陣地跡がある。その南端にある高地の山麓で、車を停めた。

「クレンショー伍長、この地図を見たまえ、この山麓六十メートルばかり登ったところに、米がある！」

ライト隊長は、地図に反射するまぶしい光線から眼をそらして、クレンショーを呼んだ。

「まっすぐ、その方向に進みます」

クレンショーは、ピストルを握り、二人の捕虜をしたがえて、用心しながら山麓を登りはじめた。隊長は、少し右側によって間隔をとると、あたりに警戒の眼を配りつつ、同じように山裾を登った。

このあたりで、北地区隊は、激戦のすえ玉砕していた。

「隊長、米軍が占領してから、もう二ヵ月もたっています。日本兵はいないでしょうね」

「洞窟には残っているかもしれんよ。じゅうぶん気をつけて進みなさい」

隊長の声を耳にして、彼は急に立ちどまった。地図にマークされた目的地は、このあたりだ。予想に狂いはなかった。眼前に、洞窟らしい入口が現われたのである。もう日本軍の残っている形跡はない、と見えた。静寂につつまれた入口は、かつての激戦地の跡とは感じとれない。

隊長は、二人の捕虜を洞窟の中に入らせた。そのあとに、クレンショー伍長が続いた。

自動小銃をかまえた隊長は、三人が入った入口の右手にあるもう一つの入口から、大きな体をかがめて、しのび足で入っていった。

「オーイ！　日本軍はいないか！　俺たちは、日本兵だ。米を取りにきた！　撃つではないゾ！」

スピーカーで捕虜の一人が叫ぶと、拡大された声が、洞内の空気を振動させ、壁にコダマして返ってきた。その速さから、洞内はさして広くも奥深くもないことが察せられた。

何の音も聞こえない。二人の捕虜が安心して歩調を早めたときであった。奥から、真っ赤な火のかたまりが、パッパッ、パッと噴き出した。ダ…ダ…ダ…、あたりをつんざく銃声が意外な至近距離から放たれた。軽機関銃だ。四人は激しいショックを受けた。飛来する銃弾をよけて伏せるにも、引くにも進むにも、秒という間もなかった。激しく洞内の空気を寸断する銃弾に、先頭の二人は心臓を貫かれた。ドサーッと倒れる音、断末魔のうめき声が流れた。ライト隊長とクレンショーは、それぞれ無我夢中で洞窟の外にころがり出た。

隊長は、ジープの無線機で急報した。

「至急、一個分隊出動！　日本軍軽機関銃陣地あり、すみやかに撲滅せよ！　地点は……」

やがて、日本兵と軽機関銃のひそむ洞内には無数の手榴弾が投げ込まれた。洞窟はくずれ落ち、形あるものは何一つ残らず吹飛んだ。

入口の二人の捕虜の屍は、米兵たちの手によって運び出され、埋葬された。――

日本人が日本人によって射殺される――この悲劇を見たクレンショーの心には、以来、その情景が焼きついてしまったのである。

彼は、この事件を、戦争中だったからやむをえない、殺し合いは戦争の本質に属するとして割り切ることができなかった。捕虜を米探しの使役として連れてこなければ、こんな悲劇は起こらなかったと考えて、彼自身の責任のように思い続け、悩み苦しんできたのである。

彼の心の底に秘められてきたものを、こうして打ち明けられたとき、私は慰めの言葉に窮し、途方にくれざるをえなかった。

「私が米をあなたに請求したことが悪かったのです。その責任は私にあります」

そうとでも言うしかない。

「グンソー、誰にも言えないことを、全部話してしまって、ココロが少し軽くなりました。私はこれからも、終生、二人のタマシイのために、イノリツヅケマス」

そう言いながらも、まだ二人の捕虜への思いの翳りが、彼の面(おもて)にただよっていた。戦争による不可抗力の出来事、思惑外の事件に悩み続ける彼の心のうちを思いやると、なんとかしてそれを早く消してあげたいと願わずにはいられなかった。

翌朝——、

「昨夜も二人は、懐かしい思い出話に花を咲かせたことでしょう」

と、妻のナオエが言った。

クレンショーもまた、ジョージア夫人からそう言われたらしく、彼は、

「フナサカサン、女性はいいね。彼女たちは、戦争とは言葉ではワカルようだが、戦場は知ラナイカラネ」

と苦笑していた。

奈良の朝の空気は、私たちの思いとは無関係に、清々しく澄んでいた。

新たな絆

遠来の客を迎えたその日から、日時は矢のように流れるように思われた。お別れの時が、日一日とせまる。無性に淋しかった。

私は、ひそかに頭を悩ましていた。二人の終生の記念として永久に残るもの、それも日本にしかないものを贈りたい。だが、遠慮ぶかい彼は、観光土産をさえ、私に買わせまいと気をつかっていた。そういう彼の気持の負担にならないものでなければ……。

迷いに迷ったすえ、わが家に伝来するものから何かを贈ることに決めた。蒐集した日本刀から、数振りを選び出した。だが、日本刀が高価であることを彼は知っている。細心の注意をはらって渡さなければ、彼は受け取ってくれまい。

私は一計を案じた。特別貴重刀剣の認定証は見せないことにしよう。ならば、普通の刀だと思って受け取るだろう。駄刀ですが、と言って、気軽に渡すことである。

私は、「行広」と「康継」の二振りを選んで、そのいずれかの選択はクレンショー自身にまかせることにした。

彼は、手に二刀をとって見くらべ、時のたつのを忘れた風情であった。ジョージアさんもかたわらにいて、引きこまれるような何かを感じているようであった。

「クレンショーさん、あなたのお好きな方を記念におとりください」

彼は、信じられないといった表情で、二本の刀をそろえて下に置いた。

「フナサカサン、これはあなたの家のタカラでしょう？　私に見せるために出したのでしょう？」

これまで手にした刀は、いずれも軍隊で使用した無銘の一般刀や、現代刀ばかりだったという。外装一つにしてもそれらとはまったくちがう古刀造りにすっかり魅せられた彼は、

「ホントウに、私にくださるのですか」

と、くり返し念を押す。

「ハイ、本当です。これには私の魂がこもっています。私の魂を、あなたにあげましょう。ヤマトダマシイを――」

私は、惜しみなく、そして率直に言った。

「あなたの友情に捧げる、私の気持です。あなたが私を訪ねてくださったことに対するお礼のしるしです」

クレンショーは、改まって座り直した。鞘を払った瞬間から、粛然として衿を正していた。やがて「行広」の一刀を選んだ彼は、すっくと立ちあがって、

「これは良い、これはスバラシイ……」

そうつぶやきながら、正眼にかまえた。その姿は、私が長いあいだ修練して身につけた正眼のかまえとまったく同じに思えた。彼は、一人の青い眼のサムライになりきっていた。私が彼のサムライらしい一連の動きを静かに見守っていると、突然、ジョージア夫人が、「天

井に刀が当たる、気をつけて」と注意を促した。

その声に我に返ったクレンショーは、正座して「行広」をおもむろに鞘に収めた。けれども、そのまま緊張をとこうとはせず、固くひざをそろえて私の前に座った。

「フナサカサン……」

なんという改まりようだろうと思うほどであった。

「イタダキマス。大切ニシマス」

彼は、ズバリと言い切った。

「これを、フナサカサンと思って、大切にします。ありがとう、ありがとう……」

彼は、その大きな掌をいっぱいに拡げて、私に握手を求めた。強い手であった。

「アナタが、ペリリュー島で、私に教えようとした大和魂と武士道が、いまワカリマシタ」

その一言が、私を感動させた。二十年前の私の意思が、いま通じた。私は、泣きたいほどの衝動に胸をふたがれていた。


二人を見送る日が、ついにやってきた。彼は、「一文字行広」を、片時も離そうとしなかった。「大切にします」の言葉そのままに、しっかりと胸に抱いていた。タラップに立ち止まってふり向いた彼は、「行広」を高く差し上げて、左右に大きくふり続けていた。たった一人になってからも、機内に入ろうとしなかった。涙でくもる私の眼の中に、彼のふる「行広」が、まだかすかに映っていた。何度か涙を払ったあとで、ようやく私は、ジョージア夫人が彼の後ろに立っていることに気づいたのであった。

「扉を閉めます。機内に入ってください」というスチュワーデスの声が激しい爆音の中を流れ、ついに扉はとざされた。丸窓の向こうでまだ手をふっているにちがいない二人に向けて家族の全員が激しく手をふるうちに、機体は無上にも離陸を始め、やがて私たちの視界から姿を消した。

彼が武士の表徴である日本刀をだきしめて感無量で座席におちついた姿を、私はたしかに心の眼で見極めていたのである。

英霊の絶叫

ペリリュー島の最期

ふたたび舞台を南溟の島にもどそう。

収容所のテントから眺めていても、戦局は日本軍にしだいに不利になってゆくようであった。一日ごとに明るい雰囲気のただよってくる米軍陣地をみつめつつ、私は口惜しい日々を送っていた。

十月十三日現在の総戦力は――、

人員　千百五十名

火器　小銃五千、軽機関銃十三、重機関銃六、擲弾筒十二、自動砲一、歩兵砲一、連射砲一、曲射砲三、手榴弾千三百、戦車地雷四十

というものであった。

十四日ごろから、敵はナパーム弾を投下しつつ、守備隊の陣地である水府山地区に猛烈な攻撃を行なってきた。これに対して守備隊は、夜になると肉攻斬り込み隊を編成して奇襲戦

法で追い返した。そこで、敵は、終夜間断なく迫撃砲射撃を行なって、守備隊の行動を阻害しようとする。壮烈なつばぜり合いが延々と続けられた。

十六日には、米軍の第七海兵連隊は損傷はなはだ多きにのぼり、ついに第三二一連隊と交替した。十七日ごろのペ島の米軍の砲撃は熾烈なもので、私は収容所にあって炸裂音とそれによる強い地響きを感じていた。早朝から夜となっても砲撃はやまず、飛行場には輸送機がいそがしく離着陸して、海兵隊の負傷者たちを後方へ運び、かつ新しい陸軍部隊を投入していた。その交替の時期には、米軍は歩兵攻撃をやめて砲撃で日本軍をおびやかしていたのである。

十八日、新しくペ島に参戦した米陸兵は、大山東方高地に対して二十メートルの断崖に梯子(はしご)をかけてよじのぼるという勇敢な攻撃を開始してきた。だが、この敵は守備隊必死の防戦で撃退されている。

二十日ごろになると、米軍は守備隊高地に対して黄燐弾、煙弾を混用して砲撃、爆撃を重ねてきたが、わが軍の損害は軽微であった。守備隊の肉攻斬り込みもいよいよ強化され、飛行場や米軍指揮中枢に突入し、相当な戦果をあげていた。私が飛行場炎上計画をたてたのも、そういう友軍の成果を遠くから見て刺激されたためであった。私がペ島へ移されたのはこのころらしい。

二十二日の午後八時~九時の間であったろう。私はこのときの痛快な思い出が忘れられない。突然、米軍陣地内に空襲警報のサイレンが鳴りわたり、収容所テントの周辺も大変な騒ぎになった。

「どうしたのだ？」

と訊くと、監視兵の一人が、

「日本の飛行機が攻めてきたらしい」

という。それを耳にしたとき、私はとび上がって喜んだ。ついに援軍来たれり、と思ったからである。拡張工事中の飛行場もあわてて消灯し、テントからのぞいてみると、洋上の敵艦船もいっせいに灯を消した。ところが、私たち捕虜がいつまで待っても、友軍の編隊の響きが聞こえて来ないではないか。翌日になってわかったことだが、これはわが水上偵察機がパラオ本島方面から一機飛んできたため、米軍は、予想外の出来事に驚いて混乱したのであった。

二十五日ごろ、敵は中山西南凹地にあったわが水源地を攻め、守備隊は水を守って、激しい手榴弾の応酬がくり返された。

二十八日の守備隊現有兵力は約五百名。じつはこの日本軍残存兵力については米軍に筒抜けであった。中川州男(くにお)隊長がパラオ島司令部に連絡する暗号電信は、すべて米軍に解読されていたからである。

三十日、六度の聖旨を拝受し、守備隊の将兵はいよいよ感奮した。この日、パラオ本島からは遠藤海軍中佐以下二十八名が、増援斬り込み隊としてペリリュー島に向かっている。彼らはペ島の飛行隊員だったが、飛行機が残らず潰滅させられたので、やむなくパラオ本島へ撤退していたのであった。そこから敢然とペ島へ引き返したのだが、本隊と合流する前に戦死した。その後、パラオ本島からはイカダに乗った遊泳決死隊の爆雷攻撃や、局部的な斬り込み攻撃が試みられたが、守備隊との連絡合流はついにできなかった。

十一月に入ると、守備隊の最大の武器は〝斬り込み隊〟となった。連夜のように出撃したものの、敵も陣地に土嚢や鉄条網を張って防衛を強化したため、成功率は非常に少なくなっていた。

当時のペ島の兵器は小銃百九十、軽機八、重機四、重擲弾筒一、手榴弾五百、火焔瓶十、戦車地雷十……で、糧秣は残存兵力が定量を半分にしてもあと二十日間分しかなかった。

五日、地区隊の戦闘人員は約三百五十名（軽傷者を含む）。他に重傷者は百三十名にのぼっていた。十四日には九度目のご嘉賞のことばをいただき、十五日には陸軍大臣、参謀総長からつぎの電報が送られている。

「ペリリュー守備隊は、優勢なる敵に対し、長期にわたり果敢靭強なる戦闘を実施し、今なお同島の要点において健闘し、敵に甚大なる打撃を加え、もってわが全般作戦遂行に至大の寄与をなしあるは、誠に感激に堪えざるところなり。更に健闘を祈りてやまず」

だが、この電報激励もかいなく、十七日ごろから敵の攻撃は全面的に活発となり、守備隊各陣とも正面の敵と激闘を続けた。敵は壕に対して砲撃、火焔放射、爆破攻撃をくり返し、守備隊の兵力は軽傷者をふくめて約百五十名に減少したのである。

十九日にはペ島からパラオ本島司令部に対して、

「刀折れ矢尽きたり、軍旗を奉焼し自決したし」

という悲痛きわまりない要請の無電がとびこんだ。本部はこれを見て、「自決待つべし」と返電は打ったが、援軍を送ることも、救出することもできなかった。

二十一日には、健在者五十人余、重軽傷者七十人はあくまで壕内で戦闘を続けたが、もはや衆寡敵せずで押しまくられるばかりである。とくに西方から大山陣地に向かってつくられた敵の戦車道が大きい力を発揮し始めた。かくして、ついに十一月二十四日、生存者根本大尉以下五十六名は十七組にわかれて、断固個別戦闘に移ることに決し、パラオ本島司令部に最後の電報を打った。

「二十四日午後五時、遊撃隊十七組の編成を完了せり。主として敵幹部及び兵員を随所に奇襲し、もって守備隊長の遺志を継承し、持久に徹せよ、との集団司令官閣下の御意図に沿わん。遊撃隊員は一同士気旺盛、闘魂にもえ神出鬼没、敵の心胆を寒からしめん。必ず夜鬼となりてこれが粉砕を期す」

と、じつに悲壮な電文である。続いて歩兵第二連隊旗を奉焼し、機密書類を完全に処置した上で、〝サクラ・サクラ〟の電文を最終に打電し、本拠を捨てて洞窟に分散した。昼間は洞窟やジャングルの奥深くもぐりこみ、転々として夜となく昼となく斬り込み肉攻をおこなった。ペリリュー地区米軍の夜間照明弾は十二月末日まで打ち上げられていたくらいで、一兵にいたるまで抵抗をやめず、死んでいったのであった。しかし、大山の本拠に近い収容所内の私は、砲声に一喜一憂するばかりで、玉砕を知る由もなかった。

遺体処理

十二月に入った。日ごろ収容所の一角にまとまっていた韓国人捕虜たちが、しばらく前から収容所の外で使役を続けさせられている模様であった。朝になると、毎日のように数台のジープが彼らを迎えにきた。

外で何をさせられているのだろう？　しだいに気がかりとなってきた。だが、彼らは、何も明かしてくれようとしなかった。

私は、マッチをくれた李さんとは、その後もとくに親しくしていた。彼にさりげなく話しかけた。

「李さん、毎日ご苦労さん。たいへんな仕事を、よく不平も言わずにやっているネ。やっぱり韓国人は偉いネ」

〝たいへんな仕事〟と〝偉いネ〟が、私のねらいどおり、彼を喜ばせたらしかった。

「グンソーアッチ（さん）、ワタシタチ、米軍ノ特別ノタノミデ、ソンジャンニ行キマス」

気をよくした彼は、続けて、

「毎日クサクテ、ハナカマカル……」

と、不思議な言葉をもらして、急に口をとざした。

李さんがつい口をすべらせた言葉のうち、私が理解できないものが一つあった。〝ソンジャン〟……なんだろう？

韓国人が教えてくれないのなら仕方がない。私はクレンショー伍長から〝ソンジャン〟の意味をさぐりだそうとした。

「クレンショー伍長、アナタは覚えがいい。韓国語も覚えて、話しますネ」

「私ハ日本語ダケデス。シカシ私ニハ韓国語ノ辞典アリマス。グンソー、アナタハコンド、韓国語ノ勉強デスカ」

彼は笑いながら言った。〈英語もろくに覚えていないお前に、韓国語は無理です。おやめなさい〉——笑い声がそうとれた。辞典があるのならと、私は紙片にローマ字でＳＯＮＪＡＮと綴って、これを英訳してほしいと頼んだ。だが、調べてみたが、辞典にはない、たぶん韓国のどこかの地名だろう、との返答であった。

朝の点呼が、その日も収容所の空地で始まった。デレデレと気の抜けた1、2、3……の番号が、仕方なさそうにこの日もとび出す。そこには、かつての軍隊らしいテキパキしたものは、少しもなかった。立ち会いのライト中尉が、ニヤニヤ顔でつっ立っている。その横に、それと対照的に緊張した面持ちのクレンショー伍長が直立している。

ところが、クレンショー伍長の口から、この日ばかりは、仏頂面の捕虜たちの眠気を一気に吹き飛ばす発表がとび出したのであった。

「今日カラ、ミナサンハ、ソトデ仕事ヲシマス。タクサン憲兵ツキマス。ニゲテハイケマセン」

それまでは、仕事といえば、収容所内の雑役に限られていた。水くみ、洗濯、便所掃除など——それらを、いやいやながらやるだけだった。くる日もくる日も、金網の外は、ただ眺めるだけの風景にすぎなかった。

その金網の外には、島とはいえ、広い大地がひろがっている。戦跡は複雑な地形で、洞窟も多い。そのかげには、武器・弾薬が落ちていないともかぎらなかった。りっぱな武器を持つＭ・Ｐが監視しているけれども、見かけほどのことはないと、すでに私たちは承知していた。白日下でも、隙をみて脱走することは不可能ではない。私はすばやく頭をめぐらせて、心の中で快哉を叫んだ。

私は急いでテントにもどり、迎えのジープを、たかぶる胸をおさえて待った。

だが、私を迎えにきたのはジープではなかった。

「グンソー、ハヤク来テクダサイ」

クレンショーの事務所につれていかれ、

「アナタハ、外ニ行キマセン。テントノ留守番ガ必要デス。イツ捕虜ノ日本兵ガココニ来ルカワカリマセン。ソノ時イチバン必要デス、アナタガ……」

と、やんわり釘をさされてしまったのである。たった一つ与えられようとした柵外に出る機会を、むざむざ取り上げられてたまるものか。私は抵抗した。

「私がついて行かないと、何が起こるかわかりません。どうしても行きます」

「ダメデス、命令デス。シカモ、ライト隊長ノデス。首ノ傷、ハラノ傷、マダ痛イデショウ」

「いや行く！」

私は、精いっぱい反抗した。押し問答が続いた。

〃命令〃であるから、どうにもならない。私を困らせるなと、彼は困りはてた顔でいう。無理もなかった。私には〃前科〃がある。彼らにしてみれば、私を出すことは〃虎を野にはなつ〃ことであるにちがいない。それをはっきり口に出すのをさけて、クレンショーは〃命令〃だと言っているのであろう。

そうこうしているうちに、上原兵長を頭とする一団は、ジープに分乗して大山の方向に姿を消した……。

やがて夕暮れが近づいた。ジープがもどってきた。全員が無事だった。彼らは、どうしたことか、多少アカ抜けした顔をしていた。海岸で水浴でもしてきたみたいだった。

それにしても、誰もが口をとざしたまま、頭をたれているのが不可解であった。外で何か変わったことでもあったのか？

上原兵長までが、黙然としていた。ひとりテントで彼らの無事を祈っていた私にしてみれば、「軍曹、ただいま」くらいの声は、かけてもらいたかった。

「おい、上原、どうしたんだ。……みんな、しおれているではないか」

そう言いながら上原に近づくと、異様なニオイがした。なんとなく悲惨なニオイだった。

「軍曹……俺たちは……」

あとは声にならず、上原の眼に涙が光った。もしや全員が米兵にドレイあつかいされ、恥をかかせられたのでは……。

「上原、どうしたのだ！」

「軍曹、俺たちは……俺たちは……ペリリュー守備隊の遺体処理を……一日中やってきました……」

上原の力のない声に、私は胸をえぐられるような驚きを感じた。そして、クレンショー伍長が朝からいつになく元気のない顔をしていたことに思いあたった。それにしても、日本兵に日本兵の屍をかたづけさせるとは何事だ！

「クレンショー伍長！　米軍はなんというむごい事をするのだ。ひどすぎる。明日からは、外の仕事は……戦場処理は、お断わりだ。米軍がやればよい！」

私は、彼に食いつくように迫った。

「グンソー、チョット待ッテ……。私ノ言ウコト、キキナサイ。昨日マデ、日本人ニタノムコト、キライマシタ。ダガ、タクサンノ人、死ニマシタ。ナカナカ終ワリマセン。コノママ戦死シタ日本兵、放ッテオクコト可哀ソウデナリマセン。私ハ神ニ祈リマシタ。早ク、戦死シタ米兵モ日本兵モ、神ノ許ニ行ケマスヨウニ……。スルト、今朝、司令部命令出マシタ。米兵ハ米兵ノ戦死者ヲヤルダケデ、手ガ足リマセン。日本兵捕虜ノ手ヲ使イマシタ。仕方アリマセン。一日モ早ク、ミナサンノ力借リテ、神ノ許ニ送リマショウ。ソレガ、生キタモノノツトメデス……。ジュネーブ協定デハ、捕虜ハ働カネバナラナイト、キメラレテイマス……」

理屈ではそのとおりだ。私はふてくされた表情のまま、テントにもどった。

その夜、食事になっても、だれ一人として箸を取るものはいなかった。

「鼻がよじれるほど、屍の腐臭が全身に残っていて、食欲が少しも出ない」

口々に言うのを私は黙って聞いていた。だれかが、現場を思い出したらしく、反吐をはいていた。

そのとき、李さんの言った〝ソンジャン〟の意味が、私にやっとわかったのであった。韓国人の彼らも、やっていたのか！　――私の心中に、深い決意が生じた。

「上原！　ペリリュー、アンガウルの戦友たちの屍を、われわれの手で葬ってやったら、彼らはどんなに安心するだろうね。とくに、この島を死守した水戸二連隊や高崎十五連隊の英霊は喜ぶだろう」

「はい」

「われわれがこうして捕虜になってまで生かされているのは、考えようによっては、遺体処理という役目が残っているからかもしれないよ」

「よし、やりましょう。みなにもよく伝えます。これが生涯のご奉公となるでしょう。戦友たちへの、最高の供養にもなります」

クレンショー伍長が姿を見せた。命令を下されてやむなく手伝わせたものの、捕虜が同じ日本人の屍を見て異変を起こさねばよいがと心配だったのであろう。

「クレンショー伍長、外の仕事を、一日も早く終わらせたいね。明日から、タバコの配給も増やすんだね」

私は、安心したまえ、われわれはやれるだけやるよ、その代わり、もっと給与をよくするよう、たのみますぜ！　という意味を、彼に投げかけた。

「グンソー、ウエハラ……月ガ美シイ……。アナタガタノ家族モ、私ノジョージアモ、同ジ月ヲ見テイマス。早ク戦争終ワレバヨイネ」

クレンショーはそう言い残して、安心したように去っていった。

私と上原とは、折から皓々と輝く姿を見せた月を見上げた。やがて、月は涙でかすんだ。

「軍曹、われわれの戦死の公報は、もう発表されたろうね。家族は泣いているだろう……」

上原の語りかけは、しまいには、ひとりごとのようになっていった。

英霊は訴える

つぎの日も、朝の目ざまし代わりの点呼は、いつもの烏合の衆の集まりに変わりなかった。だが、「解散！」の声を境に、みな、急に元気よく走りだした。朝食が待っているからだ。昨夕、ソンジャンの腐臭に悩まされて夕飯を断わった彼らは、今朝は何がなんでも朝食をつめ込まなければならなかった。日中三十九度にものぼるこの島の炎暑のもと、腹ペコで働かされたら倒れるまでだ。

食事中、ソンジャンの話をするものはいなかった。しかし、腹がくちくなると、

「今日また、臭くなるぜ」

「臭くさえなけりゃ、苦にはならんが……」

と、愚痴がこぼれた。すかさず、上原兵長が言った。

「俺も、あのままアンガウルにいたら、今ごろは腐ってしまっていただろう。そう思ャァ、今日まで生きていられるのは、神仏のご加護だ。ぜいたく言ったら、バチが当たる！」

その言葉を耳にして、一同は黙った。

ノッポのクレンショーが、のっそり姿を現わした。

「ミナサン、頑張ッテクダサイ。今日カラ、タバコノ特別配給デス！」

私は、またひとり残されようとするのを知って、彼にせまった。

「クレンショー伍長、今日は私を連れて行って、現場監督をさせてください。ライト隊長に許可を願ってほしい。ちょっとでいい、見たい」

「オーケー、チョットダケナラ、オーケーデス」

こんどは、あっさりと承認された。私はジープに乗り、一人のM・Pの監視のもと、はじめて収容所の外に出た。

飛行場は数倍に拡張されていた。新設された戦車道をへて、富山（とみやま）のふもとを右に折れ、大山山麓に向かった。米軍がつくった道路は、驚くほど平坦に続いていた。ジープは快くつっ走った。だが、私の心は重かった。ソンジャンの惨たる実態に接して、私が平静でいられる

とは、とても思えなかったのである。

戦跡のむごさは、予想をこえていた。かつての雑木が黒々と繁茂したジャングルなど、見たくとも見あたらない。七十日間の激闘を物語るように、岩は肌を露わにさらけだし、ナパーム弾の油煙に黒く爛れていた。

ジープはいよいよ現場に到着した。見上げるような急斜面が、砲撃でくだかれてそそり立っていた。鉄片を多量に嚙んだ禿山が、荒々しくのしかかってくる。山頂は削り取られ、残り少ない姿をさらしていた。かつては、ここに、ペリリュー島守備隊戦闘指揮所があったのだ。

「クレンショー伍長、日本軍の最後の陣地は、どの辺にありましたか」

「コノ〝チャイナ・ウォール〟ノ山ノ上モ、中腹モ、フモトモ、ゼンブ穴ノ陣地デス。米軍近ヨレマセン。タイヘン悩マサレマシタ」

その返事につけこむように、

「米軍、このあたりで、どのくらいやられましたか」

と聞き出そうとしたが、

「オー、アイ・アム・ソーリー、ツー・メニー……」

と、肩をすくめて答えようとしなかった。

「日本軍の司令部を、のぞきたいが……」

彼はびっくりしたように、

「グンソー、米軍ハ、司令部ハジメ、大キイ穴、全部、ブルドーザー、機械シャベル、レッカー車ナド、サマザマナ機械ツカッテ、全部埋メマシタ」

と首をふった。なるほど、山麓付近の岩礁（リーフ）をブルドーザーで押しよせた跡があった。山腹の洞窟を爆破し、砕石をシャベル機で積みよせた跡も見えた。米軍は、数多くの洞窟を完全に埋めつくしていた。

　捕虜の一団は、二人一組となり、上原の指揮のもと、屍を毛布に包んではトラックに運んでいた。多勢のＭ・Ｐが、銃をかまえ、鼻をおさえながら、一団を遠まきに監視している。

　クレンショー伍長は、屍の一つ一つに向かって、いそがしく十字を切った。

「私も手伝います」

　たまらなくなって進み出た私であったが、どれから手をつけてよいやら、しばらくはただ茫然と立ちすくむしかなかった。爆撃の穴のまわり、砲弾のそばに、日本兵の首や胴体がバラバラになって積み重なっていた。その付近に、点々とどす黒い血の跡があった。それが米兵の屍を取りのぞいた跡であることは疑いなかった。

　強烈な陽差しに焼かれて、屍はなかばミイラと化していた。枯木のように水分の失せたその両手を握って引きよせようとすると、それは意外に暖かく、生きている手のように感じられた。「よいしょ」の小さな掛け声とともに、上原は足を、私は手を同時に持ち上げる。アッ！　と思わず声が出た。私のつかんだ手の皮が、ズルリとむけたのである。それなのに、屍は動かない。私は、両手のうちにコンビーフに似たものを、肉のかたまりを握ったまま、数歩よろめいただけであった。皮をはぎ取られた肉からは、黒い腐水がしたたり落ちた。屍は、両腕の白骨をあらわにみせて、投げ出されたのであった。いや、私が投げ出したのだ。私のしたことは、悲惨さに輪をかけただけであった。ミイラ化してみえた皮膚の下には、まだわずかに水分が残っていて、完全に腐敗した肉の部分が骨と分離したのであった。

私は、もぎ取った肉を、まだ握っていた。あたりに、腐水の放つ悪臭が強烈にひろがる。それは鼻を刺し、脳味噌にまで浸透するようであった。胸が圧迫され、息がつまった。このままでは、心臓が止まりそうだ。

「上原、毛布を遺体のそばに敷いて、横転させよう」

やっと正気をとりもどした私は言った。

「ハイ、そうするしかないでしょう」

二人は遺体を二回ほど横転させた。グシャリとにぶい音をたて、水分が流れ、原形は失われ、やっと毛布に納まった……。このようにして、遺体は一つずつ毛布に包まれ、トラックに満載されて、西海岸に仲間の手で掘られた墓穴に埋葬されてゆく。

韓国人たちが何一つ語ろうとしなかったわけが、ここでほんとうに心の底まで納得できたのであった。

焼けつくような炎暑は幾日も続いた。黙々として遺体をかつぐ日本兵の姿が、そこにあった。作業は、一ヵ月あまりも続いた。大山周辺からしだいに高所へと移るにつれ、作業の困難はさらに増していった。

すべての洞窟が、クレンショー伍長の言うとおり、完全に封鎖されていた。そのため、遺体を洞窟伝いに運び出すことができなかった。山腹から引きおろす作業は、困難を極めた。遺体は重く、斜面は足場を不安定にした。ちょっとでも油断すれば、遺体もろとも転落する。断崖や絶壁が続いて、緊張を解くいとまを与えない。そんな難所を、毛布に包んだ遺体を、二人だけで運搬車までかつぎおろさなければならない。

私たちは、このようにして、文字どおり懸命に運んだ。だが、斜面は、さらに私たちに苦渋を加えた。傾斜のため、遺体は先棒にずりよってくる。遺体からにじみ出る水が、先棒の背中を冷たくぬらす。腐水は、背中から臀部へ、さらに両足へと伝わって、靴の中にまで侵入した。腐臭は脳天を刺戟して、眼をかすませた。中腹からふもとまではわずか三十メートルであるとはいえ、直線でたどれるコースではなかった。途中で交替すると、こんどは後棒の者が背中をぬらした。斜面をころがせば能率的であろうが、そんなことができるものではなかった。かつがれた遺体は、たんなる腐肉の塊ではなかった。

炎暑のもと、苦しい遺体作業を連日続けながら、もう誰ひとり不平をいう者はなかった。大山周辺から、水府山の北、水戸山の方向へと、作業は黙々として続けられた。封鎖された洞窟をのぞいて、平坦地と山腹に放置されていた数千体が、こうして鄭重に埋葬されたのであった。

私たちが運んだのは、たしかに腐水したたる肉の塊であった。それも、米兵の監視のもとに、労役として始めさせられたのであった。しかし、私たちとそれとは、どこかで、どの瞬間かで、一体となっていた。私たちは、それの訴えを、叫びを聴きつつ、祈りをこめて運ぶようになっていた。

広大な太平洋上に玉砕の地は多い。だが、捕虜によって整理された例を、私は聞かない。

それでもなお、いまも遺体は多数のとざされた洞窟のなかに、取り残されたままである。

それらはいま、誰に向かって、何を訴えているであろうか。

アンガウルの玉砕

――ペリリュー島といい、アンガウル島といい、いずれの戦闘が悲惨であったかは比較しがたい。しかし、このペリリュー島に比べると、アンガウル島はわずかに十分の一の守備隊員であり、しかも戦闘一日にして水を失い、食糧もなく、飲まず食わずで戦わなければならなかった。ペ島のようにパラオ本島と連絡する方法もなく、まったく孤立してはげまし合いながら戦ったのである。当時の戦史記録にもペリリュー島についてはパラオ司令部経由の戦闘経過が縷々と記されてあるが、アンガウル島については、九月二十二日以降は、

「通信連絡回復せず、情勢を確認するに至らないが、敵の砲爆撃、あるいは照明弾の打ち上げ状況から見て、守備隊は寡兵よく随所に敢闘を続けているものと判断する」

と同じような数行の文字が並んでいるだけである。アンガウル島の洞窟陣地にうごめく数百の負傷者たちは、動けるかぎり戦い、援軍の来るのを唯一の希望として、空に変わった爆

音が聞こえれば、

「あれはパラオ本島から来た飛行機ではないか」

と喜色をうかべ、洋上に火花が散ると、

「連合艦隊がついに来てくれたか」

と目の色を変えた。

十月十八日にいたって、後藤守備隊長は最後の総反撃を実施することを決め、同夜午前零時までに守備隊本部の鍾乳洞に残存兵全員が集結することを命じた。

「動ける者はすべて一同に会せよ。最後の攻撃を行なう」

という命令は鍾乳洞から鍾乳洞に伝わり、両腕を焼いた重傷者も、両眼の見えなくなった兵たちも、戦友とともに死のうとして、這って集まってきた。重傷者たちの集結はともすると遅れ、定刻より二時間たっても虫のように這ってくる残存兵が絶えなかった。午前二時、

「全員整列せよ」

との命令がくだったが、大隊の陣容は見るも無残だった。集まった者は約百三十名。無事に直立不動の姿勢をとれる兵はほとんどない。グレイの軍衣は破片や岩礁のためにいたるところが裂け、垢と黒煙に汚れて、ぼろぼろになって肌にくっついている。しかも、武器を持たない丸腰が多く、弾薬は数えるほどしかない。眼窩はくぼみ、髭は伸び、身体はやせ細って、栄養失調のために蒼白い。唇は乾ききって白くはれあがり、唾液の出ない口中では舌も顎にこびりついたように動かない。すでに隊長の後藤少佐も負傷の体だったが、

「米鬼必殺。故国の防波堤たらん」

と述べ、はるか東方を拝したのち、路上斥候を先頭に、石原中隊、佐藤中隊、大隊本部、日野隊と、残存隊員が縦列隊形をとって、青池南方の隘路方面に粛々として進んだ。すでに武器のたぐいは皆無に近く、たよるは銃剣と日本刀あるのみである。

先頭の路上斥候隊が、青池東方の丘のあたりを進んでいるとき、不意に敵機関銃の一斉射撃を受けて、たちまち全滅してしまった。そこで佐藤中隊が大隊命令によってただちに縦列の左前方に進出したが、わが軍の総斬り込みに気づいた敵の砲撃は激しさをきわめ、足どめをくったまま夜明けを迎え、結局、十八日の総反撃は不成功に終わった。

もはやこうなっては、最後の手段である。

後藤守備隊長は、重軽傷者をふくむ約百名を前にして、一組三名以下の挺身肉攻斬り込み隊を数十組つくり、

「本日の夕刻をまって、個別に敵の包囲を突破し、成功した組はふたたび島の中央・南星寮東側に集結する。そこから遊撃戦闘によって敵の飛行場建設を妨害する。……君たちはよく闘った。各自の武運長久を心から祈る」

と訓令した。一同はひろく分散して敵陣へと進んだ。だが、戦場心理といおうか、わずか二、三名の各組は進むにつれて自然に密集してしまい、敵はその黒い影を見逃さなかった。裸同然のすがたで突撃する守備隊員たちに対して、敵は機関銃・手榴弾などの集中射撃を浴びせたため、死傷者は続出し、岩礁のふかい亀裂の谷に落ちこむ者があいついだ。

十月十九日夜、後藤丑雄大隊長戦死。ここに組織戦闘は終わりを告げた。そのころ私は、野戦病院で私なりの精いっぱいの抵抗をしていたのだった。

あとは暗い鍾乳洞の中で、敵陣に突入もできなかった重傷者たちが一人、二人と、だれにも知られずに数日を生き伸び、やがて死んでいった。

一方、はるか離れた内地では、それより十日後、

「アンガウル地区隊ニ対シ畏クモ御嘉賞ノ御言葉ヲ拝ス。忠魂正(まさ)ニ瞑スヘシ。只、如何(いかん)セン、未ダ敢闘スル勇士ニ対シ之ヲ報告スルノ手段ナク断腸極リナシ」

と「歩兵第五十九連隊史」に記入され、さらに総司令官より感状が下された。

感状

歩兵第二連隊、同配属部隊

歩兵第五十九連隊第一大隊

右ハ昭和十九年九月、敵上陸開始以来、孤軍血闘一ケ月間、克(よ)ク「ペリリュー島」「アンガウル島」ノ要域ヲ確保シテ其ノ侵攻ヲ制シ敵ニ著大ナル損害ヲ与ヘ、以テ作戦ニ偉大ナル貢献ヲナセリ、曩(さき)ニ守備隊其ノ任地ニ到ルヤ全局ノ戦勢ニ鑑(かんが)ミ深ク重責ヲ銘肝シテ不眠不休、一意作戦ノ準備ス　該方面ニ敵上陸ニ当ツテハ果敢ナル反撃ヲ反復シテ数次ニ亘リ、其ノ攻撃ヲ撃退シ遂ニ守兵ノ大半ヲ失フニ至リシモ尚(なお)克ク要地ヲ確保シテ、挺身斬込ヲ敢行。終始一貫勇戦敢闘克ク皇軍ノ神髄ヲ発揮シテ全員悠久ノ大義ニ生ク、

是守備隊中川州男大佐、後藤丑雄少佐以下、守備隊将士ノ至誠尽忠、旺盛ナル責任観念ト熾烈ナル敢闘精神トノ致ス所、ソノ事ノ壮烈ニシテ其ノ功偉大ナルヲ以テ千古全軍ノ亀鑑ト為スヘシ、仍ツテ茲ニ感状ヲ授与シ之ヲ全軍ニ布告ス

昭和十九年十一月二十九日

痛恨極まりないことだが、この時すでに約千二百の守備隊全員は、もはや屍体となって蛆虫にむしばまれ、破片を頭蓋骨に受けて斃れた者、銃剣を自分の胸に刺した者、水を求めて手をさしのべた者……いずれもなかば白骨化して腐臭をただよわせているだけであった。

わが軍の死者約千二百五十名。これに対して米軍の戦傷者は千六百十九名、戦闘不能に陥った者をふくめると二千五百五十九名（米軍発表）にのぼった。米軍をして「高価な戦い」と言わしめた戦闘は、こうして終わったのである。

骨は風化したが……

その後、私はペリリュー島捕虜収容所を去り、グアム、ハワイ、サンフランシスコ、テキサスと、終戦まで収容所を転々と移動した。帰国して「舩坂弘之墓」と書かれた私の墓標を抜くまでは、戦死者であり、私の存在はこの世から抹消されていた。

ペリリュー島の収容所を離れ、舟艇に乗せられて港を出たときのことを私は忘れない。は

るか去りゆく海上にポツンと見える玉砕の島アンガウル。そこに多くの戦死した戦友をおもい、敵上陸から単身斬り込みにいたるまでの経過をまざまざと思い浮かべた。飢渇に悶えながら壮烈な死をとげた戦友たちに、

「かならずもう一度帰ってくる」

と約束したのもこの時である。同時に、国を守るために死を賭して戦った彼らの心情と、その最期を故国の人に伝えさせるべく、彼らはその報告者として私を生かしてくれたのだと感じた。自決した者、殺してくれと哀願した者、みずから戦車の下にとびこんだ者……彼らは決して一片の「司令官の感謝状」のために死んでいったのではない。みな故郷を想い、両親・家族の安全を願って、あえて死んでいったのである。

くり返して言おう。

戦後、過去の戦争を批難し、軍部の横暴を痛憤し、軍隊生活の非人道性を暴き、戦死した者は犬死にであるかのようにいう論や物語がしきりにだされた。私はこの風潮をみながら、心中こみあげてくる怒りをじっと堪えてきた。

やっといま、この記録をだすことができるにあたって、私は心の底から訴えたい。戦死した英霊は決して犬死にをしたのではない。純情一途な農村出身者の多いわがアンガウル守備隊のごときは、真に故国に殉ずるその気持に嘘はなかった。彼らは、青春の花を開かせることもなく穢れのない心と身体を祖国に捧げ、

「われわれのこの死を平和の礎として、日本よ家族よ、幸せであってくれ」

と願いながら逝ったのである。いたずらに軍隊を批判し、戦争を批難する者は、「平和の価値」を知らない人である。

冒頭にも書いたが、昭和四十年、慰霊団の一人としてアンガウル島に上陸した私は、呆然として涙の流れるのをとどめようがなかった。洞窟に入ってゆくと、足もとには当時の兵器が散乱していて、進むことができないほどであった。銃、銃剣、鉄帽、防毒面、飯盒などが重なり、その下には半ば土に埋もれてはいるが戦友の骨が戦死したときのままの形で残り、累々と重なっていた。細長く湾曲した肋骨、長く太い大腿骨、短い腕の骨……狭い壕の中に数百人の骨が二十年前とまったく同じ姿勢で横たわっていたのである。ひどい。あまりにもひどすぎる。昭和二十八年に収骨に来たという、政府が派遣した玉砕島収骨団の「日本丸」は、いったい何をして帰ったのか。

これら白骨の戦友たちは、最後まで頑強な抵抗をつづけ、米軍の火炎放射器で焼き尽くされ、あるいは爆薬を叩きこまれて斃れたのであろう。壕の側面に懐中電灯の光を当てると、火炎放射器のために黒く煤けた跡や、苦しみもがいて負傷者がつけた幾条とも知れない引っかき傷が生々しく浮かび上がる。私は、壕の骨の間からいまにも断末魔の悲鳴が聞こえ、絶叫が響いてくるような錯覚にとらわれた。

天井からは石灰岩をとかした地下水が点々と遺骨を濡らし、洞内は鬼気せまるばかりである。これが、故国のために悶え死んでいった戦友たちの報酬なのか。私は「平和日本」の人情を憎み、泣いて詫びながら戦友の骨をひろいつづけた。現地島民の話では、数年前まで、ジャングルの樹の上にぶらさがった白骨があちこちにあったという。それも二十一年という星霜をへて、骨はばらばらになり風化して地面に散ってしまっていた。それらは、砲弾に吹きとばされた戦友であり、樹上で敵を撃とうとしてそのまま斃れた戦友たちであった。

肋骨の上にきちんと手帖を置いた人骨もある。手帖はほとんど腐っていたが、ひろげてみると写真らしき紙片が出てきた。彼は妻子のある兵隊だったのか、それとも恋人のある補充兵だったのだろうか。おそらく水もなく食べるものもなく、動けない身体で毎日その写真をみつめて死んでいったのであろう。三つの頭蓋骨が整然と東方をにらんで並んでいるのもある。これらの骨は、戦後の日本をどんな気持で眺めてきたのだろうか。

私は精魂果てるまでつぎつぎと収骨し続けたけれども、島には数百にものぼる自然の洞窟があり、人手と日数には限りがある。しかも、歳月をへて裸の島はふたたびジャングルに変貌しており、西北高地奥地の洞窟にはなかなか近づけない。骨は奥に入るにつれて多く、悲惨なアンガウル島の戦闘経過をそのまま語っていた。むろん、となりのペリリュー島の惨状も、これに劣るものではない。

いまも、その奥地に散在する無数の洞窟には、

「水、水、水……」

と呻いて死んだ者、「お母さん」と叫んで故国日本の平和と安泰を祈りながら、敵の砲弾に斃された者たちの骨が、当時のままに残っている。

果たしてその遺骨の英霊たちは、いま祖国日本に何を絶叫しているであろうか。

友情は海をこえて

海を渡った日本刀

クレンショー夫妻が帰国したあと、急に家族を失ったような淋しさが訪れた。

私だけではなかった。

妻は、彼らの使った食器を、いつまでも食卓のすみに並べておいた。家族は、テーブルをかこむたびに、黙ってその食器を眺め、思い出にふけっていた。

もちろん、私たちは、翌日にテキサスからの電話をもらっていた。恙なく故郷に着いたこと、日本での日々が楽しかったこと、日本刀を大切にすることを伝えてきたのだった。

さらに一週間後には、一通の大きな封筒がとどいた。それには、クレンショーの手紙と、日本で撮った写真が入っていた。

またしばらくして、つぎのような便りがあった。

「スバラシイ日本刀を、大切にしています。たぶん、ダラスはおろかテキサス州でも、これ以上の名刀を持っている米国人は、私以外にはいないでしょう。この刀の作者や、歴史、値段などについて、知りたいと思います……」

私は、「日本刀価格便覧」を航空便に託した。「行広」の頁を抜き書きして、彼が苦労せずに理解できるように、むずかしい漢字にはふりがなをつけた紙片を添えた。

やがて、彼から手紙がきた。彼の会社のメモ用紙を使って、急いで書いたものらしかった。刀があまりにも高価であることに驚いた。それとも知らずにもらってしまったのだが、価格のことを知ったいまは、申しわけないので返送したい――という、いかにも彼らしい文面であった。

いつもの彼に似ず、文面からは、彼の感情の乱れがうかがわれた。いつもなら、「船坂さま」と書き出せば、終わりまでそれで通す彼であった。それが、この便りに限って、船坂、貴男、御貴殿、軍曹と、四種の呼びかけが使われていた。よほど激しくゆれる感情で書かれたものに違いなかった。彼の手紙をくり返し読んでゆくうちに、はるか海の彼方でひとり思い悩む善人の心が、私には手にとるように伝わってきたのである。

翌日、私は国際電報局に急いでいた。

「オタヨリアリガトウ　カタナ　マダタクサンアリマス　モット　ヨイモノヲ　オクリタイガオクッテモ　ヨロシイカ」

私は、至急報で発信を依頼して、局を出た。

夜半、彼からの国際電話があった。

「日本刀、コノマエイタダイタノヲ、大切ニシマス。モウ、送ラナクテ、結構デス」

太平洋に結ぶ友情

それから二年後のある日のこと、クレンショーから一枚の地図が送られてきた。それは、拙著「サクラ・サクラ（ペリリュー島洞窟戦）」を送った直後のことであった。その本から写した地図に、二人の日本人捕虜が殺された洞窟の所在地と洞窟内の模様とが克明に書き込まれていた。そして添書きで、二人の捕虜について、その死を残念に思うと悔やんでいた。彼は、まだあの事件のことで悩み続けているのであった。

クレンショーからは、私に対して、渡米のさそいがたびたび届いていた。だが、私は雑事に追われて、夢を果たせないでいた。

ところが、昭和四十五年の秋、息子の良雄に渡米の機会が訪れたのである。息子は、クレンショーからの心こもる土産とともに、一つの伝言をたずさえて帰ってきた。

「グンソー、あなたは、再び死ぬことを考えるな。生きて国のために尽くしてください」

息子は、滞米中、〝三島由紀夫割腹事件〟を知った。

息子と三島先生とは、息子は先生から剣道の指導をうけ、息子は居合を教えるという間柄であった。〝自決して介錯（かいしゃく）をうけた〟とのニュースを聞いて、息子は仰天した。自分が教えた大森流居合の五本目にある〝順刀介錯〟のことに思いいたったのである。一方、私はといえば、私が先生に贈った名刀〝関の孫六〟が介錯に使われたことから、警察に呼び出され取り調べを受けていた。このことも母親との電話で息子は知り、母親のすすめにしたがってクレンショーと相談した結果、急遽帰国したのであった。

クレンショーは、かつて硝煙の中で、

「死ンデハイケマセン、生キテ日本ヲ再建スルノデス」

と私を励ましてくれた。こんどは息子を通して、

「ふたたび死ぬことを考えるな。生きて国のために尽くしてください」

と、くり返し念を押してきたのである。

三島事件に関して、私が死に急ぐことを心配しての伝言であった。

私は、太平洋の彼方からとどいたこの友情の声に、涙を押さえることができなかった。それほどまでに私の身を案じてくれる彼の心が、にくいほどに嬉しかった。

そのつぎの年の春、クレンショー夫妻に再会した五年前の春を思わせるある日、ダラスから便りがあった。

文面の一つは、アメリカの子供たちに日本語を教えることになり、子供向けの教科書が必要なので送ってほしいとの依頼であった。彼はしばしば、これからの世界をリードするのはアメリカと日本である、日本にはアメリカにない精神的なものがある、それを手本にしなければならないと言っていた。それを、アメリカの少年少女に教えようというのであろう。

もう一つは、貿易を始めたという報せであった。彼は以前から、「あなたのためにもなることを何かしたい。そのときは、あなたの経営する大盛堂の名前を使いたい」と言い、私は、「いつでも、どうぞ」と承諾していた。

「アメリカ国内で、アナタの店の名をひろめてあげよう」と言ってくれる、その彼の気持だけでも、私にはじゅうぶん嬉しかった。それが、挨拶状には、約束どおり、〝ダイセイドー・インターナショナル〟と冠せられていたのである。

私も、彼のために何かしてあげたいと思いながら、これという名案も浮ばないまま、時を過ごしていた。彼にいま先手を打たれたことは、むろん嬉しいことではあったが、なにやら申しわけない気持でもあった。

私は、英文の開業案内に目を通していった。

「大盛堂貿易商会とは、戦時中敵同士であったのが友だちとなった、二人の兵隊の奇しき友情がもととなって発足したものであります。二人はそれぞれ自国にもどって、一応の実業家となりました……」

挨拶文の冒頭から、私は強く胸をうたれていた。

――日ごろから、忙事にかまけて、日にちなどに無頓着な私ではあった。とはいえ、こんどばかりは、あまりにも迂闊であった。その日が四月十七日であることに気づいたのは、夜もかなり更けてからだったのである。そうだ、この日は、私とクレンショーとが日本で再会した、忘れてはならない日であった。玉砕戦のなか、殺意をいだき憎しみあった敵同士が、死線を越え、三十余年をへて、改めて友情と平和の尊さをたしかめ合った、四月十七日――いままた、奇しくも同じ日に、太平洋を越えた絆が結ばれ、二人は新たな出発をする……。

感動にゆすぶられながら、私は考える――平和と友情、それは、日本両軍のすべての英霊が、戦士としてでなく人間として、私たち同様に心中深く希求したものであったにちがいない。私たちに訪れた幸せは、彼らの遺志の贈り物である。彼らの肉体は、滅尽争ともいうべき熾烈な戦いで滅ぼされた。だが、その戦いですら、人間らしい心の蒔いた種を滅ぼし尽くすことはできなかったのだ……。

私の思いはさらに飛翔する――とはいえ、つぎの戦いで、この種が、いや、生きとし生けるもの尽く(ことごと)が滅びてしまうことがないと、誰が保証しえよう。私たちは、志なかばにして斃れた多くの戦士たちが貴い生命を懸けて遺した心を後世に永く正しく伝えねばならない……。

四月十七日――この日付は、こうしてその日から、忘れようとて忘れられないものとなったのである。

あとがき

弾つき銃が折れ加えて水も食も無い悲惨な地獄の戦場から、よくも生きて帰れたものだ、と思う。いかに気力で保ったとはいえ、やはり奇蹟的な体験であって、いまから考えれば神の加護、亡き戦友の霊が私を生かしてくれたことを信じないわけにはゆかないほどである。私の体質が生まれつき傷に強く、化膿に耐え、治癒力が早いということにも助けられたのだとしても……。

昭和十九年は私にとっては三百六十二日しかなかった。三日間というもの、私は死んでいたのである。この私のような体験を、日本人は二度とくり返してはならないと思う。

戦後、私はあの悪夢のような悲劇、あの凄惨をきわめた戦闘の真実を、せめて私の人生記録として息子や家族の者だけにでも遺しておきたいと考えているうちに、二十年余を過ごしてしまった。忙しい毎日の仕事にまぎれて、書き始めるきっかけがなかなかつかめなかった。その私の怠慢を恥じさせ、筆を執るようにさせたのは、本文中にも記したように、昭和四十年に収骨慰霊のためにふたたびアンガウル島の土を踏んだときの感動と痛憤である。

思えば、終戦後から二十年余、私は毎日のように、「ふたたびあの悪夢の島を訪ねたい。そして祖国日本の、冷たい美味しい水を携えて、亡き戦友たちに会いたい」と思いつづけ、夜は夢にみるほどであった。その念願がかない、千載一遇のチャンスを得て、魔の島、玉砕島へ上陸した私は、まず洞窟や陣地に散らばる戦友の骨を目にして、言いようのない感慨にうたれた。骨の山を見ながら、こみあげてくる怒りの感情をどうすることもできなかったのである。いまや故国日本では、あたかも「平和」を天恵の授かりもののように思い、贅沢に楽しみ、気ままに貪り尽くしている。だれもがこの戦友たちの骨の叫びを知らず、戦争を遠くに忘れ去っている。……私は日本の若い人たちに、平和をかちとった陰にはかくも尊い犠牲があったことを訴え、平和のありがたさを実感として伝えたかった。同時に、遺族の方々には戦友たちの立派な最期をお知らせしたい欲求に駆られたのである。

現地でささやかな慰霊祭をすませ、私はとりあえず、米軍上陸当時、英霊の血で真っ赤に染まったアンガウル島海岸のサンゴの小石を数千個ひろい集め、遺骨がわりの遺石として持ち帰って、御遺族にお預けした。帰国直後に、玉砕部隊由縁の地である宇都宮市で玉砕慰霊祭を開き、私の撮影した現地の写真数百葉と遺品を展示し、続いて翌年には宇都宮市の護国神社で慰霊祭を行なったところ、遺族の方々は涙を流して喜ばれた。ところが、このときも御遺族たちがまず口にされたことは、「夫は、息子はどんなところでどんな戦争をし、どんな死に方をしたのでしょうか」という素朴な、切実きわまる質問であった。どの御遺族も、たった一枚の戦死公報を受け取っただけで、当時の詳細がわからないために、いまもって肉親の死が信じられないといわれる。アンガウル島、ペリリュー島の玉砕は、硫黄島にまさる凄絶な戦いであったにもかかわらず、本文に書いたように通信連絡がまったくできなかったため、当時から一般には島名を知る人も少なく、御遺族さえこのありさまにおかれている。

　私はこのとき、御遺族たちのお言葉を耳にするに忍びなかった。亡き戦友たちからも、怠慢を責められているように強く感じた。当時の記録を残すことは、生還した数少ない生存者の一人としての私の義務であると思ったのは、この時である。以来、私は全国の生存者や御遺族に連絡をとるとともに、各方面からのご協力もいただいて資料を集め始めた。それから一年余のうちに、私がしたためた資料原稿は三千枚を越えた。今回お読みいただく拙文は、その一部に過ぎない。書き始めると、しぜん自分自身の戦闘体験に触れていって、アンガウル島での記憶を呼びもどさないわけにはいかなかった。自分のことを書いていると、しばしば面映ゆい面が出てきたけれども、アンガウル戦闘史の序曲を記すつもりで、あえてありのままを書かせていただいた。

　私はこの出版で自分の利益をはかるつもりは毛頭ない。わずかでも収益をうることができれば、私はあの血の島に眠る、平和を願って血を注ぎ、肉を割き、骨を削って、しかる後に玉砕した幾多の英霊のために、アンガウル島、他の玉砕島にも慰霊碑を建立（こんりゅう）したいと切望している。これは玉砕島の収骨慰霊とともに私の生涯をかけた事業である。南溟の孤島で祖国の安泰を祈りつつ、同胞の幸福を願いつつ、まだ白骨のまま横たわっている戦友同胞のために、私のこの願いに一人でも多くの方々のご共感をいただきたい。

戦後の歳月は決して短いものではなく、当時の記憶や記録をたどって真実を書くことは容易ではなかった。

防衛庁防衛研修所戦史室林之一一佐には懇切なご指導をいただいた。なかんずく、剣道を通じて知遇を賜わっていた三島由紀夫先生には、終始お励ましとご指導をいただいた上、序文まで頂戴した。活字には素人の私が何とか執筆できたのも、まったく先生のお蔭である。唯一の詳細な戦闘記録である米軍公刊戦史にも、また感謝しなければならない。また数少ない生存者、御遺族のご協力に対しては、お礼の申しようもない。ここにいちいちお名前をあげる紙数のないのが残念である。

こういう幾多のご協力を賜われたのも、亡き戦友たちの英霊が私を援けてくれたからだと思えてならない。

私は改めて、いまなお南方に横たわる玉砕兵士たちが祖国に平和をと絶叫する声を代弁しながら、彼ら英霊の冥福を心から祈るしだいである。

昭和四十一年十一月

文庫版のあとがき

昭和六十三年十月十四日、秋の盛りにしてはとても暑い日だった。この日、私は二日連続のゴルフを楽しんでいて、昼食を終えてまもなく、突然、大きな胸の痛みに襲われた。私は六十七歳であった。

まるで、巨人の手で心臓をひとつかみにされたようで、息がつづかず、とにかく苦しくてしかたがない。私の異常を察した長男が驚いて駆けつけてくれたが、しばらく横になっていれば、といってソファーに横たわった私は、そのまま意識を失ってしまった。

時間の感覚もない暗闇の中から、やがて、私がうすぼんやりとゆっくりと気がついたのは二度目に運ばれた国立病院のベッドの上だった。狭心症という病名とともに、もはや手の施しようがないと診断した自宅そばの病院から移ってきたのだが、私にはその記憶はない。しかもここでも、息がときどきつけるようなありさまで、私の身体のすべての数値は死を目前にしていることを明らかに示していた。

しかし、私はこのとき苦しい息のもとで、しだいにはっきりとしてきた頭で考えていた。それは、死ぬか生きるかという瀬戸際にいる哀れなわが身の将来のことではなく、また家族のことでもなかった。いま襲いかかっている強烈な痛みの記憶についてであった。私にとっては、かた時も忘れることのなかった「左腹部盲管銃創」――つまり、アンガウル島で受傷したときとまったく同じ感覚にとりつかれて苦しんでいるということだ。

不思議なことがあるものだ。いま恐ろしい病気にみまわれた心臓から、ちょうど十五センチほど下のところを、私は四十四年ほど前に、米軍の機関銃弾によってひっかき回されていた。そのときの痛みの感覚があざやかに私の身体によみがえっていた。

ふと、私は戦場にいるような、アンガウル島のかつての同じ場所に横たわっているような錯覚にとらわれた。あのときは、血をしたたらせながら叢のなかで一夜を明かしたが、翌朝には傷口に早くも蛆がわいていた。その蛆を時間をかけて取りのぞいたとき、痛みがすこしやわらいだことを思い出した。やがて私は小康をとりもどし、最新の治療と適切な処置で奇蹟的といってもいいほどの快方に向かった。

早いもので、それから七年が過ぎてしまった。その間、私はさらに動脈硬化にともなう動脈瘤というやっかいな病気も抱えてしまい、順調な道をあゆんできたのではなかった。私が経営する会社は長男が継いで業績を伸ばしているが、これまで顔をだしていた業界の集まりには出席しなくなったので、私自身は忘れ去られてしまったかも知れない。

しかし、私には気力の充実とリハビリテーションという大切な務めがあった。私は、自宅から最寄りの駅までの道のりを、一歩一歩足もとを確かめるように歩いて、懸命に回復をはかった。私には、軍隊時代は何ごとも一番でとおし、血がでるほどの修行をのり越えてきた気概がまだ残っていた。多くの若者たちが闊歩するこの町では、私は奇妙な老人に見えるだろうが、そんなことはかまわない。

思い起こせば、病院のベッドで死の淵にいたとき、先生や家族の声が遠く聞こえる中で、私は何度も幻影を見た。私の横たわっているそばで人の気配がするが、それは病院の関係者が着る白い服をつけた人々ではなく、黒ずんだ汚れた軍服をまとった戦友たちであった。私は彼らに顔を向けることなどできなかったが、確かにそのように感じた。

私はそのとき以来、心に決めたのである。私の病状を心配して見にきてくれた戦友たちは、私を簡単に死なせるはずがない。まだ島には遺骨が残っているのだ。私は収骨をしなければならない。私は、死ぬことはできない……と。

平成八年七月

舩坂　弘

単行本　昭和四十一年十二月　文藝春秋刊

解説――帝国陸軍の本領を発揮した野州兵団　ペリリュー、アンガウルの戦闘

藤井非三四

◆米軍が舌を巻いた一戦

アングロ・サクソン系の国々でよく見られることだが、勇敢な敵をすぐにもヒーローに仕立て上げて称賛する。これが騎士道精神なのか、それとも外交辞令なのかと思うが、ただそれだけではないようだ。それほどの相手を打ちのめしたのは我々だ、だからナンバーワンは我々だという遠回しの自己宣伝が透けて見える。

ところがこのパラオ攻略のペリリュー、アンガウルにおける日本軍の戦いぶりには、米軍は心底から驚嘆した。フィリピン攻略の前進拠点としてパラオ諸島を確保するかどうか、米海軍内でも論争があった。ラバウルのような防備を固めた拠点は、バイパスするのが賢明だという意見も有力だった。しかし米太平洋艦隊司令長官のチェスター・ニミッツは、進攻部隊がすでに乗船しているからということで、ペリリュー、アンガウルを攻略することと決した。

そのニミッツだが、攻略に二ヵ月以上もかかり、兵員の損耗率四割を超え、死傷者一万人という結果を見て自分の決断に疑問を呈した。公平な立場にある史家のサミュエル・モリソンは、この一戦を「米海軍が犯した数少ないミステークのひとつ」と総括している（『太平洋海戦史』）。こう語らざるを得ないほどこの一戦は米軍にとって衝撃的だった。

この戦いの実相を活写した本文を読んでいただくことになるが、ここでは主役を演じた第一四師団の姿を追うことにする。

◆完璧な姿の郷土部隊

日露戦争中の明治三十八年四月から七月にかけて各地の補充隊を集成し、部隊番号が第一三から第一六までの野戦師団四個が臨時編成された。日露戦争後、この野戦師団は衛戍地を定めた常設師団として維持されることとなった。師団司令部の所在地は番号順に新潟県高田、宇都宮、愛知県豊橋、京都となる。

第一四師団は第一師団の子部隊という位置付けで、千葉県佐倉から水戸に移駐した歩兵第二連隊、高崎の歩兵第一五連隊の差し出しを受けた。旅順要塞攻略戦の大詰め、二〇三高地攻撃の際、第一師団と第七師団の前方指揮所が置かれた高地は高崎山だった。ここは第一五連隊が力攻して確保したところで、その衛戍地にちなんで高崎山と呼ばれることとなった。第一四師団は武勇の伝統を継承したことになる。

明治四十年九月、編成が完結した第一四師団で主力となる歩兵連隊は次のようになっていた。茨城県は水戸連隊区で第二連隊、群馬県は高崎連隊区で第一五連隊、栃木県は宇都宮連隊区で第五九連隊、埼玉県主部は熊谷連隊区で第六六連隊となっており、第六六連隊は宇都宮に衛戍していた。一県・一連隊区・一歩兵連隊という郷土部隊の理想形にほぼ収まっていた。

大正十四年五月の軍備整理（宇垣軍縮）や、昭和十五年初頭の歩兵連隊四個から三個の三単位制への移行で第一四師団の編合内容も変化した。最終的には、茨城県は第二連隊、群馬県は第一五連隊、栃木県は第五九連隊となり、より鮮明な郷土部隊となった。

旧陸軍は出身地を同じくする壮丁の団結が部隊の建制を確立させ、戦力発揮に繋がるとして郷土部隊を理想としていた。しかし、人口の多寡や行政組織の区割りなどがからんで、一県で歩兵連隊一個という理想はなかなか形にならなかった。ところが北関東はそれが可能だった。しかも、この一帯には足利氏発祥の地があり、那須与一は下野の人だ。江戸時代には水戸の御三家を筆頭に徳川家門、譜代の名門大名が居並ぶ尚武の土地柄だった。そこで古い地名から第一四師団は「野州兵団」とも呼ばれていた。

◆南方に向かった強剛師団第一号

昭和七年三月の満州国建国までに第一四師団は都合三回、通算六年も満州に駐箚しており、これは第一六師団と同じ頻度だった。京阪神には第三師団、関東には近衛師団と第一師団が衛戍しているから、両師団は便利に使われたきらいがある。第一六師団は訓練環境が悪いためという事情があったが、第一四師団の場合には海外に派遣しても不祥事を起こさないという信頼感があったのだろう。

三単位制への改編をおえた第一四師団は、昭和十五年九月に今度は永久常置という形で満州に渡り、関東軍の編組に入ることとなった。北部満州のチチハルに司令部を置いた第一四師団は、当初は第六軍の隷下に入り、それ以降は関東軍や第二方面軍の直轄となったがチチハルから動かず、大興安嶺一帯の西北正面における切り札的存在だった。東正面の東寧にあった第一二師団（久留米）と並んで関東軍の双璧と見なされ、その頃から第一四師団は「強剛師団第一号」と呼ばれていた。

本格化した連合軍の反攻に対応するため、御前会議で「絶対国防圏」が設定されたのは昭和一八年九月だった。これによって内地、支那派遣軍そして関東軍から部隊が抽出されて南方に転用されることとなった。関東軍は戦場道義を守り、まず最強の手駒である第一四師団を最初に差し出す戦略単位に加えた。

海上機動が主になる南方作戦のため、第一四師団は派遣に先立ち海洋編制師団に改編されることとなった。師団に編合されていた野砲兵第二〇連隊、工兵第一四連隊などの特科の連隊を解隊し、これを歩兵連隊に組み入れた。今日で言うところの連隊戦闘団を編組したことになる。こうして連隊は歩兵大隊三個、砲兵中隊三個からなる砲兵大隊一個、工兵、通信、補給、衛生の各中隊という陣容になった。

昭和十九年三月、第一四師団はチチハルを出発して大連で乗船したが、予定では豪北正面に向かうこととなっていた。ところが輸送船団が横浜に寄港すると、目的地はパラオ諸島に変更されたことが知らされた。米潜水艦が跳梁する中、第一四師団が分乗した輸送船三隻は奇跡的に無事、三月二十四日にパラオ諸島のコロール島に安着した。

海洋編制師団の運用だが、要地確保の「甲」連隊二個、逆上陸して反撃する「乙」連隊一個に区分する。「甲」の第二連隊は主飛行場のあるペリリュー島に、第五九連隊は補助飛行場のあるアンガウル島に張り付ける。「乙」の第一五連隊はパラオ本島に控置する。困難な逆上陸をして反撃する第一五連隊が大隊三個ではいかにも心もとないということで、アンガウル島に張り付ける部隊は一個大隊とし、浮いた二個大隊をもって第一五連隊を増強することとなった。

また、明らかに米軍が主攻を向けるであろうペリリュー島に張り付けとなっている第二連隊を第一五連隊の一個大隊で増強し、かつ現地で編成した独立歩兵大隊一個もペリリュー島に配置した。こうしてペリリュー島に歩兵大隊五個、アンガウル島に一個、パラオ本島に四個という態勢で米軍の来攻を迎えることとなる。

◆善戦健闘の秘密

ペリリュー、アンガウルで交戦した日米両軍の戦力比だが、兵員数で一対四・二、火力は艦砲射撃や航空火力を計算に入れれば、算定不能なまでの格差があった。米軍が四日でけりが付くと楽観視したのも無理からぬことだった。ところがペリリュー島の守備隊は、七〇日間も組織的戦闘を続けた。どうしてそんなことが起きたのか。

まずは、第一四師団長の井上貞衛中将の作戦構想に秘密があった。それまでの日本軍による島嶼防衛は、おおむね海浜の近くにある飛行場の固守に主眼が置かれていた。そこに陸上機が進出すれば、敵の航空優勢が確立して手の出しようがなくなるからだ。しかし、飛行場周辺の防備を固めても敵の艦砲射撃や爆撃の餌食になるだけで、これが島嶼を早期に失陥した主因だった。

そこで井上師団長は、水際から内陸の高地帯まで縦深にわたって陣地を構築し、敵を引き込んで叩き上げる構想を打ち出した。その陣地も敵に向かって反対の斜面に構え、できれば洞窟陣地とし、敵の火力を地表面に吸収させてしまう着意を強調した。しかし、この構想では飛行場の早期失陥の可能性が高まるため、中部太平洋正面での作戦指揮権を握る海軍や上級の第三一軍が難色を示したため井上師団長も断念せざるを得なくなった。ところが昭和一九年六月、サイパンに上陸した米軍は水際撃破を試みた日本軍を圧倒した。この衝撃で井上師団長の構想が認められ、それがあの勇戦敢闘をもたらした。

第一四師団は兵員の質に恵まれていたことも勇戦の決め手となった。戦争が長引くにつれ、兵員の多くは未教育の補充兵となり質の低下は覆うべくもなかった。ところが第一四師団は昭和十五年から関東軍で温存されていたため、昭和十六年から十八年に徴集されて入営した現役兵が主体で教育訓練も行き届いていた。

また将校だが、現役が六六パーセント、応召が三三パーセントと年齢も若く、これもまた恵まれていた。しかも落ち着いた環境で教育訓練も受けている。このような将兵ならば、熾烈な砲爆撃や火炎放射を加えられても容易にはパニックを起こさないし、長期にわたる持久にも耐えられるだろう。

そして、戦友は決して見捨てないという道義を形にして見せたことは決定打となった。九月二十三日から二十五日にかけて、第一五連隊の一個大隊をペリリュー島に送り込んだ。逆上陸時に大きな損害を被ったが守備隊と連携できた。見捨てられていなかった、戦友が死を覚悟して来援してくれたと、守備隊の士気はおおいに高揚した。これがあったからこそ、十一月下旬まで粘りに粘れたといえよう。

参考文献『帝国陸軍師団変遷史』

NF文庫

英霊の絶叫 新装解説版

二〇二二年十二月十八日 第一刷発行

著 者 船坂 弘

発行者 皆川豪志

発行所 株式会社 潮書房光人新社

〒100-8077 東京都千代田区大手町一-七-二

電話／〇三-六二八一-九八九一㈹

印刷・製本 凸版印刷株式会社

定価はカバーに表示してあります

乱丁・落丁のものはお取りかえ致します。本文は中性紙を使用

ISBN978-4-7698-3291-1 C0195

http://www.kojinsha.co.jp

NF文庫

刊行のことば

第二次世界大戦の戦火が熄んで五〇年——その間、小社は夥しい数の戦争の記録を渉猟し、発掘し、常に公正なる立場を貫いて書誌とし、大方の絶讃を博して今日に及ぶが、その源は、散華された世代への熱き思い入れであり、同時に、その記録を誌して平和の礎とし、後世に伝えんとするにある。

小社の出版物は、戦記、伝記、文学、エッセイ、写真集、その他、すでに一、〇〇〇点を越え、加えて戦後五〇年になんなんとするを契機として、「光人社NF（ノンフィクション）文庫」を創刊して、読者諸賢の熱烈要望におこたえする次第である。人生のバイブルとして、心弱きときの活性の糧として、散華の世代からの感動の肉声に、あなたもぜひ、耳を傾けて下さい。

＊潮書房光人新社が贈る勇気と感動を伝える人生のバイブル＊

NF文庫

大空のサムライ　正・続
坂井三郎
出撃すること二百余回——みごと己れ自身に勝ち抜いた日本のエース・坂井が描き上げた零戦と空戦に青春を賭けた強者の記録。

紫電改の六機　若き撃墜王と列機の生涯
碇　義朗
本土防空の尖兵となって散った若者たちを描いたベストセラー。新鋭機を駆って戦い抜いた三四三空の六人の空の男たちの物語。

連合艦隊の栄光　太平洋海戦史
伊藤正徳
第一級ジャーナリストが晩年八年間の歳月を費やし、残り火の全てを燃焼させて執筆した白眉の〝伊藤戦史〟の掉尾を飾る感動作。

英霊の絶叫　玉砕島アンガウル戦記
舩坂　弘
全員決死隊となり、玉砕の覚悟をもって本島を死守せよ——周囲わずか四キロの島に展開された壮絶なる戦い。序・三島由紀夫。

『雪風ハ沈マズ』　強運駆逐艦 栄光の生涯
豊田　穣
直木賞作家が描く迫真の海戦記！　艦長と乗員が織りなす絶対の信頼と苦難に耐え抜いて勝ち続けた不沈艦の奇蹟の戦いを綴る。

沖縄　日米最後の戦闘
米国陸軍省 編
外間正四郎 訳
悲劇の戦場、90日間の戦いのすべて——米国陸軍省が内外の資料を網羅して築きあげた沖縄戦史の決定版。図版・写真多数収載。